Erlebtes und Erdachtes

In Liebe für Charli, Mausi und Pauli

Juergen von Rehberg

Erlebtes und Erdachtes

Bibliografische Information der Deutschen National-bibliothek:
Die Deutsche Nationalbibliothek verzeichnet diese Publikation in der Deutschen Nationalbibliografie; detaillierte bibliografische Daten sind im Internet über http://dnb.dnb.de abrufbar.

Herstellung und Verlag: BoD – Books on Demand, Norderstedt

*ISBN: 978-3-**7347-6883-5**

Inhaltsverzeichnis

Geschichten zu Ostern und Weihnachten

Annemarie, Babette, Christiane, Dorothea und Elvira

Annemarie, Babette, Christiane, Dorothea und Elvira, das waren die Namen der fünf Damen, die mir die Kindheit unnötig erschwert haben. Alle nicht mehr ganz jung, die Haare schneeweiß und ein gewaltiges Goderl am Hals.

Das waren zu Lebzeiten unsere Eierlieferanten und nach ihrem Ableben die Ingredienzien für Hühnersuppe mit Suppennudeln.

Die traurige Geschichte meiner Kindheit spielte auf dem Lande, genauer gesagt in meinem Elternhaus, und noch genauer gesagt, im Hof desselben.

Es war Sommer, wohlgemerkt Sommer, wie ihn die Jungen heutzutage gar nicht kennen: tagsüber heiß, nächtens gewittrig mit ergiebigem Regen, und am nächsten Morgen angenehm kühl. Im Verlauf des darauf folgenden Tages wieder heiß, Badewetter-heiß; eben Sommer.

Meine Mutter ging früh morgens aus dem Haus, um in der nahe gelegenen Fabrik unseren Unterhalt zu verdienen. Meine Aufgabe war es die fünf Damen zu füttern und mit Wasser zu versorgen. Und der allerwichtigste Teil meiner Aufgabe bestand darin, so gegen 18:00 Uhr die weißhaarigen Biester in den Stall zu bugsieren. Alles kein Problem, wäre nicht Sommer gewesen, wäre in der Nähe nicht der Fluss gewesen, der zum Baden einlud, und wären nicht Schulferien gewesen.

Ein heranwachsender Zehnjähriger kann nun einmal nicht das nötige Verständnis dafür aufbringen, dass er um 17:00 Uhr das Badevergnügen beenden soll, nur weil so ein unsympathisches Federvieh zu Bett gebracht werden soll.

Nun ja, bis jetzt war ja noch immer alles glatt gegangen. Jedes Mal, wenn die Glocke der Kirchturmuhr am Nachmittag fünf Mal geschlagen hatte, war ich im gestreckten Galopp nach Hause geeilt und hatte mich dem immer gleich währenden Prozedere hingegeben:

Mit einer langen Bohnenstange das malefitzte Federvieh vom Kirschbaum herunter treiben, auf welchen sie sich zurück gezogen hatten und frech herunter schauten, und dann hurtig ab in den Stall.

Es war jedes Mal ein Rennen gegen die Zeit. Die Mutter konnte jeden Augenblick mit ihrem Fahrrad um die Ecke biegen, und das hätte fatale Folgen für mich gehabt. Das Wohlergehen der Eierlieferanten lag ihr sehr am Herzen und dazu gehörte auch das zeitige Zubettgehen der fünf Damen.

Was meine wenigen Pflichten betraf, so verstand die Mutter keinen Spaß. Sie war die wunderbarste Mutter, die man sich vorstellen kann; aber „Dienst war Dienst…."

Heute sollte es passieren. Ich hatte mein Badevergnügen um eine Viertelstunde überzogen, und die fehlte mir jetzt. Und ausgerechnet heute waren die 5 Damen unwillig wie noch nie.

Babette flog vom Ast des Kirschbaums über den Zaun, der den Hof begrenzte, hinaus auf die Straße. Es war zwar nur eine Sackgasse mit minimalem Verkehr, aber das half mir jetzt auch nicht weiter.

Die Nachbarin, eine Schulkameradin der Mutter, die mein alltägliches Treiben jedes Mal mit großem Vergnügen beobachtete, wollte mir noch helfen, aber es war schon zu spät.

In diesem Augenblick bog die Mutter mit ihrem Fahrrad um die Ecke und wurde Zeuge meiner Verzweiflungstat. Sie stieg wortlos vom Rad und half Babette einzufangen. Ihre Miene verriet nichts Gutes und mir war nicht gerade wohl.

Welche Strafe mein Missverhalten nach sich zog, weiß ich heute nicht mehr. Aber ich erinnere mich noch gut an jene Sonntage, an denen Annemarie, Babette, Christiane, Dorothea und Elvira unser Sonntagsmahl bestritten. Und jeder dieser Sonntage war ein Festtag.

Und als das letzte Huhn das Zeitliche gesegnet hatte, empfand ich ein ungeheures Gefühl der Freiheit. Heute verstehe ich die Mutter gleichwohl; war es doch in jenen Jahren nach dem Krieg kein Leichtes zwei Kinder satt zu kriegen und ihnen eine gute Erziehung angedeihen zu lassen. Aber sie hat es geschafft und sie hat ihre Sache gut gemacht.

Danke, Mutter!

Getreu bis in den Tod

„Wir sind heute hier zusammen gekommen, um Franz Edelmann die letzte Ehre zu erweisen."
Mit diesen Worten eröffnete Pastor Krämer die Beerdigungszeremonie. Die beiden Schwestern Emma und Hannelore wohnten der Feier bei, denn bei dem Verblichenen handelte es sich um einen Schulkameraden von Emma, der älteren der beiden Schwestern.

Die Trauergemeinde war nicht all zu groß, denn an diesem Tag war es sehr kalt und außerdem lag viel Schnee. Die nächsten Verwandten, die Schulkameraden und Freunde von Franz Edelmann, die Kameraden von der Freiwilligen Feuerwehr, die Feuerwehrkapelle, bei der Vater und Sohn Mitglieder waren, und die *„Berufsfriedhofgeher"*, d.h.. ältere Fräuleins, die damit ihrem *täglichen Einerlei* eine willkommene Abwechslung gönnten, gaben dem Toten *das letzte Geleit.*

„Dem Herrn über Leben und Tod hat es gefallen, unseren Bruder Franz viel zu früh zu sich zu nehmen..."
Ja, das stimmte. Franz war erst 23 Jahre alt, als der Unfall passierte. Er war mit dem Traktor umgekippt und von diesem erschlagen worden. Franz war eines von fünf Kindern und von den Buben war er der älteste. Er war – wie der Vater und davor auch schon der Großvater – in der elterlichen Landwirtschaft tätig. Maria, die Schwester – sie war ein Jahr älter als Franz – half der Mutter im Haus. Sie litt, ebenso wie die Mutter, am stärksten unter dem plötzlichen Verlust. Dem Vater ging es auch sehr nahe; aber er zeigte es nicht so. Das Leben als Bauer ist hart und macht wohl auch den Menschen mit der Zeit hart gegen sich selbst.

„Seine Eltern haben ihn mit viel Liebe groß gezogen und im Kreise der Familie war er zu einem jungen, hübschen und kräftigen Burschen heran gewachsen, dem das Leben offen stand…"

Jung und kräftig? Ja, das stimmte. Aber hübsch oder gar schön. Das fand nun Hannelore etwas stark übertrieben. Zugegeben, man soll Toten nichts Schlechtes nachsagen; aber lügen sollte man auch nicht…

Hannelore hatte bemerkt, dass Emma mit den Tränen kämpfte.

Sie hatte volles Verständnis für die Schwester. Wenn man so viele Jahre gemeinsam die Schulbank gedrückt hatte, das schweißte schon zusammen…

„Und dann kommt der Tag der Ernte. Der Schnitter Tod nimmt seine Sense und fährt über die reife Frucht. Und wir wissen nicht Ort, noch Stunde, wo der Tod seine Ernte einbringt…"

„Etwas sehr geschwollen für meinen Geschmack", dachte Hannelore still bei sich; aber der Herr Pastor ist halt ein Schwärmer. So zumindest bezeichnen ihn seine Schäfchen im Ort. Und Hannelore war dies schon im Konfirmandenunterricht aufgefallen. Pastor Kreuzer war ein durch und durch romantischer Mensch und dementsprechend war auch seine Ausdrucksweise.

Aber was war das?

Emmas Trauer war mehr geworden.

Dicke Tränen rannten ihr über das Gesicht.

„Du lieber Himmel!", fuhr es Hannelore durch den Kopf, „Emma wird doch nichts mit Franz gehabt haben…"

„Gerade jetzt ist es wichtig, dass wir im Glauben verhaftet bleiben; gerade jetzt ist der Augenblick, wo wir uns dem Herrn bekennen müssen…"

„Emma und Franz; wer hätte das gedacht…"
Hannelore war entsetzt. Wenn das die Mutter wüsste…

„Lasset uns gemeinsam unseren Glauben bekennen: Ich glaube an Gott, den Allmächtigen, Schöpfer des Himmels und der Erden..."

„Wieso habe ich das nicht bemerkt; warum hat Emma nie ein Wort darüber gesagt?", fragte sich Hannelore.

Sie schielte zu Emma hinüber und sah in deren verweintes Gesicht. Zu gern hätte sie die Schwester einiges gefragt; aber das ging nicht. Die beiden standen doch sehr nahe beim Grab und ein Tuscheln wäre unweigerlich aufgefallen.

„Wir wollen nun den Leichnam der Erde übergeben. Von Staub bist du gemacht, und zu Staub sollst du wieder werden..."

Die Leichenträger senkten den Sarg behutsam in die Erde, die Feuerwehrkapelle intonierte das *Lied vom guten Kameraden* und ein allgemeines Schluchzen umrahmte diesen bewegenden Moment.

Auch Hannelore stiegen jetzt die Tränen in die Augen. Der Franz war ja doch noch viel zu jung zum Sterben. Aber was machte Emma? Das waren nicht mehr die Tränen einer bloßen Schulkameradin; das waren die Tränen einer Geliebten. Jetzt bedauerte Hannelore die Schwester doch sehr. Gut, sie waren nicht immer einer Meinung und sie stritten sehr viel. Und Emma war eifersüchtig auf Hannelore, weil die Mutter das Nesthäkchen den anderen Geschwistern vorzog; aber dafür konnte Hannelore ja nichts. Und sie fand es auch nicht richtig, dass die Mutter immer auf Emma herumhackte. Aber jetzt brauchte Emma die ganze Liebe und Hilfe der Schwester.

Hannelore wandte sich Emma zu, um sie in den Arm zu nehmen. Sie wollte ihr bedeuten, dass sie den Schmerz über den Verlust des Liebsten mit ihr teilte...

Bevor Hannelore Emma auch nur berühren konnte, funkelte dies e ihre Schwester mit ihren dunklen Augen an, so, als wolle sie ihr unmissverständlich bedeuten: *„Fass mich ja nicht an!"*

Nun verstand Hannelore überhaupt nichts mehr. Wie konnte man nur so stur sein? Oder hatte Emma vielleicht Angst, die umstehenden Trauergäste könnten sich einen Reim auf die Reaktion von Emma machen?

„Ja, das wird es sein!", dachte Hannelore und ließ von Emma ab.

„Gehet nun hin im Frieden des Herrn. Der Herr segne und behüte Euch. Er lasse sein Angesicht leuchten über Euch und sei Euch gnädig. Der Herr hebe sein Angesicht auf Euch und schenke Euch seinen Frieden. Amen!"

Die Trauerfeier war zu Ende. Die beiden Schwestern hatten es unterlassen den Hinterbliebenen zu kondolieren. Zumindest Emma. Sie war nach dem „*Amen*" des Herrn Pastors fluchtartig davon gestürzt und Hannelore war ihr gefolgt. Das Ganze war Emma doch wohl sehr an die Nieren gegangen. Und sie konnte noch nicht einmal darüber reden; mit wem auch? Mutter hätte sie geohrfeigt und die lieben Geschwister waren nicht wirklich vertrauenswürdig...

Hannelore versuchte Emma auf dem Heimweg anzusprechen:

„Willst du mit mir darüber reden?", fragte sie Emma ganz behutsam.

„Lass mich in Ruh!", fauchte Emma die Schwester an. *„Lass mich bloß in Ruh!"*

Sie waren inzwischen zu Hause angekommen.

Die Mutter sah ihre beiden Mädchen an und sie sah in die tränenverquollenen Augen ihrer Tochter Emma, die leise vor sich hin weinte...

„Wie siehst du denn aus?", fragte sie in einem leicht entsetzten Tonfall.

Emma sah der Mutter ins Gesicht; konnte aber nicht antworten.

Die Mutter fragte abermals; aber immer wenn Emma antworten wollte, war der Hang zum Weinen größer als zum Reden...

Die Mutter wandte sich Hannelore zu, um Klarheit zu erhalten:

„Kannst du mir sagen, was mit Emma los ist?"

Nun befand sich Hannelore in einer argen Zwickmühle. Die Schwester nicht verraten, das war eine Sache. Die Mutter anlügen – eine andere. Und außerdem konnte sie dem festen Blick der Mutter nicht lange standhalten.

„Es ist", begann Hannelore, „es ist", stotterte sie weiter, „es ist"...

Und bevor sie die unheilvolle Botschaft zu Ende bringen konnte, von welcher Emma bereits einen schlimmen Verdacht geschöpft hatte, sprach diese – der sorgenträchtigen Schwester zugewandt – mit aller Kraft und schluchzender Stimme:

„Es ist, weil mein linker Schuh ein Loch hat und weil ich seit über einer Stunde eiskalte Füße habe. Und das tut so schrecklich weh, dass ich es gar nicht sagen kann; du blöde Kuh!"

Nun war Emma um einiges leichter.

Und selbst die gestrenge Mutter sah über diesen heftigen Wutausbruch ihrer Tochter hinweg; was normaler Weise nicht geschehen wäre. Sie umarmte ihr Kind, und machte ihr ein heißes Fußbad.

Und das Missverhältnis der beiden Schwestern?

Es würde schon wieder in Ordnung kommen.

Irgendwann...

Auch im Himmel ist nicht alles Gold, was glänzt!

Waldemar war äußerst erstaunt, als er eine Engelsbotschaft (E-Mail) vom Einwohnermeldeamt bekam mit der Bitte, er möge sich doch umgehend dort einfinden.

„Am besten, ich kläre das sofort!" So sprach er zu seiner Gefährtin Elvira, gab ihr einen dicken Kuss und machte sich auf den Weg zur himmlischen Behörde.

Man soll nicht glauben, im Himmel ginge es ganz anders zu als auf Erden. Der einzige Unterschied ist darin zu sehen, dass man hier heroben einen doch wesentlich freundlicheren Umgangston pflegt und mit mehr Geduld zu Werke geht.

Als Waldemar der Sachbearbeiterin für den Buchstaben „W" im Einwohnermeldeamt gegenüber saß, wurde er mit dem Sachverhalt vertraut gemacht. *„Ihre Witwe Margarete wird in unmittelbarer Zukunft hier oben eintreffen."*

Mit dieser Botschaft schlug die Sachbearbeiterin für den Buchstaben „W" den armen Waldemar beinahe k.o. Waldemar führte zu Lebzeiten eine Ehe, die man weder als harmonisch, geschweige denn als glücklich bezeichnen konnte. Margarete hatte mehr Haare auf den Zähnen, als Waldemar je auf seinem Kopf. Sie machte ihm das Leben so schwer wie möglich und umso glücklicher war er dann, als er heroben Elvira traf, die ihn für all die Jahre des Leidens entschädigte. Er unterließ es auch nicht, fortan mehrmals täglich ein herzliches „Hosianna" auszurufen und seine Dankbarkeit war grenzenlos.

„Ihre Witwe hat in ihren letzten Lebenstagen des Öfteren um himmlischen Beistand ersucht", fuhr die Schabearbeiterin für den Buchstaben „W" fort.

Waldemar hörte ein starkes Rauschen in seinen Ohren und glaubte daher das eben Gesagte missverstanden zu haben.

„Um himmlischen Beistand ersucht", stammelte er, *„ zu welchem Zweck?"*

„Nun, sie hat gebeten, wir mögen sie ihrem geliebten Verblichenen Waldi zuführen."

Längst vernarbte seelische Wunden brachen bei Waldemar wieder auf. Margarete konnte es einfach nicht lassen ihn „Waldi" zu nennen, obwohl er die Verschandelung seines Namens auf den Tod nicht ausstehen konnte.

„Um Gottes Willen", dachte Waldemar, *„was mach ich jetzt nur?"*

Die Sachbearbeiterin für den Buchstaben „W" musste seine Gedanken gelesen oder die plötzlich eintretende Blässe in seinem Gesicht bemerkt haben, denn sie sagte:

„Nur die Ruhe, guter Mann, wir haben da so unsere Möglichkeiten."

Waldemar atmete erst einmal tief durch und eroberte sich seine normale Gesichtsfarbe wieder zurück.

„Was für Möglichkeiten?", fragte er schüchtern.

„Gehe ich recht in der Annahme, dass Sie keinen gesteigerten Wert auf ein Zusammentreffen mit Ihrer Witwe legen?" fragte die Sachbearbeiterin für den Buchstaben „W".

„Sie haben völlig recht!"

„Nun gut, dann passen Sie einmal auf!"

„Das mache ich! Danke! Vielen, vielen Dank!

„Ist schon gut…"

„Also, hören Sie mir jetzt gut zu: Sie bekommen ganz einfach eine neue Identität."

„Was heißt das?"

„*Wir ändern Ihren Namen, und wenn dann Ihre Witwe bei uns nach Ihrer Adresse anfragt, dann finden wir Sie nicht unter dem Buchstaben „W“*:

„*Das ist prima – so machen wir das!*
Nein – halt; das genügt nicht. Was passiert, wenn wir uns zufällig einmal auf der Milchstraße begegnen? Meine Exfrau, ich meine Margarete würde mich doch sofort erkennen.*“

„*Da haben Sie völlig recht*“, bestätigte die Sachbearbeiterin für den Buchstaben „W“, *da müssen wir uns wohl etwas anderes einfallen lassen…*“

„*Aber was?*“ sagte Waldemar in einem leicht desparatem Tonfall.

„*Ich hab `s!*“ jubilierte die Sachbearbeiterin für den Buchstaben „W“. *Wir machen eine kosmetische Operation!*“
Stille trat ein. Waldemar fühlte sich verbal gelähmt.

„*Eine kosmetische Operation?*“ durchfuhr es ihn und er blickte dabei in das erwartungsvolle Gesicht der himmlischen Sachbearbeiterin.

„*Warum nicht?*“ hörte er sich sagen und erntete damit ein Lächeln im Gesicht seines Gegenübers.
„*Na sehen Sie – alles halb so schlimm! Wir machen gleich einen Termin beim Herrn Doktor und Sie werden sehen: nach der Operation und mit dem neuen Namen wird Sie ihre Ex-Witwe dann nicht mehr erkennen.*“

„*Geht auch Fettabsaugen?*“ fragte der wieder ermutigte Waldemar, „*wenn wir schon einmal dabei sind?*“
„*Das klären Sie am besten mit ihrer Kasse!*“

„*Ist gut. ich weiß gar nicht, wie ich Ihnen danken soll?*“ „*Das ist schon in Ordnung. Ich habe auch eine unglückliche Ehe hinter mir. Ihre Problematik hat sich mir jedoch nicht gestellt; denn mein Exmann hat sich erhängt und die kommen nicht hier rauf.*“

Waldemar bedankte sich noch einmal bei der Sachbearbeiterin für den Buchstaben „W“ im himmlischen Einwohnermeldeamt und verabschiedete sich sodann.

Beim Nachhause gehen überlegte er sich schon, welchen neuen Namen er wohl wählen würde und was er alles kosmetisch so verändern könnte. Immer voraus gesetzt, die Kasse würde die Kosten übernehmen…

Das Gespräch bei der Kasse war desillusionierend.

„Haben Sie eine Zusatzversicherung?" fragte die Sachbearbeiterin für den Buchstaben „E" bei der Krankenkasse. Waldemar hatte seine Namenänderung problemlos hinter sich gebracht und hieß jetzt Engelbert.

„Nein, habe ich nicht", antwortete Engelbert wahrheitsgemäß.

„Dann haben Sie nur Anspruch auf die Standartoperation."

„Was bedeutet das bitte?"

„Das bedeutet Nasenkorrektur, Lidstraffung, Gesichtsstraffung, Lippenkorrektur, Botox-Unterspritzung, Peeling, Fettabsaugung."

„Das ist ja prima", gab sich Engelbert ganz euphorisch, *„dann nehme ich die Nasenkorrektur, die Gesichtsstraffung und die Fettabsaugung, bitte!"*

„Halt, halt!" warf darauf die Sacharbeiterin für den Buchstaben „E" ein, *„so ist das nicht gemeint. Sie können Sie können nur eines davon wählen."*

„Ach so", entfuhr es Engelbert tief enttäuscht. *„Das wusste ich nicht…"*

Die Dame von der Krankenkasse sah in das traurige Gesicht ihres Gegenübers.

„Es gäbe da wohl eine Möglichkeit drei von den angebotenen Leistungen auf Kasse zu beziehen", sagte sie in einem leiseren, eher intimeren Ton. *„Hätte aber einen kleinen Haken."*

„Aha!" gab sich Engelbert interessiert. *„Was ist das für ein Haken?"*

„Die Operation würde nicht vom Chefarzt ausgeführt werden, sondern von einem seiner Mitarbeiter", antwortete die Dame

von der Kasse und ihre Sprache war dabei schon fast in ein Flüstern übergegangen.

„Aber Ärzte sind das schon, oder?" fragte Engelbert leicht besorgt.

„Natürlich!" beruhigte ihn die Sachbearbeiterin für den Buchstaben „E".

„Dann soll es so sein", entgegnete Engelbert, bedankte sich artig und entschwand…

Engelbert hätte sich eine Operation durch den Herrn Professor gar nicht leisten können; dazu reichte sein Geld nicht aus. Er bezog nur einen geringen Sternenstaub (das ist das himmlische Pendant zur irdischen Rente und Pension).

Sein Sternenstaub lag gerade einmal bei 700 Sterntalern und ein paar Himmelsgroschen (das ist die himmlische Währung anstelle irdischer Euros und Cents). Das reichte gerade einmal für Wohnung und Essen plus einmal Urlaub im Jahr für ein paar Tage mit seiner geliebten Elvira.

Leider war es hier oben nicht anders als auf Erden. Auch hier bekamen redliche Menschen, die ehrlich durchs Leben gingen, ein eher schmäleres Ruhesalär, hingegen die unredlichen, gaunerösen Zeitgenossen bekamen auch hier die höhere Gage. Engelbert hatte das auf Erden schon nicht verstanden und noch viel weniger verstand er es hier oben. Hieß es nicht immer: Wahrheit und Gerechtigkeit gibt es nur im Himmel? Na ja; nur so viel dazu…

Der Tag der Operation war näher gerückt. Engelbert saß im Großraumbüro des Herrn Professors, in welchem sich außer ihm nur noch ein überdimensionierter Schreibtisch befand, ein wahrscheinlich echtes, sündhaft teures Gemälde und einige Regale mit schlauen Büchern.

„Was haben Sie sich denn so alles vorgestellt, mein Lieber?"
begann der Herr Chefarzt seine verbale Umgarnung.

„Gesichtsstraffung, Nasenkorrektur und Fettabsaugung",
kam es prompt über Engelberts Lippen.

„Na, dann schauen wir einmal in unsere Kostentabelle", kam es
freudig aus dem Munde des Herrn Professors, dessen
Mine sich aber unverwandt verfinsterte, als er Engelbert
sagen hörte:

*„Ich möchte bitte das Dreierpaket auf Krankenkasse ohne
Chefarztbeteiligung!"*

Der Herr Professor schluckte, legte seine Kostentabelle
auf die Seite, nahm den Telefonhörer zur Hand, wählte
eine Nummer uns sprach:

*„Wir haben hier einen Kassenpatienten. Holen Sie ihn Bitte zur
Aufnahme bei mir ab."*

Dann ging er schweigend zur Türe, hielt sie für Engelbert weit auf und ohne einen Händedruck zu hinterlassen komplimentierte er den lästigen Kassenpatienten
hinaus.

In einem Gefühl, alles richtig gemacht zu haben und
mit einem leichten Grinsen im Gesicht, sah Engelbert
seiner Operation nun gelassen entgegen.

Als er, nur wenige Tage später, die Augen aufschlug, sah
er **nichts**. Finstre Nacht umfing ihn und Panik machte
sich breit. Er wollte etwas sagen; ging aber nicht so
richtig. Mehr als ein Stammeln kam dabei nicht heraus.
Es war wie ein schlechter Traum. Eine sanfte Stimme
holte ihn in die Wirklichkeit zurück.

*„Ruhig, ruhig! Es ist alles gut. Sie sind operiert worden und
tragen jetzt einen Verband. In ein paar Tagen können wir Teile
davon wieder abnehmen. Bis dahin können Sie daher **nicht**
sehen. Nahrung bekommen Sie in flüssiger Form mittels eines
Strohhalms verabreicht. Aber wie gesagt – das ist nur für ein
paar Tage."*

Engelbert erfing sich langsam und seine Atmung, welche gerade eben noch kurz vor dem Hyperventilieren gestanden hatte, kehrte wieder in den grünen Bereich zurück.

…Zur weiteren Beruhigung trug die vertraute Stimme seiner Elvira bei, welche von der Stationsschwester herein gerufen worden war.

„Wie fühlst du dich denn, mein Liebling?"

Engelbert hob den Daumen seiner rechten Hand in die Höhe als Zeichen für Wohlbefinden. Sprechen durch den Verband hindurch war ihm nur schwerlich möglich und Schmerzen hatte er ja keine, dank probater Mittel, welche ihm über einen Tropf zugeführt wurden.

Und tatsächlich. Ein paar Tage später kamen die Verbände runter. Engelbert spürte zum ersten mal wieder, dass er ein Gesicht hatte. Richtig sehen konnte er noch nicht, weil alles angeschwollen war. Vielleicht wäre es ja besser gewesen, das schlecht Sehen können wäre geblieben; denn als die Schwellungen um die Augen ihren Rückzug angetreten hatten und Engelbert voll Vorfreude in den Spiegel blickte, erlitt er einen außergalaktischen Schock. Ein völlig Fremder, einem Adonis total unähnliches Individuum starrte ihn böse an.

„Wer bist Du, Monster, und hast Du einen Namen?" durchzuckte es sein Gehirn.

Was er da sah, erweckte in ihm eine tiefe Sehnsucht nach „tot umfallen"

Sein Gesicht glich eher einer hölzernen Perchtenmaske, mit der man Kinder erschrecken kann, als einem menschlichen Antlitz. Dann schlug er die Bettdecke zurück und betrachtet den Rest des Kunstwerks. Sein Bauch war eine Grube und seine Beine sahen aus wie Holzstelzen. Er musste unweigerlich an ein Marterl, an ein Herrgottskreuz denken, auf welchem ein ausgemergelter Jesus genagelt war.

Und genau so fühlte er sich auch. Engelbert war am Boden zerstört und durch nichts und niemand zu trösten. Noch nicht einmal von Elvira…

Als er sich am nächsten Tag ein wenig beruhigt hatte, verlangte er vehement den Operateur zu sprechen. Diese Bitte wurde ihm nicht erfüllt. An dessen Stelle kam die Verwaltungschefin der Klinik und erklärte ihm den Sachverhalt.

„Sie haben bei der Einwilligung zu Ihrer OP einen Passus unterschieben, der klar besagt, dass Sie das Risiko Ihrer Operation voll übernehmen und gegenüber dem Operateur, respektive der Klinik keine Regressforderungen stellen werden."

Engelbert wurde kreideblich. Derselbe Fehler, der ihm in seinem irdischen Dasein des Öfteren wiederfahren war, hatte auch hier wieder zugeschlagen. Er hatte wieder einmal das Kleingedruckte nicht gelesen. Die Verwaltungschefin ergänzte ihre Ausführung:

„Das von Ihnen gewählte Dreifachpaket der Krankenkasse ermöglicht unseren Kosmetik-Schönheitschirurgie-Azubis die Erfahrung am lebenden Objekt zu machen. Und Fehler passen nun einmal - und es ist ja bekanntlich auch noch kein Meister vom Himmel gefallen…"

Engelbert wurde schon bald entlassen. Er hatte durch die Art seiner Operation zwar Geld gewonnen, denn er musste ja nichts bezahlen; aber dafür hatte er sein Lachen und seine Lebensfreude verloren. Vor der Operation war er ein gut aussehender, älterer Herr und nach der Operation war er ein Monster, das nur noch in einer Geisterbahn eine sinnvolle Verwendung finden konnte.

Als er Margarete per Zufall einmal über den Weg lief, erkannte sie ihn nicht. Wie denn auch? Sie sah ihn nur kurz mitleidsvoll an, um sich danach abrupt und angewidert abzuwenden. Margarete war nicht alleine. Ihr Begleiter war ein gut aussehender Herr, der um einiges jünger war als Margarete. Und sie wirkte glücklich.

„Was für eine himmelschreiende Ungerechtigkeit", dachte Engelbert bei sich und sein Herz krampfte sich heftig zusammen…

Elvira hielt seinen unschönen Anblick keinen Monat lang aus. Unter mehr als fadenscheinigen Ausreden gab sie ihm den Laufpass, was Engelbert bis zu einem gewissen Grad sogar nachvollziehen konnte.

Als sie bei der Wohnungstür hinaus gegangen war, drehte sie sich ein letztes Mal um und winkte ihm mit einem gequälten Lächeln zu. Engelbert war, als hätte er Tränen der Trauer in Elviras Augen bemerkt; verwarf aber diesen Gedanken sofort wieder.

„Das sind doch alles nur Krokodilstränen – und was die inneren Werte eines Menschen betrifft, so ist das nur ein schönes Märchen. Denn wahre Schönheit zeigt sich nun einmal von außen; immer nur von außen…"

Big Jon

„Wohin des Weges, Fremde?"
Die beiden Cowboys schauten in die stahlblauen Augen
von Big Jon. Dieser stand mitten auf der Straße, braun
gebrannt, die rechte Hand locker über seinem 45er hän-
gend, in dessen Mündung bisher alle die, die sich ihm in
den Weg stellten, nur ein einziges Mal geschaut hatten.
Big Jon war wohl der schnellste Gunfighter zwischen
Neckar und Elzriver und man erzählte sich die tollsten
Geschichten über ihn an den Lagerfeuern in der Prärie.
„Verschwinde, du Spinner, sonst machen wir dir Beine!"
Es war Richard, der das sagte, der ältere Bruder von
Udo. Die beiden waren Nachbarskinder und zwei, drei
Jahre älter als Big Jon. Big Jon, im reifen Alter von acht
Jahren, ließ sich nicht beeindrucken. Er fixierte die Hagen-Brüder mit festem Blick und die Finger seiner rechten Hand lagen fest entschlossen über seinem Halfter,
jederzeit bereit - wie ein Adler aus der Luft - zuzustoßen
und in gewohnt schneller Manier die tödliche Waffe zu
ziehen.
Udo, der jüngere der Hagen-Brüder, hatte die unmittel-
bare Gefahr erkannt, denn er wandte sich seinem Bruder Richi zu und bedeutete diesem, er solle doch nicht
so sein und Jürgen, ich meine natürlich Big Jon mitgehen lassen. Als er dieses tat, schlotterten ihm vor Angst
die Knie, und seine Stimme drohte ihm zu versagen.
Ja, sie fürchteten wohl alle Big Jon und dessen schnelle
Hand.
„Na gut, von mir aus, soll er doch mitgehen, wenn er will",
hörte Big Jon ihn sagen und er pfiff seine Hand zurück.
„Da haben die beiden noch einmal Glück gehabt",
dachte er still bei sich und außerdem kannten sich die

Mutter der Brüder und seine Mutter schon seit der Sonntagsschule.

„Hol dir einen Sack", sagte Udo, *„wir gehen Ähren lesen."*

Big Jon verschwand im Haus und kehrte kurze Zeit später mit einem Jutesack zurück.

„Und wo gehen wir Ähren lesen?" fragte er die beiden.

„Gleich hinter der Elzbachbrücke, unterhalb vom Malermeister Kirchner", antwortete Udo geduldig. Udo war ohne Zweifel der nettere von den beiden Brüdern. Richard war eher wortkarg und bisweilen ein wenig mürrisch.

„Jetzt halte endlich einmal deinen Schnabel!", fuhr er jetzt dazwischen, *„du quasselst ja dem Teufel seine Ohren weg."*

Big Jon kam schweren Herzens dieser Aufforderung nach. Er wäre wohl spielend mit den beiden fertig geworden, wenn er nur gewollt hätte. Aber schließlich wollte er ja auch mitgehen zum Ähren lesen. Was hätte es also genützt, wenn er die beiden mit zwei gezielten Schüssen aus seinem 45er weggepustet hätte?

Diese wahre Begebenheit spielt Anfang der 50er Jahre auf dem Land, zu einer Zeit, wo die Menschen noch nicht im Überfluss gelebt haben und wo das Ähren lesen eine äußerst sinnvolle Tätigkeit war. Sobald ein Getreidefeld abgeerntet war, war es erlaubt die Getreidehalme, welche die Erntemaschine nicht erfasst hatte, vom Boden aufzuklauben und die Frucht privat zu verwenden. Dies geschah wohl in den meisten Fällen in Form von Hühnerfutter.

Die drei Cowboys hatten den Elzriver überquert und waren auf dem besagten Getreidefeld angekommen. Sie hatten Glück. Es war noch niemand vor ihnen da gewesen und sie konnten reiche Beute machen. Udo, Richi und Big Jon gingen in einer Reihe und klaubten die üppig tragenden Getreidehalme vom Boden auf. Big Jon hatte Mühe mit den beiden Hagen-Brüdern Schritt zu halten. Sie waren ja doch um einiges größer als er und wohl auch kräftiger von der Statur. Das Feld, auf dem die drei ernteten, war zwar schmal, dafür aber sehr lang. Es erstreckte sich bis zu einem Feldweg hin, der die Grenze zum Nachbarort bildete. In seinem Bereich gab es unzählige Obstbäume, die so sehr mit Äpfeln und Birnen beladen waren, daß deren Zweige zum Teil bis auf den Boden reichten und man fürchten musste, dass das schwere Gewicht die Äste zum Brechen bringen könnte.

Als die beiden Hagen-Brüder und Big Jon in den Bereich dieser Bäume kamen, begannen sie das heruntergefallene Obst aufzusammeln und ebenfalls in ihre Säcke zu stecken. Es war eine rechte Wonne und es war überhaupt ein prächtiger Sommertag. Die Sonne blitzte durch das Blätterdach der Bäume und die Äpfel drohten vor lauter überschäumender Saftigkeit zu zerbersten. Sie hingen an den Zweigen, von einem leichten Wind hin und her geschaukelt, und sie sahen Big Jon mit flehentlichem Blick an. Es war ihm, als hörte er sie sprechen: *„Pflück uns, Big Jon, hab Erbarmen mit uns. Pflück uns, du tapferer Cowboy, und steck uns in deinen Sack!"*

Big Jon, der sich nie gegen die Gesetze gestellt hatte, hörte einfach nicht hin. Er war bisher seinen Weg immer gerade gegangen, und er hatte nie zuerst gezogen, wenn ihn einer seiner ungezählten Feinde gefordert hatte. Das war nicht sein Stil. Doch die Äpfel gaben keine Ruhe: *„Was glaubst du, wie sich deine beiden Mädels freuen würden, wenn du ihnen frisches Obst mit nach Hause bringst."*

Big Jon kämpfte tapfer weiter gegen die immer stärker werdende Versuchung an.

„Es wäre doch nur gerecht, wenn du dir ein paar von uns mitnehmen würdest", fuhren die Äpfel mit ihren Argumenten

fort, *„und außerdem schadet das dem Großgrundbesitzer nicht im geringsten."*

Jetzt hatten die wunderschön anzuschauenden und wohl riechenden Früchte des Baumes den bis dahin tapfer widerstehenden Big Jon überzeugt. Er schaute sich nach allen Seiten um, ob vielleicht der Marshall in der Nähe sei und dabei entdeckte er, dass die beiden Hagen-Brüder mit größtem Eifer ihre Säcke mit frisch vom Baum gepflücktem Obst vollstopften.

„Diese Banditen", dachte Big Jon still bei sich und dann begann er es ihnen gleich zu tun. Sein Sack war schon beinahe voll, da hörte er den entsetzlichen Schrei: *„Der Feldhüter, der Feldhüter, lauf, lauf!"*

Kaum hatte Big Jon dies vernommen, flog sein Kopf herum, und mit großem Entsetzen sah er das Unglück mit Riesenschritten auf sich zu kommen.

Wer sich ein wenig auskennt in der Prärie, der weiß, dass ein echter Gunman zuerst in seine Karten schaut, bevor er ausspielt. Was da auf Big Jon zukam war viel schlimmer noch als der Feldhüter. Der Marshall war ein Oldman, der den Höhepunkt seines Lebens schon längst überschritten hatte und auf den schon die Geier warteten. Seine Finger hatten die Gicht und jedes Greenhorn hätte seinen Colt schneller gezogen als er.

Was jedoch wirklich auf Big Jon zu walzte, das war eine mächtige Lady mit wildentschlossenem Blick und viel zu schnellen Beinen.

„Schätze, ich werde mich zuerst einmal zurück ziehen", dacht Big Jon still bei sich, und er gab seinem Pferd die Sporen. Er galoppierte durch die Todesschlucht, was sein Brauner nur hergab. Es schien, als sollte er der Gefahr entrinnen können, aber die Karten von Big Jon waren an diesem Tag schlecht gemischt. Er hatte ein absolutes Verlierer-Blatt. Sein Brauner, dessen schweißbedecktes

Fell in der glutheißen Sonne glänzte, trat in ein Loch und strauchelte. Big Jon flog im hohen Bogen auf den staubigen Boden der weiten Prärie. „*Damned!*", fluchte er leise vor sich hin, „*diese verfluchten Präriehörnchen...*"

Richi und Udo waren schon längst am Ende von Deathvalley angelangt und somit außer Schussweite. Big Jon fühlte, wie sich von weitem der Lauf einer Winchester auf ihn richtete. „*Bleib ruhig, Oldman!*" sagte er zu sich selbst und er schmeckte den Staub der Prärie zwischen seinen Zähnen. Dummerweise lag er auf dem Bauch und somit auf seinem Colt. Zeit, sich umzudrehen, hatte er keine mehr, denn er hörte schon das laute Schnauben vom Pferd seines Verfolgers und er wusste instinktiv, dass der Reiter kein Anfänger war.

Er hörte das metallische Geräusch der Winchester, die dieselbe macht, wenn sie durchgeladen wird. „*Das ist das Ende*" dachte Big Jon und er wartete auf die Kugel, deren Knall er wohl nicht mehr hören würde. Er fürchtete den Tod nicht, denn er wusste, dass es ihn eine Tages erwischen würde. Gunfighter wurden alle nicht alt. Entweder traf sie eine Kugel aus dem Hinterhalt, oder es kam einfach einer, der schneller zog.

Die Tatsache, dass er sterben würde ohne seinen Colt in der Hand, einfach so, wie ein räudiger Kojote, schmeckte ihm gar nicht. „*Behalte die Nerven, Oldfellow!*" fuhr er sich selber an. „*Die letzte Kugel hat den Lauf noch nicht verlassen...*"

Da fiel Big Jon ein alter Indianertrick ein, der ihm schon einige Male das Leben gerettet hatte. Er schloss ganz fest seine Augen und hielt den Atem an. So würde es wohl klappen. Sein Verfolger würde ihn mit Sicherheit für tot halten und an ihm vorbei galoppieren, um die Hagen–Brüder zu erwischen...

Big Jon hielt die Augen geschlossen und die Lippen fest aufeinander gepresst. Er fühlte sein Herz laut schlagen und er hörte, wie das Blut in seinen Ohren rauschte. Das Hufgeklapper kam nah und immer näher und gleich würde es an ihm vorbeiziehen.

Doch halt, was war das? Sein Verfolger blieb auf seiner Höhe stehen. Big Jon fühlte den heißen Atem seines Gegners im Nacken und er hörte sein lautes Keuchen. Dann fühlte er eine kräftige Hand in seinem Haar und während diese unbarmherzig zupackte, um Big Jon zum Aufstehen zu bewegen, hörte er eine feste und laute Frauenstimme: *„Ja wen haben wir denn da? Wie heißt du denn und wo wohnst du?"*

Big Jon verstand die Welt nicht mehr. Wieso hatte ihn sein Verfolger nicht für tot gehalten? Diesen Trick hatte er ungezählte Male sonntagnachmittags im Kino gesehen. Dank seines Freundes Dieter, dessen Mutter ein kleines Dorfkino betrieb und dessen ältere Schwester an der Kasse saß, durfte er ab und zu umsonst, aber immer erst, wenn es im Kino schon dunkel war, in die letzte Reihe sitzen. Das war Bedingung. Und auch, dass er und Volker vor Ende des Filmes im Dunkeln wieder hinaus gingen. Und in all den vielen Western, die er gesehen hatte, hatte der Trick mit dem Sich totstellen immer funktioniert. Doch was half `s; heute hatte er jedenfalls nicht geklappt.

„So, mein Freund", sagte die mächtig große und starke Tante, *„du willst mir also nicht sagen, wo du wohnst und wie du heißt. Auch gut, dann werden wir eben zum Gendarmen gehen."*

Das war das magische Wort. Die Vorstellung, zum Gendarmen gebracht zu werden und vielleicht ins Gefängnis zu müssen, löste bei Big Jon die Zunge. Und wie ein Kanarienvogel begann er zu singen.

Er sagte brav seinen vollständigen Namen mit Adresse und fügte dann noch den Namen und die Adresse seiner beiden Kumpane dazu.

Letzteres tat er sogar unaufgefordert, um seine Lage zu verbessern. Er hätte wohl in diesem Augenblick alles getan, nur um nicht zum Gendarmen zu müssen.

Er hätte wohl in diesem Augenblick höchster Bedrängnis alles, was ihm bis dahin heilig war, verraten und verkauft, denn seine Angst war übermächtig. Ein zaghafter Blick in das Gesicht seiner Häscherin ließ ihn erkennen, dass seine Lage leider um nichts besser geworden war.

Da kam ihm der „göttliche Funke" in Form einer Eingebung. Ihm war klar, dass er dringend Verstärkung brauchte. Und diese Verstärkung konnte nur Tante Luise und die Mutter sein. Tante Luise, weil sie an Kraft und Gestalt dieser wild entschlossenen Frau ebenbürtig schien und Mutter, weil diese sowieso wie eine Löwin um ihn kämpfen würde. Also sprach er:

„Ich habe heute noch gar nichts gegessen, ich habe einen solchen Hunger, ich bin schon ganz schwach. Es wäre vielleicht besser, wenn ich schon bald etwas zu essen bekäme. Ich wohne ja nicht weit weg von hier. Am besten ist es wohl, wenn Sie mich nach Hause bringen, damit ich etwas essen kann. Dann können sie mich ruhig zum Gendarmen mitnehmen."

Big Jon, inzwischen wieder zum kleinen, jedoch nicht hilflosen Jürgen geschrumpft, ergänzte seine List noch durch ein alles besiegendes, flehendes Schauen und er hatte Erfolg damit.

„Also gut, dann bringe ich dich jetzt nach Hause. Aber dann geh `s ab zum Gendarmen!"

„Ja, ja", stimmte Jürgen beflissen zu und er fügte seiner Lüge, denn aus nichts anderem bestand seine List, eine weiter hinzu. Er würde das später mit dem lieben Gott schon ins Reine bringen. Zunächst musste er erst einmal schauen, dass er nach Hause kam; denn dort gab es Hilfe.

Jäger und Gejagter gingen Hand in Hand in Richtung Hauptstraße 207. Als sie dort ankamen, gingen sie ums Haus herum zum hinteren Eingang. Was für ein schöner Anblick eröffnete sich da dem Knaben; denn Mutter und Tante standen beide auf dem Balkon, als hätte sie eine himmlische Macht dorthin gestellt...

„Ja Frieda, was führt dich denn zu uns", sprach die Tante, *„ist etwas passiert?"*

„Grüß Gott, Luise, gehört der dir?" fragte Frau Frieda die Tante.

„Nein", sprach die Tante, *„der gehört meiner Schwester!"*

„Was", sagte die Frau Frieda zur Mutter gewandt, *„der gehört dir, Charlotte?"*

„Ja", sprach die Mutter, *„das ist mein Knoddl!"* (Bei diesem Wort handelt es sich um einen Kosenamen, dessen Ursprung nicht empirisch nachzuweisen ist...)

Diesem Dreiergespräch folgte zunächst einmal ein lautes Gelächter aller Beteiligten, was von Jürgen nicht unbedingt verstanden wurde. Er fühlte nur, wie der feste Druck der Hand von Frau Frieda etwas lockerer wurde und er erkannte seine große Chance. Mit einem Ruck hatte er sich losgerissen und wie ein geölter Blitz hastete er die Treppe hinauf zum Balkon, hin zu Mutter und Tante.

„Gerettet", dachte er still bei sich, und er fühlte wie Big Jon in seinen verängstigten Körper zurück kehrte.

Was Big Jon, vulgo der kleine Knabe Jürgen zu dem damaligen Zeitpunkt nicht wusste, war die Tatsache, dass Frau Frieda, ihres Zeichens ledige Krankenschwester, eine alte Freundin von Tante Luise war und eine Schulkameradin von Mutter. Sie konnte nur mit dem

Nachnamen von Big Jon nichts anfangen, weil die Mutter ja verheiratet war und einen anderen Namen angenommen hatte. Als Frau Frieda dann noch erfuhr, dass die Mutter der beiden Mitgauner Maria Angerer mit Mädchennamen hieß und ebenfalls eine Schulkameradin war, da war das Possenspiel komplett.

Die Geschichte machte in späteren Jahren noch oft die Runde und sie sorgte immer wieder für große Heiterkeit. Was Frau Frieda am meisten beeindruckt hatte und was sie schlussendlich auch abhielt zum Gendarmen zu gehen, war die scheinbar hilflose Art eines Knaben, der in der höchsten Not nur einen Gedanken hatte, nämlich den, die rettenden Mauern seines Zuhauses zu erreichen.

Er wusste, er würde dort Schutz und Hilfe finden bei zwei wunderbaren und wohl einzigartigen Menschen, in einer Atmosphäre völliger Geborgenheit. Die Liebe dieser beiden Menschen sollte Big Jon prägen für sein ganzes späteres Leben und er würde sich an sie erinnern in tiefer Dankbarkeit und er würde ihnen über den Tod hinaus verbunden bleiben...

Gud Morning, lejdies än dschendelmän!

Ich befinde mich auf dem Bahnsteig Nr. 8 des Wiener Westbahnhofs und bewege mich in Richtung „Prinz Eugen", einem Eurocity-Zug der Österreichischen Bundesbahnen, der mich hoffentlich sicher und wohlbehalten von Wien nach Würzburg bringen wird. Es ist Sonntagmorgen, sieben Uhr dreißig, und wir haben „Kaiserwetter". So sagt man in Österreich zu einem strahlenden Sonnentag. Der Himmel ist blitzblau und ein paar weiße Wolken sind wie Farbtupfer, welche das „Himmelsgemälde" vollkommen erscheinen lassen.

Nachdem ich mich von meiner lieben Frau Lisi verabschiedet habe, steige ich ein und setze mich auf meinen reservierten Gangplatz Nr. 21 im Waggon Nr. 254, Nichtraucher, Abteilwagen und richte mich für eine lange Fahrt ein: kleines Kissen für den Rücken, kleine Plastikflasche mit Mineralwasser, die ich vor jeder Fahrt neu anfülle und diverse Zeitschriften.

Wenn man – so wie ich – zweimal wöchentlich diese Strecke fährt (einmal hin und einmal her), dann entwickelt man im Laufe der Zeit ein gewisses Prozedere, um sich die Fahrt so angenehm, wie nur irgend möglich, zu gestalten. Ich bin ja doch zwischen acht und neun Stunden unterwegs, bis ich mein Endziel in Form einer kleinen, entzückenden, schwäbischen Deutschordensstadt erreicht habe.

Wenige Minuten nach Abfahrt des Zuges ertönt eine Stimme in gepflegtestem Meidling-österreichisch aus dem Lautsprecher mit folgendem Inhalt:

„Guden Morgen, meine Damen und Herren! Zugchef Jäger begrüßt Sie mit seinem Diehm im Eurosiedi Wien-Hamburg, über Bassau, Nürnberg, Würzburg, Frankfurd, Frankfurd-Flughafen, Köln, Dortmund, Hamburg und wünscht Ihnen eine

gute Reise. Im middleren Deil des Zuges, zwischen der ersten und zweiten Glasse, befindet sich der Speisewagen, in dem Sie gern erwartet werden."

Es gehört zum umfangreichen Service der ÖBB (die DB macht das natürlich auch, allerdings in bayrisch-fränkischem Tonfall; bisweilen auch in sächsisch…), die Durchsage in einem nicht ganz astreinen „Oxfordenglisch" zu wiederholen:

„Gud morning, lejdies än dschendelmän. Drejntschief Hanter ent his kruh wellkamms juh in ße jurosiddi Wien-Hamburg, weia Passau, Nürnberg, Frankfurt, Frankfurt-Ährport, Köln, Dortmund, Hamburg ent wisch juh ä plessent dschörnie. In ße middl of ße drejn, bidwiehn ße först ent ße seckent glas, ßer iß auer restorantkahr, wer wi wutt bie bließt tu wellkamm juh."

Interessanter Weise wird der Buchstabe „T" in besagtem Englisch teils weich und teils hart ausgesprochen. Warum das so ist, hat sich mir – auch unter Hinzunahme eingehender Studien, weil oft gefahren – nicht erschlossen.

Was mir hingegen auffiel, war die Tatsache, dass viele der nicht deutsch sprechenden Mitreisenden Schwierigkeiten damit hatten die Durchsage zu verstehen; aber vielleicht lag es auch nur daran, dass sie selbst nicht genug Englisch konnten...

In meinem Abteil Nr. 21 bis 26 im Waggon 254 befindet sich noch ein Ehepaar, welches sich schätzungsweise altersmäßig im Bereich zwischen 45 und 55 Jahren bewegt. Die beiden dürften schon geraume Zeit miteinander verheiratet sein, denn sie haben einander nicht allzu viel zu sagen.

Die Ehefrau lehnt gelangweilt in ihrem Fenstersitz und starrt hinaus. Der Ehemann, welcher ihr vis-à-vis sitzt, hat sich in einem Buch vergraben. Es handelt sich, wie ich mit einem Blick aus meinen Augenwinkeln beiläufig feststellen kann, wohl um ein wissenschaftlich-mathematisches Werk, was auf den Beruf eines Lehrers in seiner Urform schließen lässt.

Sein Habitus (alter Ausdruck für das Gehabe eines Menschen...) und sein Outfit (neuer Ausdruck für die Bekleidung eines Menschen...) nehmen mir die letzten Zweifel. Lehrer müssen sein, ganz ohne Zweifel, und sie sind auch wichtig; befreien sie uns Erwachsene doch tageweise für ein paar Stunden von der Last unser heranwachsenden Kinder...

Wir fahren nicht lange, da beginnen meine beiden Mitreisenden ihr Frühstück einzunehmen. Zu diesem Zweck packt die Ehefrau des pädagogischen Mitreisenden (immer vorausgesetzt, meine Mutmaßung stimmt, was den Beruf dieses Herrn angeht) eine randvoll beladene Tasche aus: Joghurt, Brotaufstriche, Wurst-Majosalat in Plastikbechern, Kabernossi (das ist eine lange dürre Wurst, die nach Länge und nicht nach Gewicht verkauft wird), Margarine, Vollkornbrötchen, Messer, Kaffeelöffel und kleine Geschirrtücher.
Dazu Kaffee in einer Thermoskanne aus Edelmetall, diverse Säfte und einige 1,5 l Plastikflaschen mit Mineralwasser. Frau Lehrer (ich nenne sie der Einfachheit halber so), die in ihrer Art und in ihrem modischen Aussehen einen krassen Kontrapunkt zu ihrem Gatten bildet, öffnet mit gespreizten Fingern einen Joghurtbecher und beginnt dann genüsslich, ja beinahe sinnlich in einem eher bedächtigen Tempo den Inhalt – Löffel für Löffel – in ihren kräftig geschminkten Mund zu stecken.

Ich schaue ihr zu, denn sie wendet ihren Blick nicht ein einziges Mal vom Fenster, und mir fällt auf, wie interessant es ist einen nahrungsaufnehmenden Menschen zu beobachten. Der Herr Lehrer rückt indessen dem Wurst-Majosalat zu Leibe und er legt dabei ein

Tempo vor, als gelte es einen Eintrag in das Guinness-buch der Rekorde zu erzielen. Ebenso wie die Kleidung der beiden, so steht auch die Art des Essens in einem völligen Widerspruch zueinander.

Es gibt wohl nichts, so scheint es zumindest, was diese Zeitgenossen gemeinsam haben; außer ihrem Schweigen vielleicht. Die Kommunikation zwischen Mann und Frau findet auf einer Ebene der Zeichenge-bung statt. Wenn einer von beiden etwas will, so deutet er mit dem Finger darauf oder er nickt mit dem Kopf in die Richtung, in welcher sich der gewünschte Gegen-stand befindet.

Zwischenzeitlich ist eine junge Frau (so um die zwan-zig Lenze) zugestiegen und hat auf dem Sitz mir gegen-über Platz genommen. Sie grüßt höflich und wendet sich dann einem Taschenbuch in englischer Sprache zu, wie ich dem Titel auf der Umschlagseite entnehmen kann. Auf ihrem Schoß liegt ein Langenscheid-Wörterbuch, welches sie jedoch nur selten zu Hilfe nimmt.

Sie ist eine bildhübsche Gretel (das ist eine alte Wiener Bezeichnung für eine weibliche Schönheit) mit guten Manieren. Und das, obwohl sie einen Kaugummi nicht völlig geräuschlos bis zur Bewusstlosigkeit zwischen ihren Kiemen hin- und her schiebt. Aber man weiß ja, dass junge Menschen gerne den Mund leicht geöffnet halten, wie die Karpfen; man weiß jedoch nicht, warum das so ist. Ich nenne sie gern die „Fischmaul-Generation", was sicherlich nicht „political correct ist"; also nicht ganz in Ordnung...

So sitze ich nun, nicht gerade sehr bequem, einge-pfercht zwischen Taschen und Koffern meiner Mitrei-senden, auf meinem Sitz Nr. 21 im Waggon Nr. 254, bar jeder Möglichkeit meine Füße auszustrecken oder gar aufzulegen, in dem von mir selbst eingeredetem Gefühl, dass jede Reise irgendwann einmal zu Ende geht.

Das Abteil eines Zuges besteht aus zwei Sitzreihen mit jeweils drei sich gegenüber liegenden Sitzen. Vier Plätze meines Abteils sind besetzt und zwei, nämlich die beiden mittleren sind zwar reserviert, aber derweil noch nicht belegt. Diese besagten Sitze dienen unserem Lehrerehepaar als Parkplatz für Teile ihres umfangreichen Gepäcks.

Meine Nachbarin, beneidenswert jung und geschmeidig, sitzt mit angezogenen Beinen, mit dem Rücken zum Gang, auf ihrem Sitz. Ihre Füße erstrecken sich in einem eher bescheidenen Ausmaß auf dem mittleren Sitz, wobei sich ihre Zehen ganz verstohlen unter eine der Taschen von der Frau Lehrer bohren, was diese jedoch sofort bemerkt und mit einem strafenden Blick belegt. Meine junge Mitreisende registriert dies nicht oder will es nicht registrieren und fährt unbeirrt fort ihren sicher spannenden Roman zu lesen...

„Grüß Gott! Fahrscheinkontrolle!"

Mit diesen Worten, ausgesprochen in einem sehr bestimmenden Tonfall, stellt sich uns ein Teil des Zugteams vor. Es ist dies der Herr Schaffner, vulgo der Herr Zugbegleiter, wie man diese Herren in diesen Zeiten tituliert.

Mein Gegenüber und ich sind die ersten, die ihre Tickets vorzeigen. Dann kommt der Herr Lehrer. Er kramt nervös in seiner Herrentasche (sicher ein Geschenk der liebreizenden Gattin) und reicht dann dem Herrn Zugbegleiter seinen Fahrschein.

„Kann ich Ihre Zuschlagskarten sehen?",

fragt dieser den Herrn Lehrer und der Herr Lehrer befleißigt sich in einer eher devot anmutenden Art dem Wunsch des Herrn Schaffners nachzukommen. Dieser wiederum studiert die Unterlagen eingehend, um dann dem Herrn Lehrer lang und tief in die Augen zu schauen.

„Auf Ihrem Fahrschein sind nur zwei Reisende vermerkt, und Sie haben Reservierungen für vier Personen!",
bemerkt der Herr Schaffner und fixiert den Herrn Lehrer weiterhin mit festem Blick.

Ups!!!

Unser Herr Lehrer schluckt, er schluckt noch einmal und dann noch einmal, und dann bekennt er mit einer hauchdünnen, ja beinahe Mitleid erzeugenden Stimme, dass es nur zwei Reisende gäbe; nämlich ihn und seine Gattin. Schweigen und Betroffenheit...

Die Blicke des Herrn Schaffners, die Blicke der jungen Frau und auch meine Blicke bündeln sich – einem Laserstrahl gleich – und treffen unbarmherzig auf den ertappten Sünder. Dieser ringelt sich wie ein Wurm, und er versucht mit unschuldigem Blick das Beste aus der Situation heraus zu holen.

Seine Ehefrau, die meines Erachtens der Kopf dieser „Zweierbande" ist und deren Hirn diesen „Eisenbahn-Reservierungs-Coup" ausgebrütet hat, schaut teilnahmslos beim Fenster hinaus; so, als gehöre sie gar nicht dazu. Unser Herr Lehrer ist in diesem Augenblick wohl der verlassenste Mensch auf Gottes Erdboden Sein Anblick dokumentiert auf eindrucksvolle Weise, wie schrecklich er sich fühlen muss...

Die Amtsperson der ÖBB, in dieser Situation Herr über Wohl und Wehe, gibt sich einer längeren Überlegung hin und reicht dann, ohne jeglichen Kommentar die Reiseunterlagen an den augenscheinlich total Verzweifelten zurück.

Ich empfinde Hochachtung für diesen Menschen in Uniform, der – obwohl Beamter – ein hohes Maß an Feingefühl erkennen lässt. Er wünscht noch eine gute Reise, verlässt das Abteil und schließt die Tür.

Der sichtlich erleichterte Sünder schaut flehentlich zu seinem Weibe hin, die ihm jedoch ihren Blick verweigert. So, als wolle sie ihm bedeuten, was für ein Versager er doch wäre, was für ein Waschlappen. Man kann die Verachtung förmlich spüren, die sie für ihn empfindet...

Uns schaut er nicht an, dazu fehlt ihm offensichtlich der Mut. Für uns beide ergibt sich nun eine völlig veränderte Situation. Da das Lehrerehepaar durch sein nachgewiesenes Fehlverhalten sämtliche „Ehrenrechte eines Bahnreisenden" verloren hat, sehen wir uns ermutigt Ansprüche auf das Territorium zu erheben, welches die beiden Betrüger bisher unrechtmäßig besetzt hielten.

Das junge Mädchen fährt ihr „Fahrgestell" deutlich weiter aus, und ich entledige mich meiner Schuhe, um meine Füße schräg hinüber in Richtung Tasche auszustrecken. Es macht mir auch keinerlei Probleme den „Fremdbesitz" mit meinen, wenige Stunden zuvor frisch gewaschenen Füße zu berühren.

Die Frau Lehrer zieht darauf hin ihre Tasche mit einem energischen, deutlich erkennbaren Ruck etwas mehr zu sich, und ich unterdrücke nur mühevoll ein kleines, unreines Lächeln, welches einer gewissen Schadenfreude nicht entbehrt. Der so vollzogene Gebietsanspruch zieht keinerlei böse Blicke nach sich, denn unsere beiden Mitreisenden sind deutlich geschrumpft...

Der arme Sünder wendet sich – sichtlich erfreut über seine wieder gewonnene Fassung – weiterhin leiblichen Genüssen in Form eines Bechers mit Liptauer (das ist ein spezifischer österreichischer Brotaufstrich, bestehend aus Schichtkäse, Margarine, edelsüßem Paprika,

Kapern, gewürfelten Essiggurken, gehackten Zwiebeln, Salz und Pfeffer) zu. Dazu einen Kornspitz, und beide Dinge isst er wieder in der bereits eingangs erwähnten Geschwindigkeit.

Seine liebe Frau schaut weiterhin gelangweilt beim Fenster hinaus; die junge Mitreisende wendet sich wieder ihrem Taschenroman in englischer Sprache zu, und ich packe meinen Discman aus (das ist ein batteriebetriebener, tragbarer CD-Player), lege eine Scheibe von Celin Dijon ein, setze mir die Kopfhörer auf und gebe mich dem Musikvergnügen hin.

Ich bin rundherum zufrieden mit dem Stand der Dinge, genieße den Sonnenschein, der durch das Fenster – vorbei an der Frau Lehrer – ins Zuginnere hereinfällt und freue mich schon sehr auf meine idyllische schwäbische Kleinstadt.

Nachzutragen wäre noch, dass sich diese Geschichte tatsächlich zugetragen hat, und zwar am 17. Mai 1998. Die Frage, ob es sich um ein österreichisches oder um ein deutsches Ehepaar gehandelt hat, bleibt vom Verfasser unbeantwortet. Und was den mutmaßlichen Beruf des mitreisenden Herrn betrifft, so ist dieser sicherlich nicht spezifisch für sein Verhalten...
Oder doch?

Mortimer

„Bitte, entschuldigen Sie meine Verspätung."
Ich sah in das Gesicht eines älteren Herrn, das mich sofort gefangen nahm. Eine unbeschreibliche Wärme umfing mich, ja fast ein Gefühl der Geborgenheit. Seltsam. Ich hatte ihn mir ganz anders vorgestellt..

„Warten Sie schon lange?"
Ohne lange nachzudenken, verneinte ich. Es war ein herrlicher Sommertag, nicht zu heiß, ein leises Lüftchen wehte und ich fühlte mich wohl.

„Warten wird ja auch sehr unterschiedlich empfunden", fuhr der Fremde fort, *„es ist wohl auch abhängig von Geduld und Ungeduld. Und es ist wesentlich, ob das, worauf man wartet, etwas Schönes oder etwas nicht so Schönes ist; ob man sich darauf freut oder ob man in ängstlicher Erwartung ist..."*

„Da haben Sie wohl recht", entgegnete ich dem Fremden, der sich zwischenzeitlich nieder gesetzt hatte, *aber nun bin ich da und ich stehe Ihnen voll und ganz zur Verfügung"*, fuhr der Fremde fort.

Mortimer sah mich an mit seinem Lächeln und ich fühlte eine nie gekannte Ruhe in mir. Eigenartig, ich erkannte ihn sofort, ohne dass er sich mir vorgestellt hatte. Zugegeben, sein Name stand auf einem silbern glänzenden Namensschild, das an der Brusttasche seines Sakkos angebracht war; aber ich hätte ihn auch so erkannt. Einfach so, aus dem Bauch heraus.

Eine bemerkenswerte Erscheinung: ca. 1,87 groß, etwas untersetzt, graumeliertes Haar, gepflegtes Äußeres, die Augenfarbe schwer definierbar; dunkel eben. Sein Auftreten würde ich als galant bezeichnen wollen - eine Vokabel, die heutzutage eher unüblich ist – und seine Sprache als fein und über die Maßen Vertrauen erzeugend. Du lieber Gott, das klingt ja schon fast wie eine Liebeserklärung...

„Ich nehme an, Sie haben eine Menge Fragen an mich". Mit diesen Worten riss mich Mortimer aus meiner geistigen Schwärmerei.

„O, ja", entgegnete ich, noch leicht verwirrt.

„Dann fragen Sie; ich werde bemüht sein, so gut es mir möglich ist, Ihre Fragen zu beantworten."

„Sind viele Menschen in Ihrem Heim?"

„Ja, wir sind ständig ausgebucht."

„Verstehe, deshalb die langen Wartezeiten."

„Das ist richtig; aber es gibt auch Ausnahmen."

„Ausnahmen? Wie habe ich das zu verstehen?"

„Nun, es gibt spezielle Fälle, wo ein rasches Handeln angesagt ist."

„Sie meinen, wenn jemand besonders gute Beziehungen hat."

„O, nein, das gibt es bei uns nicht; alle werden gleich behandelt."

„Das soll ich Ihnen glauben? Das fällt mir sehr schwer."

„Und doch ist es so."

„Na ja; belassen wir es damit..."

„Was wollen sie noch wissen?"

„Wie sieht die Hausordnung aus, geht es sehr streng zu?"

„Nein, überhaupt nicht; im Gegenteil. Jeder tut das, was ihm gerade in den Sinn kommt. Unsere Bewohner kommen, ebenso wie Sie, aus einer Welt der Verbote und Anordnungen. Das hat ihr ganzes Leben bestimmt. Bei uns sind Ruhe und des Frieden wesentliche Bestandteile des Seins; fernab jeglicher Hektik."

„Das klingt ja paradiesisch. Jetzt verstehe ich auch, warum Sie so lange Wartezeiten haben. Aber sagen Sie Mortimer, ich darf Sie doch so nennen?"

„Gewiss doch."

„Sagen Sie, warum gibt es doch einige, die sich mit Händen und Füßen dagegen wehren in Ihr Heim zu kommen?"

„Nun, das will ich Ihnen gern erklären. So eilig es die Alten haben, so unvorstellbar ist es für die Jüngeren. Sie haben Angst davor, etwas zu versäumen. Sie haben noch Wünsche und Pläne, die sie erfüllt sehen möchten. Es ist durchaus verständlich, dass die noch nicht in ein Heim wollen. Aber manchmal wird man nicht danach gefragt.

Es gibt aber auch Jüngere, die draußen nicht mehr zurechtkommen und die einfach Geborgenheit in unserem Heim suchen. Das sind dann die, von denen ich zuvor schon gesprochen habe. Wir sind zwar nicht sehr erfreut über deren Ansuchen; aber wir nehmen sie trotzdem auf."

„Aber es gibt doch auch alte Menschen, die zu Ihnen wollen und deren Aufnahme Sie verweigern. Ich kenne einige Fälle aus meinem Bekanntenkreis."

…„Das ist richtig, hat jedoch seinen Grund. Das sind Menschen, die noch nicht alle Aufnahmeformulare beisammen haben. Da zieht sich das schon manchmal einige Monate hinaus; manchmal sogar Jahre."

„Also ist es doch nicht ganz so einfach bei Ihnen aufgenommen zu werden."

„Wie man`s nimmt. Wie gesagt, es spielen einige Faktoren eine Rolle."

„Welche zum Beispiel?"

„Wichtigstes Kriterium ist wohl die persönliche Bereitschaft, gepaart mit der nötigen Geduld, darauf zu warten, bis ein Heimplatz frei ist."

„Und diese Kriterien habe ich erfüllt?"

„Ja, ohne Zweifel, und deswegen bin ich heute auch hier, um Sie abzuholen."

„Das nenne ich „Service".

„Ich wirklich das wirklich nett von Ihnen. Von mir aus kann `s losgehen."

„Und Sie haben alles erledigt, was zu erledigen war?"

„Ja, Mortimer, ich habe alles geregelt. Ich habe mich von allen verabschiedet und ich freue mich auf meinen neuen Lebensabschnitt. Ich sehe es als ein Abenteuer, auf dessen Ausgang ich schon sehr gespannt bin. Was ich noch unbedingt wissen wollte ist, was mit den Menschen geschieht, die das Heim wieder verlassen müssen. Aber das können Sie mir ja unterwegs erzählen.“

Die Sonne schickte sich an in diesem Moment ihr Tagwerk zu vollenden. Ihr weiches Licht zauberte eine Stimmung, die zu beschreiben schwer bis unmöglich ist; man muss es empfinden. Ich sah in Mortimers Gesicht und ich bemerkte ein feines Lächeln in seinen Augen. Die Farbe seiner Augen war mir jetzt klar erkenntlich geworden; tief blau. So blau, wie die Farbe des Himmels in einer Höhe, wo sonst nur Astronauten hinkommen...

„So soll es sein. Nehmen sie meinen Arm und lassen Sie sich von mir führen. Sie brauchen keine Angst zu haben, ich werde Sie sicher geleiten.“

„Daran habe ich nicht den geringsten Zweifel.

Was ich Ihnen noch unbedingt sagen wollte, lieber Mortimer: ich habe mir den Tod immer ganz anders vorgestellt...“

Schuiseppe, Luitschi, Schak und Sprosse

„Tschau Schak!"
„Bongschur Schuiseppe"!
Die beiden Freunde begrüßten sich sehr herzlich.
Schuiseppe, der eigentlich Josef hieß, war ein großer Italienfreund. Seit vielen Jahren schon fuhr er mit seinen Eltern in den Sommerferien nach San Lorenzo zum Baden. Sie mieteten dort eine Ferienwohnung und wurden von Luitschi, dem italienischen Verwalter betreut. Von ihm hatte Schuiseppe auch seine italienischen Sprachkenntnisse. Immer wenn sie sich begegneten, entwickelte sich folgendes Gespräch:
„Tschau Schuiseppe, kommesda?", was so viel heißt wie «Grüß dich Josef, alles senkrecht? » Und Schuiseppe antwortete darauf: „
„Tschau Luitschi, wabene, grazie!", was wiederum so viel wie «Grüß dich Ludwig, alles im Lot! » heißt.
Manchmal sagte Luitschi auch Pepe zu Josef, aber Schuiseppe gefiel ihm einfach besser. Und seither ließ sich Josef auch zuhause mit der italienischen Form seines Namens anreden.
Und Schak, der normalerweise Jakob hieß, war ein großer Frankreichfreund, und ließ sich daher auf Französisch ansprechen. Das jedoch hing zum einen damit zusammen, dass er ins Gymnasium ging und dort Französisch lernte, und zum anderen mit seiner Brieffreundin Angschelik, die er im Rahmen eines Schülerbriefaustauschs kennen gelernt hatte.
Er war ihr zwar noch nie persönlich begegnet, aber er hatte eine Fotografie von ihr. Und wenn Angschelik ihm schrieb, dann begann jeder Brief mit „Mong scher Schak!", was so viel bedeutet wie « Mein allerliebster Jakob! »

Am Anfang hatten sich ja die Freunde und Bekannten der beiden dagegen gewehrt, diesen Blödsinn mitzumachen; aber mit der Zeit hatten sie sich dann doch daran gewöhnt. Also nannten sie die beiden Spinner einfach mit ihren Wunschnamen; und es tat ja auch niemand weh.

„*Was machst du denn so*", fragte Schuiseppe. „*Nun ja*", entgegnete dieser, „*nichts Besonderes, nichts Weltbewegendes; mir geht da nur so ein Gedanke nicht aus dem Kopf…*"

„*Was für ein Gedanke*", bohrte Schuiseppe weiter.

„*Du kennst doch sicher den Ausdruck «Bis über beide Ohren verliebt in jemand sein»*", antwortete Schak.

„*Natürlich kenne ich den; den kennt doch jeder*".

„*Ja schon; aber warum sagt man nicht «Bis in die Haarspitzen in jemand verliebt sein»*"?

„*Hmm…*"

Schuiseppe war sichtlich verwirrt. Er kratzte sich am Kopf, er verdrehte die Augen und dann legte er die Stirn in Falten. Das sah schon sehr bedeutungsvoll aus.

Ein weiteres „Hmm" folgte; aber auch nicht mehr…

„*Na, siehst du*", unterbrach Schak den Freund, „*du weißt es auch nicht!*"

„*Das ist aber auch verdammt schwer*", sagte Schuiseppe, um sein Nichtwissen etwas zu verteidigen, „*das ist schon eine Frage der Kategorie 10 plus*".

„*Was heißt das denn*"?

Schak hatte noch nie etwas von einer solchen Kategorie gehört.

„*Und überhaupt, was ist eigentlich eine Kategorie*"?

Schuiseppe schaute verlegen, und in seinem Gehirn begann man schon heftig nach einer glaubwürdigen und leicht verständlichen Erklärung zu suchen. Er hatte sich da in etwas verrannt, und wusste nun selbst nicht so recht, wie er da wieder heraus kommen könnte…

„Also, wie soll ich dir das erklären", versuchte er nun Zeit zu gewinnen, denn sein Gehirn hatte noch keine rechte Lösung des Problems gefunden.

„Na so, dass ich es verstehen kann", antwortete Schak.

„Ich will es versuchen". Schuiseppe musste jetzt in die Hufe kommen; so viel war ihm klar.

„Eine Kategorie ist wie ein Fieberthermometer, das kennst du ja".

„Natürlich kenne ich einen Fieberthermometer", bestätigte Schak, *„so ein Ding haben wir zuhause, und wenn Emilie* – so hieß Schaks Schwester - *krank ist, dann wird damit gemessen"*.

„Jetzt unterbrich mich doch nicht", kam es da schroff aus Schuiseppes Mund, der inzwischen wieder Oberwasser gewonnen hatte.

„Ich meinte doch nur", gab Schak kleinlaut zurück; „Entschuldigung!"

So gefiel das Schuiseppe schon besser, und er fuhr beflissen fort dem unkundigen Freund sein reiches Wissen weiter zu reichen.

„Also, auf so einem Fieberthermometer sind doch Zahlen. Und wenn man jetzt das Fieber misst, z.B. bei deiner Schwester Emilie, dann wandert der rote Strich in diesem Thermometer hinauf und man kann ablesen, wie sehr krank Emilie ist. Wandert er nur ein kleines Stück, dann hat das keine tolle Bedeutung. Wandert der aber ganz weit, dann hat das eine ungeheure Bedeutung. Verstehst du das?"

Schak war tief beeindruckt und wieder einmal erkannte er, wie klug sein Freund Schuiseppe doch war. Davon war er weit entfernt, obwohl er ins Gymnasium ging und nicht Schuiseppe. Umso mehr beglückte es ihn, dass er einen solch klugen Freund hatte. Was nun aber die Sache mit der Kategorie und dem Fieberthermometer auf sich hatte, das konnte er noch nicht so recht begreifen. Und so fragte er zaghaft weiter.

„Habe ich das richtig verstanden, eine Kategorie ist nur ein anderes Wort für einen Fieberthermometer?"

Schuiseppe erkannte in diesem Augenblick, dass er, im Grunde genommen, dem lieben Schak irgendeinen Blödsinn erzählen konnte; denn dieser verstünde ja ehedem nur „Bahnhof"…

Jetzt lief Schuiseppe zur Höchstform auf.

„Ja, mein Lieber, durchaus!", referierte er nun tüchtig weiter, *„man kann sagen, wenn etwas wichtig ist, dann hat es großes Fieber, und wenn es nicht so wichtig ist, dann hat es nur ein wenig Fieber."*

„Das ist ja höchst interessant", ereiferte sich Schak, den dieses Gespräch nun vollgepackt hatte. *„Aber du hast doch gesagt «Kategorie 10 plus» und auf dem Fieberthermometer gibt's doch kein 10 plus."*

„So ein sturer Bock!", ging es in diesem Moment durch Schuiseppes Kopf, *„der macht mich noch ganz verrückt. Wieso weiß der das mit den Zahlen auf dem Thermometer?"*

„Stimmt doch, oder?", legte Schak nach.

„Ja natürlich stimmt das", gab Schuiseppe zu und seine Stimme hatte etwas von dem Strahlen und Glanz verloren, die ihr gerade noch eigen waren.

„Das ist recht kompliziert", antwortete er, um etwas Zeit zu gewinnen, und fuhr dann fort. *„Das Fieberthermometer ist ein altmodisches Gerät, das es schon sehr lange Zeit gibt, und die Kategorie wurde von großen Wissenschaftlern erst in jüngster Zeit erfunden".*

Auf Schuiseppes Stirn hatte sich inzwischen eine beachtliche Menge Schweißerlen versammelt; denn er war sich nicht sicher, ob Schak diesen Brocken schlucken würde…

„*Ich denke, ich weiß jetzt, was du meinst*", kam da plötzlich und völlig unerwartet Hilfe von Schak. „*Fieberthermometer, das ist das Teil, das die Mutter der Emilie immer in den Popo schiebt, wenn sie Fieber hat, und Kategorie, das ist das neue Ding, das man jetzt ins Ohr steckt, wenn jemand Fieber hat. Frau Netzer, unsere Nachbarin, die hat so etwas.*"

„*Genau!*", entfuhr es Schuiseppe in einem Anflug größter Erleichterung, „*ich hätte es nicht besser erklären können*". Und das entsprach durchaus der Wahrheit.

In der Zwischenzeit hatte sich Sprosse zu den beiden gesellt. Sprosse, die offiziell Monika hieß, war ein Mädchen, das eigentlich ein Junge hätte werden müssen. Sie spielte Fußball wie ein Junge, sie stieg auf Bäume wie ein Junge, sie bewegte sich wie ein Junge und sie kleidete sich auch so. Rock und Bluse waren ihr ebenso fremd wie Wimperntusche und Lippenstift. Und das, obwohl sie schon dreizehn war.

Monika hieß Sprosse, weil ihr Gesicht, ebenso wie ihre Arme von Sommersprossen nur so übersät war. Sie selbst empfand den Namen „Sprosse" mehr als Auszeichnung, denn als Schimpfnamen.

„*Was redet ihr denn da für einen Schwachsinn?*", unterbrach sie die beiden Diskutanten, denen sie schon eine geraume Weile zugehört hatte.

„*Davon verstehst du nichts!*", giftete Schuiseppe Sprosse an.

„*Halt du dich da raus, das sind Männergespräche!*", kam es unterstützend aus Schaks Ecke.

„*Geht das auch eine Nummer kleiner - ihr Männer?*", lachte Sprosse.

Das Lachen hatte eine ansteckende Wirkung und trug wesentlich zur Entspannung der Situation bei.

„*Was ist, du Neunmalkluge; weißt du vielleicht, was eine Kategorie ist?*", fragte Schak ihre gemeinsame Freundin mit einem genussvollen Lächeln.

„Nun ja, rein sprachlich gesehen bedeutet Kategorie so viel wie Eigenschaft, Aussage, Prädikat. Im Mittelalter verwendete man auch für Kategorie das Wort Prädikament."

Schuiseppe und Schak waren sprachlos. Ihr Gesicht war Ausdruck nackten Entsetzens. Ja gut, Sprosse war die Tochter vom Apotheker Eichhorn, und sie war Klassenbeste. Aber was sie da von sich gab, das war Wissen vom anderen Stern; das war außergalaktisch…

„Kant würde sagen", fuhr Sprosse fort, *„Kategorien sind Werkzeuge zur Wahrnehmung und Beurteilung, sind eine apriorische Denkform, Grundvoraussetzung für alle Erfahrungen."*

„Halt, halt, das versteht doch kein Schwein!", unterbrach sie da Schuiseppe, *„das ist ja unverdünnter Wahnsinn!"*

Schak stand noch immer mit offenem Mund da. Er hatte so wie so nur „Nullkommajosef" verstanden; aber das hatte ihm schon mächtig imponiert. Sprosse stieg in diesem Augenblick auf seinem persönlichen Kategoriethermometer auf volle 100 plus…

„Woher weißt du das alles", kleidete er sein Erstaunen in Worte. *„Gut, du bist zwar ein wenig älter als wir, aber das kann es ja wohl nicht sein."*

„Ganz sicher nicht", ergänzte Schuiseppe, *„und außerdem bist du ja ein Mädchen."*

„Lesen – Männer – lesen…", antwortete Sprosse mit einem breiten Grinsen im Gesicht. *„Lesen – lesen bildet!"*

Die beiden Freunde begnügten sich mit dieser Antwort. Was sonst hätten sie auch tun sollen.

„Ich hab's, ich hab's!", entfuhr es Schak voller Begeisterung, *„Sprosse, du bist unsere Rettung!"*

„Wofür, wobei, wieso?"

„Na wegen meiner Frage, die du ja nicht beantworten konntest", wandte sich Schak an Schuiseppe. *„Die Frage 10 plus!"*

„Was kommt jetzt wieder für ein Unsinn?", fragte Sprosse.

Schuiseppe traf die Bemerkung von Schak ob der Unfähigkeit, dessen Frage nicht beantwortet zu haben, wie ein Nadelstich. Er bemühte sich um einen gelassenen Gesichtsausdruck, was ihm jedoch sichtlich misslang.

„Jetzt kannst du ja zeigen, was du wirklich drauf hast", spöttelte er in Richtung Sprosse.

Sprosse überging diese Bemerkung elegant und forderte Schak auf ihr doch mitzuteilen, worum es sich handle.

„Du kennst doch sicher die Redensart « Bis über beide Ohren verliebt sein in jemanden»."

„Klaro!", entgegnete Sprosse spontan.

„Den Spruch kennen doch alle Weiber.", gab Schuiseppe seinen Senf dazu.

„Halt die Klappe, Schuiseppe!"

Das was Schak, der seinen Freund in die Schranken verwies. Schuiseppe, sichtlich geschockt über das Gesagte, war viel zu baff, als dass er etwas erwidern hätte können.

„Warum sagt man beispielsweise nicht « Bis in die Haarspitzen verliebt sein »", fuhr Schak fort.

Sprosse hatte die Frage wohl verstanden. Sie dachte einen Augenblick nach, kramte in ihrem reichen Wissensschatz herum nach etwas Passendem; fand aber nichts Gescheites.

Es herrschte erwartungsvolles Schweigen.

„Männer", richtete Sprosse das Wort an die Freunde, *„da muss ich leider passen. Das ist keine Herausforderung an meine Intelligenz; das ist eine Herausforderung an die Weisheit. Und der Erwerb von Weisheit setzt beim Mensch erst ein, wenn er schon sehr alt ist; also etwa ab dreißig."*

„Wenn das so ist", sagte Schak, *„dann gehen wir doch zu deinem Vater, der ist gescheit und über dreißig."*

Noch bevor Sprosse antworten konnte, brachte sich Schuiseppe wieder ins Spiel.

„Ich hab eine viel bessere Idee; wir gehen zu Oma Eule!"

Oma Eule war die Großmutter Schuiseppes, mütterlicherseits, und schon weit über sechzig Jahre alt oder gar schon über hundert. Eigentlich hieß sie Eulalia, aber alle nannten sie Eule.

„Die Idee ist supermaximal!", streute Schak seinem Freund Rosen, und zwischen den beiden verbalen Streithanseln knüpfte sich wieder ein Band der Harmonie. Sprosse fand diesen Vorschlag ebenfalls zustimmungswürdig, und also machten sich die drei auf den Weg zu Schuiseppes Großmutter...

Als Eulalia die drei kommen sah, setzte sich ein Lächeln auf ihr Gesicht. Sie mochte sie alle drei; natürlich am meisten ihren Pepi. So nämlich nannte sie ihren Enkel Josef, und keineswegs Schuiseppe.

Schuiseppe, der es anfänglich sehr wohl probiert hatte, der Großmutter die Namensänderung schmackhaft zu machen, hatte aber deren Entscheidung, wenn auch leicht schmollend, hingenommen. Verstanden hatte er die Großmutter nicht. Was wäre denn schon dabei gewesen, wenn sie mitgemacht hätte. Sogar seine Eltern hatten ihm den Gefallen getan...

„Welch seltener Besuch", begrüßte Eulalia die Ankommenden. *„Was führt euch denn zu mir?"*

„Wir hätten da mal eine Frage; eigentlich stammt sie von Schak, aber das ist ja egal. Warum heißt es «Bis über beide Ohren verliebt sein» und nicht «Bis in die Haarspitzen»?"

„Das ist eine sehr interessante Frage", bemerkte die Großmutter, um danach lange Zeit in die Gesichter der drei Jugendlichen zu schauen.

„Die hat überhaupt keinen Plan", schoss es Schuiseppe durch den Kopf, und er bedauerte im selben Augenblick

zutiefst, dass ausgerechnet er den Vorschlag mit Oma Eule gemacht hatte.

„*Das ist ja auch eine saublöde Frage*", versuchte er die Situation zu entschärfen.

„*Aber nein; ganz im Gegenteil*", hörte er da Oma Eule sagen, „*die Frage ist sehr interessant, und sie verdient sicher mehr als nur eine einzige Antwort. Ich kann mir vorstellen, dass es dafür viele Möglichkeiten gibt. Eine davon kann ich euch geben; vielleicht gefällt sie euch. Das müsst ihr dann selbst entscheiden…*"

„*Dann sag sie uns bitte, Oma Eule!*", bat Sprosse und ihre Augen bekamen einen erwartungsvollen Glanz.

„*Wenn man ‹‹bis über beide Ohren verliebt ist››, dann ist der Kopf, genauer gesagt das Gehirn von diesem Vorgang ausgesperrt; denn die Denkzentrale sitzt ja bekanntlich ein Stück oberhalb der Ohren. Und wenn man jetzt sagen würde, man ist ‹‹bis in die Haarspitzen verliebt››, dann wäre das Gehirn ja mit einbezogen. Und das wäre sicherlich nicht so gut; denn lieben mit dem Kopf, das wäre wie pfeifen unter Wasser. Das geht nicht!*"

„*Wieso geht das nicht?*", bohrte Schak weiter.

„*Dummkopf!*", sagte Schuiseppe, „*hast du schon einmal versucht unter Wasser zu pfeifen?*"

„*Das meint er doch nicht*", fuhr Sprosse dazwischen, und an Oma Eule gewandt: „*Ganz verstehe ich das auch nicht; kannst du das noch etwas genauer erklären?*"

„*Ich will es versuchen.*", antwortete Oma Eule. „*Wenn man verliebt ist, dann verändert sich das Wahrnehmungsvermögen eines Menschen. Die Sonne scheint heller als sonst, die Mitmenschen scheinen freundlicher als sonst, man kann sich nicht mehr so schnell und gut ärgern wie sonst, man ist viel munterer als sonst, und vieles anderes mehr. Das ist der Tanz der Hormone; unsere Gefühle sind in hellem Aufruhr, wir schweben im siebenten Himmel.*

Jetzt stellt euch einmal vor, euer Gehirn, also der Verstand, kommt daher und sagt zu euch; «Seid ihr plemplem? Das ist alles Humbug! Die Sonne scheint wie immer, eure Mitmenschen sind so unausstehlich wie immer, ärgern ist schön, und man muss auch mal ausruhen können.» Und somit würde der siebente Himmel einstürzen, und alles wäre wie immer. Dieser wunderbare Zustand der Schwerelosigkeit, des schweben Könnens, des Fliegenkönnens wäre mit einem Wisch wieder weg. Das wäre doch furchtbar, oder etwa nicht?"

Und aus diesem Grund sperrt man den Verstand aus, und lässt die Liebe nur von den Zehenspitzen bis gerade einmal bis knapp über die Ohren in die Menschen hineinschlüpfen. Und ihre Hauptverwaltung richtet man im Herzen der Menschen ein. Das heißt aber nicht, dass der Verstand jetzt ein Böser ist. Er bleibt uns ja erhalten und er macht auch weiter seine Arbeit; aber eben nur in seinem Bereich.

Der Idealfall wäre, wenn Gefühl und Verstand sich gegenseitig respektieren würden und jedes für seinen Bereich die Verantwortung übernähme, ohne jedoch dem anderen in seine Angelegenheiten hinein zu reden. Aber das ist ein schwieriges Unterfangen und es gelingt nur ganz wenigen.

Theresa von Aquila, eine Heilige aus früherer Zeit soll einmal gesagt haben: «Der Verstand ist ein lästiger Narr». Vielleicht hat sie ja damit Recht; wer weiß. In der Liebe hat er auf jeden Fall nichts verloren!"

Die drei Wissbegierigen hatten Oma Eule interessiert zugehört, und ihre Ohren glühten vor lauter Aufregung. So ist das also mit der Liebe. Aufregend, im höchsten Maße aufregend…

„Und wie merkt man, dass man «bis über beide Ohren in jemanden verliebt ist – und nicht weiter»", ertönte ganz sacht, ja beinahe behutsam die leise Stimme von Schak.

„Kann man das lernen?", wollte Schuiseppe wissen.

„*Das brauchst du nicht lernen*", antwortete Oma Eule ihrem Enkel, „*das merkst du dann schon; und du auch Schak.*"

Zu Sprosse sagte sie nichts; sie sah das Mädchen nur an und sie erkannte eine leichte Röte in deren Gesicht, die nicht aus lauter Aufregung entstanden war. Sie erkannte, dass Sprosse der Liebe bereits begegnet war, und es freute sie. Die beiden Männer hatten davon nichts mitbekommen; und das sollte auch so bleiben…

Das erste Rendezvous

„*Du hast doch noch Zeit*", versuchte Tante Brigitte den aufgeregten Neffen zu beruhigen, „*du fährst doch höchstens eine dreiviertel Stunden bis in die Stadt.*"

„*Das ist wohl richtig*", entgegnete Georg, der krampfhaft versuchte ruhig und gelassen zu wirken, „*aber man weiß ja nie, was unterwegs passiert. Ein Stau oder eine Umleitung; es kann so vieles passieren.*"

Georgs Mutter, Elsa, die ihren Liebling gut kannte, unterdrückte ein Lächeln. Sie konnte Georgs Unruhe nur allzu gut nachempfinden. Erinnerungen aus ihrer Jugend halfen ihr dabei. Sie war anders als ihre ältere Schwester. Brigitte war die rationelle, die planende, die wohlüberlegende. Nicht, dass sie keine Gefühle gehabt hätte; aber selbst diese mussten sich erst einer strengen Prüfung unterziehen, bevor sie *an den Mann gebracht wurden...*

Elsa gab sich ihren Gefühlen stets vorbehaltlos hin. Zugegeben, das machte sie verwundbar und verletzlich; aber es ermöglichte ihr auch die Tiefe eines Gefühls voll auszukosten. Brigitte hatte sie stets in aller Deutlichkeit darauf aufmerksam gemacht, wie töricht sie doch sei, wenn wieder einmal der Himmel für Elsa eingestürzt war. Aber das machte sie nur noch stärker.

Nun waren beide Schwestern alt und *das* mit der Liebe; na ja, das war längst vorüber. Beide lebten ohne Mann. Brigitte, weil die große Liebe ihres Lebens tödlich verunglückt war und Elsa, weil sie ihren Mann *in die Wüste geschickt* hatte, nachdem alles Weibliche selbigen immer wieder *hinangezogen* hatte und Besserung nicht zu erwarten war...

„*So lass ihn doch, Brigitte*", unterstützte sie ihren *Goldfasan*, wie sie Georg liebevoll nannte, „ *lieber eine halbe Stunde zu früh als auch nur eine Minute zu spät*".

Brigitte sah Elsa für einen kurzen Augenblick vorwurfsvoll an, um dann mit einem *huldvollen* Lächeln dem Argument der Schwester zuzustimmen. Mit einem „*Ihr habt ja Recht*", gab sie ihren Segen zu diesem Unternehmen, nicht jedoch ohne Georg eindringlich aufzufordern langsam und vorsichtig zu fahren.

Ihre ganze Liebe, die beiden Schwestern innewohnte, hatten sie von Geburt an auf ihren gemeinsamen Liebling konzentriert, sodass irgendein anderes männliches Wesen gar keinen Raum in ihren Herzen hätte finden können...

Georg stieg in sein Auto, welches er gebraucht erworben hatte und das ihm die Tante mit finanziert hatte, und als er den Schlüssel in das Zündschloss steckte, lächelte er. Wie zur Bekräftigung der mahnenden Worte von Tante Brigitte las er das Sprüchlein, welches auf dem Armaturenbrett angebracht war:

Fahr nicht wie mit wilden Pferden durch der Welt Getümmel; lieber mal zu spät auf Erden – als zu früh im Himmel!

Von wem anderen, als von Tante Brigitte, konnte dieses kleine *Warnschildchen* stammen. Sie hatte es Georg für sein *neues* Auto geschenkt, in der Hoffnung, dieser würde es ab und zu lesen und vielleicht sogar danach handeln...

Georg war aufgeregt. Er hatte Renate vor einer Woche kennen gelernt. Es war am Ende eines verkorksten Tanzabends, als er auf dem Nachhauseweg noch bei einem örtlichen Fest vorbei schaute, nur um nicht mit seinen düsteren Gedanken schlafen gehen zu müssen. Er wollte noch ein Glas Wein trinken, die eine oder andere Zigarette dabei rauchen, und dann nach Hause gehen. Aber es kam alles ganz anders...

Als Georg die Halle betrat, war die Stimmung gerade auf ihrem Höhepunkt. Es blieb ihm jedoch verwehrt auch nur den kleinsten Anteil davon zu übernehmen. Er war zu sehr gekränkt über ein Mädchen, das er über die Maßen anbetete und verehrte. Georg hatte sich so sehr auf diesen Abend gefreut, dass die Enttäuschung grenzenlos war, als sich das Mädchen einer Clique von Freunden zuwandte, welche zufällig auch dieser Tanzveranstaltung beiwohnte. Sie schien ganz zu vergessen, dass *er* es war, der sie eingeladen hatte und der sie den ganzen Abend unentwegt mit großen, verliebten Augen verschlungen hatte. Sie hatte das völlig ignoriert, und immer öfter verließ sie den Tisch, an welchem sie mit Georg gesessen hatte, um mit ihren Freunden zu tanzen oder in die Bar zu gehen. Ihr Gebaren dabei war wild und ausgelassen. Ja, *sie* war das Wild, die Beute; aber Georg taugte wohl nicht so recht zum Jäger...

Während Georg vor seinem Glas Wein saß und diesen trüben Gedanken nachhing, während er sich – Zug um Zug an seiner Zigarette – dem klaren Gefühl des Weltschmerzes hingab, bemerkte er, zwei Tische weiter, eine junge Frau. Es war schon lange nach Mitternacht, und die Tische waren nicht mehr alle besetzt. Ein paar wenige Pärchen bewegten sich, eng umschlungen, auf der Tanzfläche, und die Luft war erfüllt von Liebe, Sehnsucht, Tabak und Alkohol...

Georg sah immer wieder verstohlen hinüber zu der Unbekannten, den direkten Blickkontakt vermeidend, bis auf ein *einziges Mal*; da trafen sich ihre Blicke. Ohne lange nachzudenken, stand Georg auf, ging hinüber, verbeugte sich artig, und bat um den nächsten Tanz. Die unbekannte Schöne stand auf, und sie gingen auf die Tanzfläche. Die Kapelle, Gottseidank schon recht müde und kurz vor dem Ende ihres *Arbeitstages*, spielte anschmiegsame und Begehren erweckende Melodien und auf wundersame Weise begann Georg den gerade noch so intensiv empfundenen *Weltuntergangsschmerz* zu vergessen.

Die Freude wähnte jedoch nur kurz.

Monica, die liebe Cousine von Renate, mit welcher sie das Fest besuchte, kam aus dem Nichts hinzu, bedeutete Renate, dass sie jetzt aufbrechen wolle, ohne auch nur einen Blick, oder gar ein Wort an Georg zu verschwenden. Renate bat ihre Cousine noch um einen letzten Tanz mit Georg, welchem diese, ohne erkennbare Begeisterung, schließlich auch zustimmte. Georg war völlig durcheinander. *So* abrupt durfte der Zauber des Augenblicks nicht zerstört werden. *Zwei* Anschläge auf seine Gefühlsleben an *einem* Abend, das durfte nicht sein. Er nahm all meinen Mut zusammen und bat Renate – sie hatten sich zwischenzeitlich bekannt gemacht – nach Hause geleiten zu dürfen. Renate lehnte zunächst dankend ab. Sie sei, zusammen mit ihrer Cousine, mit deren Auto hier her gekommen, und außerdem wohne sie auch bei ihr, ca. 30 km entfernt. Georg ließ nicht locker und schlug Renate vor, die Cousine könne ja – den Weg weisend – voraus fahren und er würde mit Renate in seinem Auto hinter her fahren. So könnten sie noch eine geraume Zeit zusammen sein und einander von sich erzählen. Renate willigte, sehr zum Unmut ihrer Cousine, ein und so fuhren sie in die Nacht hinein.

Während der Fahrt erfuhr Georg, dass Renate über das Wochenende zu Besuch bei ihrer Tante und deren Tochter Monica weilte. Wohnen würde sie jedoch in einer anderen Stadt.

„*Darf ich Dich wieder sehen?*“, fragte Georg im Schutze der Nacht, die das Wageninnere erfüllte. Sie fuhren auf einer Straße, die durch Wälder führte und außer dem Licht des Mondes und dem spärlich beleuchteten Autoradio gab es keine Lichtquelle, welche das Wageninnere *so* erhellt hätte, dass Georg *diesen* Mut nicht aufgebracht hätte.

„*Sehr gern*", antwortete Renate und Georg war dem Himmel nah. Georg war zum *Jäger* avanciert ohne es bemerkt zu haben.

Heute nun war der Tag des Wiedersehens. Strahlend blauer Himmel, sommerliche Hitze, erhöhter Pulsschlag. Das waren die Begleiter für Georgs erstes Rendezvous.

Sie hatten den Haupteingang des Bahnhofs als Treffpunkt vereinbart und als Zeit *zwölf Uhr mittags*. Wie in dem berühmten Film mit Gary Cooper und Grace Kelley.

Georg war natürlich viel zu früh. Er nützte die Zeit und kaufte einen Strauß roter Rosen. Ganz recht, rote Rosen; das Symbol für die Liebe. Warum auch nicht; war es doch Liebe, die er im Herzen trug; wunderbare, süße Liebe...

Der Minutenzeiger bewegte sich sehr gemächlich auf die zwölf. Georg hatte das Gefühl, als würde alle Welt ihn beobachten, wie er so mit seinem Rosenstrauß ungeduldig auf und ab ging.

Endlich war es Mittag. Er hielt Ausschau nach der Geliebten, konnte sie jedoch nicht entdecken. Eine viertel Stunde später beschlich ihn eine lähmende Angst. Weit und breit keine Renate zu sehen. Hatte sie das Rendezvous vergessen, oder schlimmer noch: war alles nur ein Scherz; hatte sie mit ihm gespielt? „*Blödsinn!*", sagte er zu sich selbst; „*doch nicht Renate!*"

Es konnte ja auch eine Verspätung der Straßenbahn Ursache dafür sein, dass Renate noch nicht gekommen war.

Georg erwischte sich dabei, wie er dabei war darüber nachzudenken, was er mit den Rosen machen würde, sollte Renate nicht kommen. *In den Abfallkorb stecken.* Das war sein erster Gedanke. *Unsinn, dafür sind die Blumen zu schade...*

Als eine knappe halbe Stunde vergangen war, wurde die Prophezeiung von Tante Brigitte zur traurigen Wahrheit. Sie hatte ihm vorhergesagt, dass er *versetzt* werden würde. Georg war den Tränen nahe. Er bekam gar nicht mit, wie sich die Frau bedankte, als er ihr die Blumen überreichte, mit der Erklärung, dass sie für jemanden gedacht waren, der nicht gekommen sei. Zunächst lehnte sie – voller Misstrauen - die Annahme der Rosen ab. Dann nahm sie das Blumengeschenk doch noch an; ein Blick in Georgs Gesicht hatte ihre Bedenken wohl zerstreut...

Georg ging in Richtung Auto mit einer waidwunden Seele in seiner Brust, die Trauer und tiefe Enttäuschung empfand, als er seinen Namen rufen hörte.

Er drehte sich um und gewahrte Renate, welche eilig auf ihn zugelaufen kam. Atemlos schilderte sie Georg, was sich zugetragen hatte. Sie hatte – wie ausgemacht - am Haupteingang auf ihn gewartet. Genau so wie er, war auch sie viel zu zeitig am Bahnhof. Sie wartete eine halbe Stunde über zwölf und konnte nicht verstehen, warum Georg nicht gekommen war. Anders als er, zweifelte sie jedoch keinen Moment daran, dass er kommen würde. Daher begab sie sich, um jede Möglichkeit auszuschließen, zum Seiteneingang des Bahnhofs, bei welchem Georg irrtümlich gewartet hatte, weil er diesen für den Haupteingang hielt. Im letzten Augenblick erspähte sie ihn, als er gerade entmutigt, enttäuscht und furchtbar unglücklich seinem Auto zustrebte.

Und so fand Georgs erstes Rendezvous doch noch statt, das beinahe beendet gewesen wäre, bevor es noch begonnen hatte.

Und ein Zeichen der Liebe überreichte er seiner Renate auch noch. Nicht in Form des üppigen Gebindes, welches er der überraschten Dame überlassen hatte, son-

dern mit einer einzigen Rose, die er dem Strauß ent-
nommen hatte, um sie an sein Revers zu stecken.

Diese eine Rose war schöner als alle Rosen der Welt
und ihr Duft war unbeschreiblich. Sie duftete nämlich
nach Liebe und Glück…

Der alte Grieche

Mathilde sah in die untergehende Sonne eines vollkommenen Urlaubstages. Jetzt war sie schon die zweite Woche auf dieser griechischen Insel, und es zog sie immer noch am Abend an das Ufer des Meeres, das direkt vor ihrer Bungalowtüre lag. Wo sonst könnte ein Sonnenuntergang so glanzvoll, so imposant, so unbeschreiblich schön sein, wie am Meer.

Aber was war das? Mathilde bemerkte urplötzlich, dass sie etwas vermisste. Gerade wollte sie diesen, den Augenblick alles dominierenden, Vorgang eines Sonnenuntergangs gefühlsmäßig auskosten, als sie bemerkte, dass es nicht ging. So sehr sie auch in ihrer Seele herum kramte, sie konnte die Freude nicht finden. Und das Glück, die Zufriedenheit und die Zuversicht waren ebenfalls nicht auffindbar.

„*Das ist ja furchtbar*", durchdrang es Mathilde, „*das kann doch gar nicht sein!*"

„*Ich weiß genau, gestern war noch alles da.*" Sie durchsuchte ihre Seele wieder und wieder; aber es half nichts. All diese kostbaren Schätze waren wie in Luft aufgelöst. Eine tiefe Traurigkeit überkam Mathilde. „*Wie soll es nur weitergehen ohne Freude, Glück, Zufriedenheit und Zuversicht?*", fragte sie sich, und ihre Augen bekamen einen feuchten Glanz…

In all ihrer Not fiel ihr die Großmutter ein. Sie hatte zu deren Lebzeiten viele Stunden bei ihr gesessen und hatte ihr zugehört, wenn sie wieder eine ihrer Geschichten erzählte. Damals hatte sie sicher nicht alles verstanden, weil sie ein Kind war, und die Denkweise der Erwachsenen noch weit weg von ihr war. Und als sie erwachsen war, hatte sie das Meiste von damals vergessen, weil die Denkweise eines Kindes inzwischen auch verkümmert war. Aber eines hatte sie nicht vergessen und das fiel ihr jetzt ein: Für jedes Häslein hat Gott ein Gräslein wachsen lassen, und für jedes Problem gibt es eine Lösung. Und wenn man sie allein nicht findet, dann muss man sich Verstärkung holen. Und der Stärkste und Mächtigste wohnt hoch droben in den Wolken.

Obwohl Mathilde sich in diesem Augenblick an den besagten Spruch der Großmutter erinnerte, half er ihr nicht weiter. Wie sollte sie ihre verloren Schätzte je wiederfinden, wo sie noch nicht einmal wusste, ob sie sie einfach nur verloren hatte oder ob sie ihr gestohlen worden waren.

Mitten in diese Gedanken hinein setze sich eine hager Gestalt mit einem von Wind und Wetter gegerbten Gesicht. Diese Gestalt hatte sich einfach neben Mathilde gesetzt, ohne um Erlaubnis zu fragen. „Unverschämter Kerl", dachte Mathilde und sah sich ihren Nachbarn etwas genauer an. Als sie in sein Gesicht schaute und in die Augen des Mannes, bereute sie ihre Gedanken von gerade eben. Der „unverschämte Kerl" war in einem sehr weit fortgeschrittenen Alter, das zu schätzen wohl nicht leicht möglich war. Der Kleidung nach ein Fischer; aber auf jeden Fall ein Einheimischer.

„Genießen Sie den Untergang der Sonne?", sprach er sie an. Der Akzent des Mannes bestätigte Mathilde, dass es sich um einen Einheimischen handelte. Mathilde nickte stumm.

„Wir hier auf der Insel sagen, dass sich die Sonne am Abend im Meer von der Last des Tages reinigt, um nach einer wohlverdienten Nachtruhe am Morgen wieder frohgelaunt ihrer Aufgabe zu widmen."

„Das ist ein schöner Gedanke", ging es Mathilde durch den Sinn, *„der gefällt mir."*

„Sie sitzen da, und wohnen der Schönheit und dem Zauber des Augenblicks bei", fuhr der Fremde fort, „aber der Glanz und das Leuchten spiegeln sich in ihren Augen nicht wieder." „Gefällt ihren Augen nicht, was sie sehen?"

„Doch, doch", entgegnete Mathilde eilig, „aber ich habe momentan ein kleines Problem, das es mir unmöglich macht das Geschehnis angemessen wahrzunehmen."

„Wollen Sie darüber reden?"

„Ich weiß nicht", stotterte Mathilde sichtlich verlegen, denn sie wollte den Mann nicht brüskieren. „Ich kenne Sie doch gar nicht", fuhr sie fort.

„Das ist doch wunderbar. Sie erzählen mir Ihre Geschichte und ich höre Ihnen einfach zu. Dann trennen sich unsere Wege wieder, und wir werden uns danach nie wieder sehen. Also, was meinen Sie?"

Mathilde sah dem Mann in seine warmen Augen, und dabei spürte sie, wie sich in ihr ein Zutrauen auftat, wie sie das, schon ewige Zeiten nicht mehr, bei einem Menschen verspürt hatte. Und ohne, dass ihr wirklich bewusst wurde, was sie tat, begann sie dem Fremden zu erzählen. Sie schilderte ihm, dass sie in letzter Zeit immer wieder einmal Freude, Glück, Zufriedenheit und Zuversicht verlegt hatte; sie aber jedes Mal wieder gefunden hatte. Nur heute, als vor ganz kurzem noch, als sie nach der Freude suchte, konnte sie sie nicht finden. Und die anderen Sachen waren ebenfalls verschwunden. Der aufmerksame Zuhörer hatte Mathilde die ganze Zeit über angesehen, und Mathilde war seinem Blick nicht ausgewichen. Es versetzte sie einiger Maßen in Erstaunen; denn bei jedem anderen hätte sie, nach kurzer Zeit, sicher weg geschaut. Aber jetzt, im Gegenteil; sie fühlte sich wohl in den Augen des Fremden.

Dieser drehte den Kopf in Richtung Meer, dorthin, wo vor einigen Minuten noch die Sonne zu sehen war, und dann erzählte er Mathilde eine Geschichte. Und Mathilde war, als wäre sie wieder ein kleines Mädchen, säße bei der Großmutter, und hörte dieser zu.

„Die Seele ist ein Behältnis, den der liebe Gott den Menschen geschenkt hat, damit diese alle ihre guten Gefühle aufbewahren können. Dazu gehören: Freude, Glück, Verliebtheit, Liebe, Hoffnung, Zufriedenheit, Zuversicht und ähnliches. Außerdem gehören auch dazu: Trauer, Schmerz, Sorge, Mitleid, Hilfsbereitschaft und ähnliches. Dabei gilt es aber zu unterscheiden zwischen flüchtigen und anhaltenden Gefühlen. Flüchtige Gefühle sind in erster Linie die Freud, das Glück und die Verliebtheit. Man will uns Menschen immer den Zustand ständiger Freude, dauerenden Glücks und ewiger Liebe vermitteln. Das ist aber ein großer Irrtum, oft sogar eine vorsätzliche Lüge. Freude und Glück sind immer nur Augenblicke, mal kürzer - mal länger; aber nie von Dauer. Vielleicht sind sie deshalb auch so kostbar. Sie sind wie ein Schmetterling, der sich kurz niedersetzt, um gleich wieder weiter zu fliegen. Und so, wie man einen Schmetterling erdrücken würde, wollte man ihn festhalten, so würden auch Freude und Glück zerstört werden, ließe man sie nicht – nach kurzem Verweilen - wieder weiterziehen, um irgendwann wieder einmal vorbei zu schauen. Und was die Liebe angeht, so ist sie, in ihrer flüchtigen Form, nur eine Liebelei, die irgendwann weiterziehen will. Die wahre Liebe zählt zu den anhaltenden Gefühlen, ebenso wie Trauer, Mitleide, Sorge und Schmerz, wobei die Länge des Andauerns sehr verschieden sein kann. All diese Gefühle liegen – in guter Ausgewogenheit – in unserem Vorratsbeutel, den uns der liebe Gott geschenkt hat."

„Jetzt gibt es aber eine Spezies von Schädlingen, die sich manchmal, still und leise, in unseren Seelen einnistet. Das sind die Kümmerlinge, die Zweiflinge, die Verzagerlinge und die Ohnhoffnunglinge. Diese kleinen Bösewichte fallen über die flüchtigen Gefühle her, die in unserer Seele gerade verweilen, um sie zu zerstören. Und wenn man diese Schädlinge nicht erkennt und be-

kämpft, dann steht man eines Tages da ohne diese kostbaren Schätze, die uns das Leben so lebenswert machen. Daher ist es ratsam, in gewissen Abständen nach dem Rechten zu sehen, und die Bestände der flüchtigen Gefühle zu überprüfen. Sinnvoll wäre auch die Seele gelegentlich zu desinfizieren. Ich empfehle da Jauchzen und Frohlocken in großer Demut und tiefer Dankbarkeit…"

Mathilde war wie gelähmt. Sie hatte die Geschichte gehört mit den Ohren eines Erwachsenen und dem Herzen eines Kindes, und sie hatte sie verstanden. Sie drehte sich um, um dem Fremden für diese schöne Geschichte zu danken; doch dieser war nicht mehr da. Mathilde muss so ergriffen gewesen sein, dass sie das Fortgehen des Mannes mit der schönen Geschichte gar nicht bemerkt hatte. Eigentlich wollte sie sich ja noch bei ihm bedanken; aber nun…

Mathilde beschlich ein irrer Gedanke. Ob das vielleicht die wiedergeborene Großmutter war, die ihr die Augen geöffnet hatte. Aber nein, das ging sich altersmäßig gar nicht aus. Wahrscheinlich war es nur ein alter Grieche, von denen man ja sagt, dass sie mit Weisheit gesegnet sein sollen. Aber dann war es bestimmt ein ganz, ganz alter Grieche…

Ein ganz besonderer Gipfel

Es war noch finster, als wir vor die Hütte traten. Der Weg von der Hütte weg verlief sofort steil ansteigend. Wir hatten uns angeseilt, denn die letzen Tage hatte es heftig geschneit und ein ausgetretener Pfad war nicht erkennbar.

Schon der Aufstieg zur Hütte hatte sich als problematisch erwiesen, weil durch einige abgegangene Lawinen der Weg auch nur kaum erkennbar war.

Horst, der Senior der Truppe hatte sich das Knie verletzt. Er war ausgerutscht und auf eine – dicht unter der Schneedecke verborgene – Steinplatte geschlagen. Das Knie blutete stark und musste verbunden werden. Ein ordentliches Nachtmahl, ein paar Stamperln Schnaps, und der Vorfall war vergessen.

Wir hatten Stirnlampen umgeschnallt, um weniges ein bisschen von den Fußabdrücken unseres Vorausgehenden im Schnee zu erkennen. Ansonsten zauberte das Mondlicht ein Szenario aus Berg, aus Schnee und aus schemenhaften Gestalten, die wortlos durch die Nacht stapften.

Zum Denken war keine Zeit. Man war viel zu sehr damit beschäftigt nicht auf das Seil zu steigen und sich dem Tempo des Vordermanns anzupassen.

Der Atem ging schwer. Wir waren ja doch auf dem Weg zum Gipfel eines starken Dreitausenders. Die Hütte lag schon sehr hoch und die Luft war spürbar dünner als unten im Tal. Wobei der Ausgangsort allein schon auf 1600 Metern lag.

Wir kamen gut voran, d.h. die anderen kamen gut voran. Ich nur bedingt, weil zu der Erschwernis des Neuschnees bei mir noch 107 Kilogramm Lebendgewicht hinzukamen, die ich zu schleppen hatte. Unten im Tal kein Problem; aber hier oben…

Bei jedem Schritt, wo die anderen Leichtgewichte ca. 15 bis 20 Zentimeter einsanken, sank ich bis zu den Knien im Schnee ein. Und das sehr oft; viel zu oft.

Der Tag begann sich über Schnee und Eis zu ergießen. Schön war es hier oben. Still, wenn man von den schweren Atemzügen der Männer absah.

Ich musste nun immer öfter stehen bleiben. Meine beiden Kameraden, die mit mir am Seil gingen, hatten Verständnis. Es war ihnen ja nicht entgangen, wie kräfteraubend mein Einsinken in den Schnee war. Ich erwog aufzugeben.

Bernd, der wohl konditionsstärkste der Truppe, bot mir an, sich ebenfalls mit einem Seil an mich zu binden, um mich quasi den Berg hinauf zu ziehen.

Das lehnte ich vehement ab. *So* wollte ich den Berg nicht bezwingen; das verstieß gegen jede Bergsteigerehre. Ich weiß gar nicht, ob es so etwas überhaupt gibt. Aber vermutlich schon...

Unter Aufbietung meiner letzten Reserve stapfte ich weiter. Schritt–um–Schritt, Atemzug–um–Atemzug, bis es irgendwann nicht mehr ging.

Wenn man in einer solchen Höhe mehr Sauerstoff verbraucht, als der Körper produzieren kann, dann ist das nicht ungefährlich. Daher beschloss ich den Berg zum Sieger zu erklären und aufzugeben.

Jetzt hatten wir ein Problem: Wer sollte mich beim Abstieg zur Hütte begleiten? Es ist sicherlich nicht lustig, wenn man sich lange Zeit auf eine solche Tour vorbereitet hat, und muss dann – den Gipfel schon fast vor Augen und bei herrlichstem Wetter – umkehren. Das ist schon nicht lustig für den Betroffenen, und noch weniger für den potentiellen Begleiter.

Um eine Diskussion darüber zu vermeiden, brachte ich klar zum Ausdruck, dass ich keinen Begleiter brauche. Hatte ich auch nicht genug Kraft den Berg hinauf zu gehen; hinunter reichte sie allemal.

Ich versicherte meinen Kameraden, dass sie mich unbesorgt alleine absteigen lassen könnten. Der Weg war nicht zu verfehlen und ich war guter Dinge. Wir wechselten noch das eine oder andere Wort, und dann trennten wir uns...

Ich beneidete meine Kameraden, die dem Gipfel weiter entgegen stiegen. Ich winkte ihnen noch eine Zeit lang nach und dann machte ich mich auf den Rückweg.

Wie hatte ich mich auf diese Tour vorbereitet: Waldlaufen, Nikotinverbot schon einige Wochen zuvor. Und alles umsonst...

Ich musste an Fritzi denken. Friederike, wie sie mit vollem Namen hieß, war meine Ehefrau. Wir waren ein gutes Jahr verheiratet und wir erwarteten unser erstes Kind. In ca. zwei Wochen sollte es soweit sein...

Schritt–für–Schritt stieg ich den Berg hinunter. Die Sonne stand inzwischen schon höher und hatte die Berge in ein sanftes Licht gehüllt.

Mein Gott, in zwei Wochen sollte ich Vater werden...

Wir wussten nicht, ob es ein Mädchen oder ein Junge werden würde. *Ich* hatte mir ein Mädchen gewünscht; *Fritzi* war es egal. Hauptsache gesund. Das war natürlich auch meine Meinung; aber das behaupten wohl alle werdenden Eltern.

Um Gottes Willen; was, wenn mir etwas zustößt?

Meine Kehle schnürte sich zu und ich fühlte eine starke Beklemmung in mir aufsteigen.

Das Kind käme auf die Welt, und ich hätte es noch nicht einmal gesehen...

Meine Augen wurden feucht.

Das Kind wäre Halbwaise, nur weil sein Vater nicht verzichten wollte...

Aber das stimmte ja nicht. Ich hatte Fritzi sehr wohl angeboten bei ihr zu bleiben und nicht auf die Bergtour mit zu gehen. *Sie* aber hatte darauf bestanden, dass ich mit gehe. Sie fühlte sich wohl und Schwangerschaft sei ja schließlich keine Krankheit...

Tränen rannen mir über das Gesicht und ich fühlte alles Elend dieser Welt...

„Lieber Gott, mach, dass ich heil hinunter komme und dass ich meine Fritzi gesund wiedersehe. Und beschütze unser Kind!", begann ich in diesem Augenblick zu beten.

Die Spuren im Schnee, die wir beim Aufstieg hinterlassen hatten, verschwanden hinter einem dichten Schleier von Tränen. Heulkrämpfe schüttelten heftig meinen Körper. Ich setzte mich in den Schnee und ließ meinem Seelenzustand freien Lauf...

Nach und nach wurde ich ruhiger. Ich sprach mir Mut zu und die Aussicht, mit meinen beiden bald wieder vereint zu sein, tat ihr übriges.

Ich stand auf und setzte – mit voller Konzentration – meinen Abstieg fort.

Und mit jedem Schritt wuchs auch meine Zuversicht, und nach einer geraumen Weile vernahm ich Musik. Es war Flötenmusik.

Obwohl noch weit entfernt von der Hütte, sah ich schon bald den Künstler. Marcel, der Hüttenwirt, stand vor seiner Hütte und spielte auf einer kleinen Flöte. Er stand der Bergseite abgewandt, und ließ wunderschöne Töne – wie auf Wolken sanft gebettet – hinunter ins Tal gleiten. Und so konnte er mich nicht herankommen sehen. Er hätte mich wohl auch nicht bemerkt, hätte er seine Musik den Berg hinauf gespielt. Er war zu sehr versunken in sein Spiel...

Die Melodie war mir unbekannt; aber sie gefiel mir sehr. Sie war für mich wie ein Regenbogen, der mir den Weg nach Hause weist, und von dem ich sicher geleitet werde. Ich rutschte auf ihm zurück in das Leben...

Zwei Wochen später wurde ich Vater eines Mädchens. Luise war das schönste Neugeborene auf der Welt. Viel schöner und viel kostbarer als alle Berge dieser Erde zusammen...

Und das war ein ganz besonderer Gipfel.

Die Seele Alfons

Es war später Nachmittag.

Alfons saß vor seiner Hütte im Garten Eden und sah den vorbei-flanierenden Pensionisten zu. Er beneidete sie. Lachend, heftig gestikulierend und laut palavernd zogen sie durch die Wolkengassen und genossen ihr Dasein.

„Ach, wäre ich doch nur schon so weit wie sie...“, dachte Alfons still bei sich, und beinahe hätte er das Läuten des Telefons überhört.

„Alfons“, meldete er sich artig, *„was kann ich für Sie tun?“*

„Komm wieder runter, Alfons. Ich bin es nur!“

Es war der *Himmlische Vater* höchstpersönlich.

„Ach du bist es“, sagte Alfons, *„ist es schon wieder so weit?“*

„Ja, mein Lieber“, antwortete der *Himmlische Vater* mit lachender Stimme, *„morgen früh geht `s wieder auf Tournee!“*

„Danke für deinen Anruf“, beendete Alfons das Gespräch und legte den Hörer auf, und wieder dachte Alfons an die pensionierten Seelen, und daran, was für ein sorgenloses Dasein sie führten...

Am nächsten Morgen stieg Alfons in den Sonderzug, der in auf die Erde hinunter bringen sollte. Er bekam von einer Stewardess ein kleines Köfferchen überreicht, welches er – nachdem er Platz genommen hatte – sogleich öffnete. Es war jedes Mal dasselbe kleine Köfferchen; nur der Inhalt veränderte sich.

„Also, was haben wir denn dieses Mal?“, murmelte Alfons vor sich hin und nahm den Umschlag mit dem göttlichen Siegel heraus. Das göttliche Siegel bestand aus zwei gekreuzten Stängeln, an deren einem Ende eine noch geschlossene Knospe war und am anderen Ende eine aufgeblühte Blume...

Alfons hatte schon Kollegen befragt, was diese Symbolik zu bedeuten hätte; aber keiner vermochte ihm eine schlüssige Antwort zu geben. Es gab wohl die verschiedensten Deutungsversuche; aber wie schon das Wort sagt: es waren alles nur Versuche. Er hatte auch den *Höchsten* diesbezüglich gefragt und dieser hatte ihm bedeutet, dass er irgendwann von selbst drauf kommen würde. Danach hatte er dann aufgegeben zu fragen...

Alfons öffnete den Umschlag und las die „*himmlischen Anweisungen*". Das Stück, bei welchem er mitwirken sollte, hieß „**Unruhe**".

U wie unverstanden

N wie niedergeschlagen

R wie rastlos

U wie ungeliebt

H wie hochmütig und

E wie entmutigt

Alfons war sprachlos. Man hatte ihm eine *Hauptrolle* angeboten. Es war sicherlich keine leichte Rolle; aber es war die große Gelegenheit zum *Durchbruch*. Er wusste nicht, was in diesem Augenblick mehr überwog: Die Freude über die große Chance oder die Angst zu versagen. Alfons entschied sich für die Freude.

„*Endlich einmal auf einer großen Bühne spielen*", dachte er, *und nicht mehr an diesen Provinztheatern wie Kindheit, Jugend und Jungerwachsen*"...

Jetzt spielte er in der *Oberliga*, jetzt spielte er am *Reifen Mann*!

Alfons war so in Gedanken versunken, dass er gar nicht bemerkte, dass ihm – während der Fahrt schon – Kostüm und Maske aufgelegt worden war. Er betrachtete sich im Spiegel und erschrak zutiefst: Klein, etwas aus dem Leim gegangen, für seinen Geschmack zu stark ausgeprägter Unterkiefer...

Alfons schaute und schaute. Aber so sehr er auch schaute, er konnte nichts anderes entdecken als das gerade zuvor Entdeckte.

„*Nun gut*", dachte Alfons still bei sich*", das ist nun einmal Fakt!"*

„*In die Länge kann ich mich nicht ziehen, der Unterkiefer unterstreicht meinen Charakter und der Leibesumfang; da werde ich bei Gelegenheit etwas machen...*

„*Und außerdem habe ich ja die Möglichkeit meine Rolle so anzulegen, dass ich die Herzen des Publikums im Sturm erobern werde.*"

Der Abend des ersten Auftritts war gekommen. Alfons hatte seinen Text gelernt, er wusste, was für eine Botschaft die Rolle enthielt, und er hatte sie fest in sein Gehirn eingemeißelt.

Er spielte mit völliger Hingabe, die Wiedergabe seines Textes war brillant, er verausgabte sich völlig...

Als der letzte Vorhang gefallen war, musste er erkennen, dass er nicht im Stande gewesen war sein Publikum zu *packen*. Es gab keinen Szenenapplaus, der Gradmesser für jeden Mimen, und der Schlussapplaus war höflich - aber nicht mehr. Alfons war erschüttert. Er ging nicht zur Premierenfeier und er beendete den Abend alleine auf seinem Zimmer. Er verstand die Welt nicht mehr. Er hatte doch nun alles gegeben um dem Publikum zu gefallen. Und er wusste, dass er gut war. Er hatte für seine frühere Rollen die *besten Kritiken* bekommen und auch *Auszeichnungen*, die er stolz herzeigte...

Aber heute Abend, das war einfach ungerecht. Das Publikum war schuld! Ja, das war es: ein miserables Publikum. Das soll es ja geben. Premierenpublikum ist immer etwas schwierig. Morgen Abend würde es ganz anders aussehen. Er ist ja nicht irgendwer. Er ist der „*Große Alfons*".

75

Am nächsten Nachmittag war Probe.

Es lief nicht besonders gut und der Regisseur hatte ständig etwas auszusetzen.

Margot, eine liebe Kollegin von Alfons, sprach in während einer Pause an: „*Du musst weicher spielen*", sprach sie zu ihrem Kollegen, *es fehlen die warmen Töne. Dein Spiel ist zu fordernd, zu ungeduldig!*"

„*Du blöde Gans!*", fuhr Alfons die Kollegin an, „*was glaubst du, wer du bist?" Ich habe schon mit ganz anderen gespielt als mit dir. Was bildest du dir ein?*" Margot war zu tiefst erschrocken. Sie wollte ihm doch nur helfen...

Am Abend wiederholte sich die Reaktion des Publikums. Es war, als säßen dieselben Zuschauer im Theater wie am Abend zuvor.

„*Perlen vor die Säue*", dachte sich Alfons, als er wieder allein in seinem Zimmer saß und seine Wunden leckte.

„*Ich brauche niemanden, und schon gar nicht diese blöden Zuschauer. Und die Kollegen brauche ich auch nicht. Und den obergescheiten Regisseur schon zweimal nicht.*"

Dieser Kenntnis eingedenk, saß er also nun in seinem dunklen Zimmer und fühlte sich furchtbar.

Der nächste Abend, und auch an den darauffolgenden Abenden immer dasselbe Bild: Alfons spielte, als ginge es um sein Leben; aber ohne wirklichen Erfolg...

Er hatte schon Angst, nach den Vorstellungen in sein leeres Zimmer zurück zu kehren. Stattdessen setzte er sich in die Kantine und trank mit den Bühnenarbeitern um die Wette. „*Noch eine Runde für alle*", rief er dem Wirt zu und dieser kam der Aufforderung gerne und zum wiederholten Male nach.

„*Spiele ich denn wirklich so schlecht?*", fragte er seine Trinkkumpane.

Aber nein, göttlicher Alfons", antwortete der Beleuchter, *du warst wieder wunderbar!*"

76

„*Einzigartig war dein Spiel!*", sprach der Requisiteur, und die Kulissenschieber sangen im Chor – der Stimme nicht mehr völlig mächtig – das *Hohelied* auf den *großen Mimen*.

„*Aber warum liebt mich mein Publikum nicht, warum?*"
Alfons war vom Stuhl gekippt. Er fühlte eine völlig Leere in seinem Kopf. Er wünschte sich so sehr, dass ihn das Publikum liebte. S e i n Publikum und nicht diese Menschen, die auf seine Kosten und auf sein Wohl tranken. Wüsste er doch nur, wie er ihre Liebe erreichen könnte...

Alfons wachte auf, weil sich ihm alles drehte. Irgendwie war er in sein Bett gekommen; er wusste nur nicht, wie. Er fühlte, wie sich der Boden unter ihm öffnete und er fühlte einen tiefen Fall. Angst erfüllte seine Brust und er konnte nicht mehr atmen. Er atmete immer schneller und immer schneller, und er bekam immer weniger Luft. Und gleich würde er ersticken.

Und in seiner tiefsten Not schrie er zu Gott: „*Hilf mir Vater, bitte hilf mir!*"

Als Alfons am nächsten Morgen zur Probe ging, überreichte ihm der Pförtner einen Umschlag. Er tat dies mit einem *stoischen* Gesichtsausdruck. „*Warum sind Sie so unfreundlich?*", sprach Alfons den Pförtner an. „*Habe ich Ihnen etwas getan?*"

„*Das ist der Gipfel der Unverfrorenheit*", erwiderte der Pförtner. „*Sie schrecken wohl vor nichts zurück!*"

„*Ich verstehe Sie nicht, wie meinen sie das?*", fragte Alfons weiter.

„*Wissen Sie überhaupt, wie ich heiße?*", sagte der Pförtner, „*Sie kommen nun seit einigen Wochen fast täglich bei mir vorbei; Sie grüßen mich ja noch nicht einmal. Wissen Sie überhaupt, wie ich heiße?*"

„Nein!", antwortete Alfons wahrheitsgemäß, „ *das weiß ich nicht!"*

„*Da sehen Sie! Ich glaube, Sie wissen noch nicht einmal alle Namen Ihrer Mitspieler, habe ich Recht?"*

Alfons war nicht im Stande zu antworten. Der Pförtner hatte Recht mit allem, was er gesagt hatte. Alfons war am Boden zerstört. Er machte kehrt und verließ das Theater. Ohne sich noch einmal umzudrehen lief er weg. Er lief weiter und immer weiter, bis er auf einmal am Ufer eines Flusses stand. Er setzte sich nieder. In seiner Hand hielt er noch immer den Umschlag, welchen der Pförtner ihm gegeben hatte. Alfons öffnete den Umschlag. Es war die Mitteilung darüber, dass er ab sofort als *Zweitbesetzung* fungieren solle...

Alfons las die Mitteilung mehrmals, so, als würde er ihren Sinn nicht verstehen. Aber er hatte ihn genau verstanden. Es war *vorbei* mit seiner Karriere. Nie mehr im Rampenlicht stehen; *nie mehr* in der ersten Reihe.

Und dann geschah etwas Seltsames. Alfons fühlte eine *tiefe innere Ruhe*. So, als wäre eine zentnerschwere Last von ihm gefallen. Und plötzlich fiel ihm das *Göttliche Siegel* ein; ganz einfach so. Er sah die zwei gekreuzten Stängel vor sich. Den einen mit einer geschlossenen Knospe und den anderen mit einer geöffneten Blüte. Und *auf einmal* verstand er die Symbolik. Knospe und Blüte sind unzertrennbar mit einander verbunden. Das *eine* bedingt das *andere*. Die Blüte kann nur *dann* werden, wenn sich die Knospe *öffnet* um *Licht* hinein zu lassen...

Und im selben Augenblick erkannte Alfons, dass er ein Leben lang nur Knospe war, obwohl er so gerne Blüte geworden wäre. Und Tränen rannen ihm über das Gesicht. Es waren Freudentränen. Und er fühlte tief drinnen, wie er aufblühte, wie ihn eine nie gekannte Wärme erfüllte. Er empfand eine tiefe Dankbarkeit und es drängte ihn, all die Menschen, die er auf Distanz gehalten hatte, zu umarmen. Er eilte mit Riesenschritten zum Theater, begrüßte den Pförtner mit einem fröhlichen *„Hallo, Herr Meißner!"*, und war selbst gar nicht erstaunt, woher er plötzlich dessen Namen kannte.

„Gut, dass ich Sie sehe, Herr Alfons", sprach dieser ihn an, *„haben Sie noch das Kuvert, welches ich Ihnen versehentlich gegeben habe?"*

Alfons wollte ihm antworten, dass er es bereits geöffnet habe, als er bemerkte, dass das Kuvert unversehrt und ungeöffnet war. Er gab es wortlos dem Pförtner.

„Das Kuvert war gar nicht für Sie bestimmt", fuhr der Pförtner fort, *bitte, entschuldigen Sie! Und bitte, beeilen Sie sich, man wartet schon mit der Probe auf Sie!"*

Alfons eilte auf die Bühne und er war froh, als er all die vertrauten Gesichter sah. Margot zwinkerte ihm zu und Alfons hatte den Eindruck, als ob alles irgendwie anders wäre...

Die Aufführung am Abend war ein voller Erfolg. Alfons brachte sich *ganz* in die Truppe ein. Er war nicht der Star der letzen Tage und Wochen. Er war ein Teil vom Ganzen. Es gab keine einzelnen Glanzlichter an diesem Abend. Es schien eine einzige, große, strahlende Sonne am Theaterhimmel...

Als Alfons am nächsten Tag in den Sonderzug Richtung Himmel stieg, überreichte die Stewardess – wie gewöhnlich – wieder einen kleinen Koffer. Dieser enthielt die *himmlische Kritik.*

Bevor Alfons sich nieder setzte, warf er noch einen flüchtigen Blick in den kleinen Spiegel an der Wand. Er wollte sich noch einmal in Kostüm und Maske sehen, bevor er beides wieder ablegte. Und zu seiner großen Überraschung entdeckte er, dass er sich leicht verändert hatte: Der Unterkiefer wirkte wesentlich weicher und es schien, als sei er ein ordentliches Stück gewachsen. Nur die

Leibesfülle war unverändert. Aber das konnte er ja selbst verändern, wenn er nur wollte...

Alfons öffnete den Koffer und entnahm das Kuvert. Er erbrach das Siegel, und fast hätte er etwas übersehen: Die Stängel waren nicht mehr überkreuzt, sondern ineinander verschlungen und an ihren Enden fanden sich zwei herrlich *aufgeblühte Knospen...*

Alfons öffnete das Kuvert, entnahm dessen Inhalt und las:

„Du hast immer versucht geliebt zu werden und hast alles dagegen getan. Wer geliebt werden will, muss erst einmal liebenswert sein. Und der Weise tut alles daran selbst zu lieben und weiß, dass sich die Liebe anderer nicht erzwingen lässt!"

„Und noch etwas: Dein Auftritt gestern Abend war brillant; ich bin stolz auf Dich!"

Der Sonderzug war im Himmel angekommen. Die Seele Alfons stieg aus. Auf dem Weg zu seiner Hütte begegnete er einigen Pensionisten. Sie lächelten ihm freundlich zu, und Alfons lächelte ebenso freundlich zurück.

Alfons wusste, dass er *seiner* Pensionierung ein großes Stück näher gekommen war...

Das liebe Fräulein Pfeufer

„Grüß Gott! Bitte, seien Sie so freundlich und lösen Sie mir diesen Scheck ein."
Mit diesen Worten und dem Anblick der Kundin, die soeben die Bank betreten hatte, in welcher ich tätig war, wurde ich mit einem mächtigen Keulenschlag in die Vergangenheit zurück versetzt.
Zwischen der Vergangenheit und der Gegenwart war nur eine dicke Panzerglas-Scheibe, welche die Funktion hatte vor potentiellen Bankräubern zu schützen. Vor diesem Überfall jedoch konnte sie mich nicht schützen...
Ich war in der 5. Klasse Realgymnasium und ich saß in der ersten Reihe. Nicht dass ich der Streber vom Dienst gewesen wäre, aber die guten Plätze, d.h. die Plätze weiter hinten, waren alle, zum Beginn des neuen Schuljahres, von stärkeren und schnelleren Mitschülern besetzt worden. Neu war auch unsere Lateinlehrerin. Klein und zierlich von Wuchs, braune Augen, kastanienbraune Haare in Form von Dauerwellen und ein gütiges, warmes Lächeln in ihrem Gesicht. Braun war offenbar auch die Lieblingsfarbe von Fräulein Pfeufer; denn so hieß die neue Lehrerin. Ihre Garderobe war überwiegend von Brauntönen geprägt. Sie war so etwa Mitte bis Ende Vierzig und völlig chancenlos. Unsere Klasse hatte keinen guten Ruf und das hatte sie schon des Öfteren unter Beweis gestellt. Aber wie das nun einmal so ist im Leben bei Mensch und Tier: Das Böse knechtet das Schwache und respektiert das Starke...
Dieser Kenntnis - zur damaligen Zeit - völlig unkundig, empfand ich rechtes Mitleid mit dem lieben Fräulein Pfeufer, und so versuchte ich mit den mir zur Verfügung stehenden Mitteln ein wenig Sonne in ihr Fünfte – Klasse - Dasein zu bringen. Ich half ihr in den Mantel.

Um das zu verstehen, stelle man sich den Grundriss unseres Klassenzimmers vor, wie folgt:

Eine auf dem Rücken liegende Zapfsäule für Benzin. Da, wo der Zapfhahn in die Säule gesteckt wird, ist die Tür. Auf derselben Seite befinden sich Bretter mit Haken für Mäntel und Jacken der Schüler. Die ersten Haken neben der Tür sind für den Lehrkörper reserviert. Auf der Seite vis-a-vis haben wir die Fensterfront und auf der Stirnseite, also rechts von der Tür befindlich, sind die Tafel und der Schreibtisch, nebst Stuhl für die Lehrerschaft.

Wenn nun ein Lehrkörper die Klasse betrat, so nahm ich diesem den Mantel ab, hängte ihn ordentlich auf den Haken, und wenn der Unterricht zu Ende war, vollzog sich dieses Prozedere in umgekehrter Reihenfolge: Mantel vom Haken nehmen und zum Hineinschlüpfen dem Lehrkörper hinhalten. Ich weiß nicht warum, aber diesen Service gab es nur für weibliche Unterrichtskräfte; zumindest in meiner Klasse.

Ich saß also nun in der ersten Bank; gleich - wenn man hereinkam – links. Mit mir in der Bank saß Bernhard „Butzi" Feiler, der Sohn einer Kinderärztin. Warum Butzi, das weiß ich heute nicht mehr. Butzi war ein „Drei-V-Mann": Verzogen, vorlaut und versaut. Er war älter als ich, denn er war schon zweimal sitzen geblieben und beim zweiten Mal wurde er von der Schule verwiesen, auf welcher er vorher war. Es war wohl dem Umstand zuzuordnen, das Butzi 's Mutter nicht nur Ärztin war sondern auch Mitglied des Stadtrates. Zu jener Zeit gab es noch – wenn auch nicht offiziell – eine Zweiklassenschülerschaft: Die Schüler armer Eltern und die Schüler reicher Eltern. Butzi gehörte der ersten Kategorie an und ich der zweiten. Wie sonst hätte es geschehen können, dass ich für vier Wurstsemmeln meine Gesinnung verraten habe...

Renate Dorsch war ein Mädchen vom Lande, genauso wie ich. Sie musste - ebenso wie ich - mit öffentlichen Verkehrsmitteln in die Stadt fahren um das Gymnasium besuchen zu können. Und ihre Eltern mussten sich das Schulgeld und das Geld für die Schulbücher ebenso vom Munde absparen wie die meinen. Renate war groß und von sehr weiblicher Statur. Ihre mächtigen Brüste ließen sie älter erscheinen als sie war und deren Anblick war wie ein Magnet für so manches Schülerauge. Da sie jedoch das Antlitz einer Heiligen hatte und ihr Haar dementsprechend - streng nach hinten gekämmt und zu einem Zopf gebunden - trug, zog sie ansonsten die Knaben nicht weiter in ihren Bann. In diesem Alter ist den heranwachsenden Knaben die „Hure" noch allemal näher als die „Heilige". Und das ändert sich bei manchen Männer selbst im hohen Alter nicht.

Die ähnliche Statur von Renate mit dem Fräulein Lehrer hatte Bernhard Butzi Feiler auf eine Idee gebracht, bei welcher ich die Hauptrolle spielen sollte...

Er insistierte mich mit allen Mitteln der Überredungskunst dem lieben Fräulein Pfeufer einen kleinen Streich zu spielen. Ganz harmlos, wie er mir beteuerte, und das Fräulein Lehrer hätte sicherlich auch ihren Spaß daran. Ich solle ihr, am Ende der Unterrichtsstunde, wie gewohnt in den Mantel helfen; aber nicht in ihren eigenen, sondern in den von der Mitschülerin Renate.

Mit aller Heftigkeit wehrte ich mich gegen solch ungeheures Ansinnen. Butzi, der sich nun einmal diesen Spaß fest in den Sinn gesetzt hatte, ließ nicht locker:

„Du bekommst von mir 50 Pfennig!"

Ich bekam einen trockenen Mund. 50 Pfennig, welch ein Vermögen.

„Nein, nein, nein und nochmals nein; ich mach das nicht!“, blieb ich standhaft.

„Und wenn ich dir noch zwei von meinen Semmeln abgebe?“, legte Butzi nach.

Jetzt hatte er meine Achillessehne entdeckt.

Butzi bekam jeden Morgen von zuhause 4 Semmeln mit in die Schule. Vier kleine, feine Semmeln, dick belegt mit Butter und viel, viel Salami. Jede Semmel im Wert von sage und schreibe 50 Pfennig. Das war jedenfalls der Marktwert in der Schule. Butzi verhökerte jeden Morgen mindestens zwei von diesen Semmeln, das Stück für 50 Pfennig...

Er hatte keine Absatzschwierigkeiten, denn diese himmlischen Gebilde schmeckten unaussprechlich gut. Er hatte mir einmal eine geschenkt im Gegenzug für irgendeine Gefälligkeit. Und er wusste auch, dass er mich damit herumkriegen würde.

„Fünfzig Pfennig und v i e r Semmeln“, hörte ich mich sagen und war im selben Augenblick entsetzt über mich selbst.

„Einverstanden!“

Nun gab es kein Zurück mehr. Die umstehenden Schüler und Schülerinnen hatten unser Gespräch wohl mitbekommen, und kneifen ist eines Jungen nicht würdig...

Die Unterrichtsstunde war zu Ende und das Schicksal nahm seinen Lauf.

Das liebe, liebe Fräulein Pfeifer ging auf mich zu, drehte sich um, damit ich ihr den Mantel zum Hineinschlüpfen hin hielte. Sie hatte, im blinden Vertrauen – den solches empfand sie ohne Zweifel für mich – den falschen Mantel nicht bemerkt. Sie steckte den rechten Arm hinein, und dann den linken. Zumindest wollte sie das. Aber der linke wollte nicht so recht. Sie versuchte es noch einmal, und dann noch einmal und dann bemerkte sie –

über die Schulter schauend – den falschen Mantel. Das teuflische an der Sache war, dass beide Mäntel farblich sich ähnelten. Nur der Umfang und vor allem die Ärmellänge waren doch etwas anders.

Die Klasse tobte. Ein infernalisches Gelächter und Gewieher hatte eingesetzt und wollte kein Ende nehmen. Ich wünschte in diesem Augenblick, ich wäre tot, und ich fühlte, wie mir die Schamesröte in das Gesicht stieg.

Das liebe und stets zu mir freundliche Fräulein Pfeufer schlüpfte aus dem Mantelärmel und dann sah sie mir lange ins Gesicht.

„Das hast du doch absichtlich gemacht“, sagte sie, und sie lächelte dabei...

Genau so sagte sie. Und diese Worte gruben sich tief in meine Seele ein. Ich schämte mich und ich musste dagegen ankämpfen nicht zu heulen. Mir war so sehr danach, dass ich es gar nicht sagen kann. Ich musste an meine Mutter denken und ich schämte mich noch mehr. Was hätte ich darum gegeben eine schallende Ohrfeige zu erhalten; oder von mir aus auch zwei oder drei. Aber nichts dergleichen. Nur ein Lächeln; ein gottverdammtes Lächeln...

Und nun stand diese Frau wieder vor mir und lächelte mich an. Und das nach beinahe zwanzig Jahren. Und ich wusste nicht, ob sie wusste, wer ich war; nach so langer Zeit.

Ich löste ihren Scheck ein und beim Vorzählen der Geldscheine unterlief mir ein Fehler: zwei Scheine waren zusammengeklebt – das passiert schon einmal bei frisch gedruckten Noten- und so stimmte das Ergebnis nicht. Ich nahm das Geld noch einmal auf, und – gegen ein leichtes Zittern der Hände ankämpfend – zählte ich die Scheine von neuem. Dieses Mal stimmte es.

Das liebe Fräulein Pfeifer sah mir ins Gesicht, so als wollte sie wie damals sagen:

„Das hast du doch absichtlich gemacht", und genau so – wie damals – lächelte sie mich dabei an. Nur dass ich dieses Mal kein schlechtes Gewissen hatte und dass ich mich nicht schämte. Und ihr Lächeln sah auch ein klein wenig anders aus als damals, so als wollte sie sagen:

„Ich weiß, dass du kein schlechter Mensch bist; und das von damals habe ich dir längst verziehen..."

Ja, sie war ein verdammt feines Mädchen, das liebe, liebe Fräulein Pfeufer...

Ein Orakel namens Christoph

"Musst du so herum hüpfen? Kannst du dich nicht fortbewegen wie andere Tiere auch?"
Während Archimedes Schneck solches von sich gab, legte sich seine sonst spiegelglatte Stirn in ungezählte Falten und seine sonst eher sanfte Stimme bekam etwas Bedrohliches.

"Soll ich vielleicht so dahin schleichen wie du?" entgegnete Hannibal Hüpf leicht provozierend und schwang sich weiterhin pfeifend von Halm zu Halm.
"Ich bin nun einmal viel geschmeidiger als du, da kann man halt nichts machen."

Das war Archi, wie er von seinen Freunden liebevoll genannt wurde, dann doch zu viel. Er biss sich so fest auf die Lippen, dass diese fast zu bluten begannen. Er wollte sich um keinen Preis anmerken lassen, dass ihn die Wut schon so unter Druck setzte, dass er zu platzen drohte.

"Geschmeidig?... Du?"..., sagte er dann mit relativ ruhiger Stimme, *"dass ich nicht lache. Du bist vielleicht eine Spur schneller als ich, aber was Geschmeidigkeit angeht, so bist du - gemessen an meiner Geschmeidigkeit - so geschmeidig wie ein rostiger Nagel aus der Zeit der Kreuzzüge."*

Mit diesem Zusatz wollte er Hannibal auf das deutlichste zu verstehen geben, was er von dessen Geschmeidigkeit hielt.

Das war nun wiederum Hannibal zu viel. Hannibal hüpfte mit einem Satz auf das Dach von Archis Wohnmobil und hämmerte wie verrückt mit seinen Fäusten darauf herum.

"Das nimmst du auf der Stelle zurück!", schrie er wie von Sinnen, *"oder ich bringe dich nicht zum Orakel!"*

Archi war hin und her gerissen. Einerseits wollte er sich die Attacke seines Freundes auf gar keinen Fall gefallen lassen, andererseits wollte er sich es mit Hannibal nicht verscherzen, denn nur er wusste, wo das Orakel zu finden war. Also machte er gute Miene zum bösen Spiel und versuchte einzulenken.

"Aber Hannibal", sagte er mit siebensüßer Stimme, *"das habe ich doch gar nicht so gemeint. Niemand kann so weit und so hoch hüpfen wie du. Keiner tut dies mit solcher Anmut und so viel Geschick wie du."*

Während Archi solches über seine Lippen sprudelte, hatte er seine Fühler überkreuzt, was bedeuten sollte, dass das von ihm Gesagte eine faustdicke Lüge sei. Aber Hannibal war so sehr damit beschäftigt den süßen Honig, der ihm von Archi gekonnt um seine Lippen geschmiert worden war, abzulecken, dass ihm dieses gar nicht auffiel.

"Das war mir von vornherein klar", sagte er in selbstgefälliger Weise, *"dass das alles nur Spaß war. Schließlich und endlich sind wir ja alte Freunde. Und die Beschädigungen auf dem Dach bringe ich selbstverständlich in Ordnung. Ich habe wohl im meinem Überschwang etwas übertrieben."*

"Aber nicht doch, lieber Hannibal", entgegnete Archi, *"das ist doch lächerlich. Ich verwende dieses Mobilheim kaum mehr. Außerdem ist es schon alt und schäbig und ich muss mir demnächst eh ein neues zulegen."*

Diese Lobhudelei wäre wohl noch eine geraume Zeit so weiter gegangen, wäre nicht in diesem Moment Amanda Hummel daher geschwebt. Eigentlich nennt sie sich „Simsili – Simsila", aber ihre Freunde haben es rundherum abgelehnt sie so zu nennen.

"Hallo, meine Lieben! Habt ihr Probleme? Ich beobachte euch schon die ganze Zeit aus der Luft und als ich Hannibal die Fäuste schwingen sah, dachte ich, ich muss dazwischen gehen. Aber mir

scheint, die Angelegenheit hat sich inzwischen wohl schon erledigt."

"Grüß dich Gott, liebe Amanda! Schön dich zu sehen. Archimedes und ich haben nur etwas herumgealbert. Wir würden uns niemals streiten; dazu sind wir viel zu gute Freunde. Nicht wahr, Archi?"

"'Du sprichst aus meinem Munde, teurer Hannibal!"

"Da siehst du `s, Amanda. Deine Sorgen waren ohne Grund."

"Wo geht ihr denn hin?", wollte Amanda wissen.

"Wir reisen zu Christoph dem Orakel", entgegnete Archi.

"Zu Christoph dem Orakel?", fragte Amanda ganz erstaunt. *"Wer oder was ist denn das?"*

"Das weißt du nicht?", mischte sich nun Hannibal voller Entsetzen hinein, *"du weißt nicht, wer Christoph das Orakel ist?"* Hannibals Stimme bebte beinahe, als er solches sagte.

"Nein, ich habe keinen blassen Schimmer", entgegnete Amanda mit ruhiger Stimme. *"Ich habe noch nie etwas davon gehört."*

Hannibal sah Archimedes an, dieser wiederum blickte ebenso überrascht wie entsetzt zu Amanda und dann sagte er ganz ruhig zu Amanda: "Du hältst uns wohl zum Besten, liebe Amanda. Das gibt es ja gar nicht, dass du Christoph das Orakel nicht kennst. So dumm kannst doch noch nicht einmal du sein." Letzteres sprach er jedoch nicht aus, das dachte er nur bei sich. Amanda war ein ganz schöner Brocken und ihm körperlich haushoch überlegen. Sie konnte einem ganz schön wehtun mit ihrem langen Stachel und Archimedes war in keiner Weise daran interessiert, dieses auszuprobieren. Amanda sah Archimedes tief in die Augen und Archi befürchtete schon, er sei vielleicht etwas zu weit gegangen. Er versuchte ein unverbindliches Lächeln aufzusetzen, und er schaute Amanda ebenso tief und fest in die

89

Augen wie sie ihm. Nur keine Angst zeigen, dachte er still bei sich, und er bemühte sich sehr nicht zu zittern. Im schlimmsten Fall kann ich mich ja auf meine flinken Beine verlassen.

Archis Ängste waren jedoch unnötig. Amanda war viel zu gutmütig und vielleicht auch eine Spur zu einfältig, als dass sie irgendwelchen Aggressionen anheimgefallen wäre. Sie beteuerte nur noch einmal, dass ihr Christoph das Orakel wirklich kein Begriff wäre.

Archimedes, sichtbar erleichtert, machte sich nun daran Amanda davon zu erzählen....

Christoph das Orakel sei ein neugeborener Knabe, der am 7.7. das Licht der Welt erblickt habe. Alle Orakel müssen an einem 7.7. geboren sein und sind dann Orakel für ein einziges Jahr. Das hängt damit zusammen, dass die Neugeborenen in dieser Zeit noch intensiven Kontakt zur Schöpfung haben. Sie sind der menschlichen Sprache noch nicht mächtig, wohl aber der Sprache aller anderen Lebewesen. So verstehen sie alle Tiere und alle Pflanzen und sie können sich ebenso mit Sonne und Mond unterhalten. Nach ihrem ersten Lebensjahr verlieren sie diese Fähigkeit, und sie werden wie alle anderen Menschen auch. Und unter den am 7.7. Geborenen ist in jedem Jahr ein einziges Orakel dabei, welches außer der Gabe der Sprache noch zusätzlich Weisheit besitzt. Beides verliert sich mit Erreichen des ersten Lebensjahres und nur wenigen Menschen ist es vergönnt eine der beiden Gaben - nämlich die Weisheit - im Laufe ihres späteren Lebens teilweise wieder zu erlangen. Und das Orakel, welches zurzeit regiere, heißt Christoph. Es sei allerdings gar nicht leicht zu ihm zu finden. Denn „Christoph von Maruzega", wie das Orakel richtig heißt, sei nur bei Schönwetter anzutreffen und dann immer wieder an einer anderen Stelle. Außerdem sei Christoph stets wohl behütet von einer schönen Dame namens Lilifee.

Amandas Augen waren immer größer geworden beim Lauschen dieser Geschichte und sie leuchteten vor lauter Aufregung. Man muss aber auch dazu sagen, dass Archimedes all seine Geschichten auf so wunderbare Weise zu erzählen vermochte, dass man gebannt davon war. Selbst Hannibal, der die Geschichte von dem Orakel schon dutzende Male zuvor gehört hatte, war jedes Mal wieder auf `s Neue begeistert.

Es herrschte betretene Stille. Man konnte meinen, dass alle sich in der Nähe befindlichen Tiere aufmerksam zugehört hätten. Man hörte keinen Vogel zwitschern, kein Brechen irgendwelcher Zweige, ja noch nicht einmal das sanfte Rascheln irgendwelcher Blätter. Amanda unterbrach diese Stille, getrieben von einer stark aufkommenden Neugierde.

"Und was wollt ihr von Christoph dem Orakel...?"

" Das will ich dir sagen", antwortete Hannibal.

"Wir möchten wissen, warum wir - im Gegensatz zum Menschen - so unterschiedliche Geschwindigkeiten bei der Fortbewegung haben. Nimm uns zwei zum Beispiel. Archimedes hat mit Abstand die geringste Geschwindigkeit von uns allen. Ich kann zum Beispiel nicht normal neben ihm hergehen. Ich mach einen Hüpfer, den ich eh schon so kurz wie nur irgend möglich halte und dann setze ich mich nieder, bis Archimedes daher gekrochen kommt. Dann mache ich wieder einen Hüpfer und dann warte ich wieder und immer so weiter..."

"Das versteh` ich wohl", sagte Amanda, *"aber was erwartet ihr von Christoph dem Orakel?"*

"Natürlich nicht, dass es irgendetwas verändert", fiel nun auch Hannibal in das Gespräch mit ein, *"aber vielleicht kann uns Christoph den Sinn erklären. Denn was man versteht lässt sich auch leichter ertragen."*

"Das ist wohl wahr", brummelte Amanda.

Und wieder herrschte eine Weile betretene Stille.

"Sagt, liebe Freunde, würdet ihr mich mitnehmen?" unterbrach Amanda die Stille, *"dieses Orakel beginnt mich zu interessieren."*

"Warum nicht", entgegnete Hannibal, nicht jedoch ohne vorher einen fragenden Blick zu Archi geworfen zu haben, der mit einen leichten Nicken des Kopfes sein Einverständnis bekundete.

"Nun gut, dann sollten wir uns auf den Weg machen, solange es noch Tag ist", gab Archi zu bedenken.

"Ich weiß etwas Besseres", sagte Amanda. *"Meine Cousine Apollonia hat ganz in der Nähe wunderschöne Höhlen - Appartements mit einem Restaurant und einer Keller-Disco. Lasst uns dort die Nacht verbringen und morgen früh brechen wir dann zeitig auf."*

Archimedes und Hannibal waren sofort damit einverstanden. Erstens war es ja schon wirklich recht spät am Tag, zweitens waren sie auch schon etwas müde und der Gedanke eine Kleinigkeit zu essen war auch nicht zu verachten. Und so gingen sie gemeinsam zu Amandas Cousine. Apollonia zeigte sich hocherfreut, als sie Amanda in die Arme nahm und die Begrüßung von Hannibal und Archi war nicht minder herzlich.

Apollonia lud alle ein ihre Gäste zu sein und sie tischte zu essen auf, dass den drei Freunden die Augen übergingen.

Archi und Hannibal schlugen sich den Bauch voll mit Salaten, und Amanda labte sich an einem Honigtopf. Sie plauderten während des Essens über ihr Leben und so kam allerhand Interessantes zum Vorschein. So wusste zum Beispiel Archimedes nichts davon, dass Hannibal in Wirklichkeit Egon hieß. Hannibal war lediglich sein Künstlername. "Hannibal der Todesmutige am Trapez".

Jawohl, das war unser Egon, ein Trapezkünstler. Er tingelte lange Zeit mit dem "Circus Naturini" durch die Lande und er war in seinen jungen Jahren eine Riesensensation.

Archimedes war sprachlos. Er hatte geglaubt seinen Freund Hannibal zu kennen und nun diese Geschichte. Er war fast ein wenig enttäuscht, dass Hannibal ihm seine Vergangenheit so viele Jahre vorenthalten hatte, aber andererseits hatte er ja auch seine Vergangenheit, von der er nicht alles preisgegeben hatte...

"Ich habe den Staatspreis für Architektur", ging es ihm plötzlich über die Lippen, und er war über sich selbst erschrocken, dass er dieses gesagt hatte.

"Was?" fragte Amanda, *"den Staatspreis für Architektur...?"*

"Ja, unter anderem", fuhr Archimedes fort, *"das ist aber schon sehr lange her."*

"Und hattest du auch einen Künstlername wie Archimedes", fragte Amanda weiter.

"Nein", entgegnete Archi, *"ich hieß immer schon Archimedes Schneck."*

"Die Welt ist doch voller Überraschungen", sagte Apollonia, die das alles mehr oder weniger schweigend mit angehört hatte. *"Wer hätte das gedacht, lauter illustre Gäste unter meinem bescheidenen Dach. Dagegen nehmen wir uns direkt unscheinbar aus. Meinst du nicht auch Cousine Amanda?"*

"Nun ja, Cousine Apollonia. Du bist eine erfolgreiche Gastronomin und mein kleines Transportunternehmen braucht sich auch nicht zu verstecken."
Hannibal und Archi nickten zustimmend.

"Das Wichtigste ist doch wohl, dass man gesund ist und dass man Freude am Leben hat. Findet ihr nicht auch?"

Während Hannibal solches sprach, hatte er die ganze Zeit über Apollonia mit seinen feurigen Blicken bombardiert.

"Sag, liebe Apollonia, könntest du dir eventuell vorstellen auf ein Tänzchen oder zwei mit mir in die Disco zu gehen?"

"Mit Vergnügen, lieber Hannibal. Zumal wir einen neuen Discjockey haben, der Spitze sein soll."

„Shaking Hugo heißt er, vielleicht hast du schon von ihm gehört?"

"Wer bitte kennt Shaking Hugo nicht, liebe Apollonia?"

Archimedes war fest davon überzeugt, dass Hannibal seiner umfangreichen Lügensammlung in diesem Augenblick eine weitere hinzugefügt hatte. Archimedes wusste, wie sehr Hannibal Discotheken verabscheute und er wusste, dass er nur so daher redete, um Apollonia zu imponieren. Und Archi wusste ebenso, dass Hannibal vor nichts, aber auch vor gar nichts zurückschreckte, wenn es um die Eroberung des anderen Geschlechts ging. Und so wünschte er allerseits noch einen vergnügten Abend und dann zog er sich zum Schlafen zurück. Amanda tat es ihm gleich und sowohl Hannibal als auch Apollonia waren sichtlich erleichtert darüber....

Am nächsten Morgen wurde zeitig gefrühstückt. Hannibal hatte keinen großen Appetit. Er war wohl noch zu berauscht von der vergangenen Nacht. Tief liegende Augen und unkoordinierbare Bewegungen seines Körpers, vor allem der Beine, ließen tief- bis abgründige Schlüsse zu. Apollonia hatte sich entschuldigen lassen; sie fühle sich unpässlich....

Nach dem Frühstück reisten die drei Freunde ab. Hannibal legte sich in das Mobilheim von Archimedes, um auszuschlafen. Amanda hatte inzwischen eine Tragevorrichtung in Form von Gurten und Seilen am Mobilheim von Archi angebracht und dann hievte Amanda ihre Last behutsam in die Höhe. Archi sagte ihr die Richtung an und dann ging es ab in Richtung Orakel.

Archi hoffte inbrünstig, dass ihr der Tipp, den ihr eine Freundin gegeben hatte auch zutreffen würde. Von ihr wusste sie, dass das Orakel bei schönem Wetter im Park neben der Kirche anzutreffen wäre. Dort nämlich säße dann die Dame Lilifee auf einer Bank und neben der Bank stünde dann ein Kinderwagen und in diesem Kinderwagen befände sich dann Christoph das Orakel....

Indes Hannibal durch tiefes Atmen und gelegentliches Schnarchen seine Schlafenstätigkeit kundtat, erfreute sich Archimedes des einmaligen Erlebnisses wie ein Vogel durch die Luft zu schweben. Er hatte auch nicht die geringste Angst, denn Amanda Hummel, beziehungsweise Simsili - Simsila verbreitete ein wunderbares Gefühl der Sicherheit und der Geborgenheit. Und Archi beschloss in diesem Augenblick seine Freundin nur mehr Simsili - Simsila zu nennen, so sehr war er angetan von diesem Ereignis.

Der Park neben der Kirche war schon deutlich zu erkennen und Amanda - Verzeihung - ich meine natürlich Simsili - Simsila, setzte ganz behutsam zur Landung an....

"Ich sehe es, ich sehe es, ich sehe es ganz deutlich!!!"
Simsili - Simsila hätte fast eine Bruchlandung hingelegt, so sehr hatte sie sich erschreckt.

Hannibal, der inzwischen wach geworden war, hatte beim Fenster des Wohnmobils hinausgeschaut und Christoph das Orakel als erster entdeckt.

Simsili - Simsila war inzwischen ohne Schaden gelandet und ein mehr als vorwurfsvoller Blick traf auf Hannibal. Nur der Umstand, dass er das Orakel entdeckt hatte, bewahrte ihn vor Schlimmerem. Simsili - Simsila bedeutete den beiden Freunden, dass sie auf ihre Rückkehr warten wollte. Alle Versuche sie dazu zu bewegen gemeinsam mit ihnen zu dem Orakel zu gehen, schlugen fehl. Simsili - Simsila zog es vor sich von den Freunden berichten zu lassen.

Und so gingen Hannibal und Archimedes langsam auf die Parkbank zu, auf welcher die Dame Lilifee saß und wo auch der Kinderwagen stand. Der Kinderwagen von Christoph dem Orakel. Sie hatten das Orakel noch nicht erreicht, da hörten sie schon seine Stimme.

"Was führt euch zu mir, meine Freunde...?"
Archi und Hannibal erschraken. Sie blieben wie versteinert stehen.

"Kommt näher und fürchtet euch nicht", sagte die Stimme weiter. "Die Dame Lilifee wird euch nicht bemerken und auch sonst kein Mensch."

Die Stimme klang so vertrauensvoll, dass alle Angst von den beiden Freunden wich, und sie sich langsam dem Kinderwagen näherten. Und wirklich, kein Mensch beachtete sie. Selbst als sie sich auf den Rand des Kinderwagens setzten und Christoph das Orakel aus nächster Nähe sahen, blieben sie völlig unbehelligt. Die Dame Lilifee, die immer wieder einmal voll Liebe und voll Freude auf Christoph sah, schien durch Hannibal und Archimedes förmlich hindurchzuschauen. Es war unbeschreiblich. Von diesem Kind ging eine Wolke von Liebe und Güte in einem Maße aus, wie es die beiden Freunde in ihrem ganzen Leben noch nie zuvor erfahren hatten. Sein Gesicht war schön anzusehen und seine Haare hatten die Farbe der untergehenden Sonne; dann nämlich, wenn man ihr in `s Gesicht sehen kann, ohne dass sie einem blendet, wohl aber noch wärmt....

"Du willst wissen, warum du hüpfst", sagte das Orakel zu Hannibal "und du, warum du kriechst" zu Archimedes gewandt. "Glaubt ihr, die Sonne weiß, warum sie wärmt

96

oder der Mond, warum er kühlt? Glaubt ihr der Maulwurf weiß, warum er unter der Erde wohnt und der Fisch, warum er im Wasser zuhause ist? Glaubt ihr die Rose weiß, warum sie Dornen hat und die Schafgarbe, warum ihr Duft nicht wohlfeil ist? Glaubt ihr, der Sperling weiß, warum er nicht singen kann und der Strauß, warum er nicht fliegt? Seht, jeder Teil der Schöpfung hat seine Bestimmung und jeder ist einzigartig und kostbar. Es ist müßig alles verstehen zu wollen; dazu reicht unser Verstand nicht aus. Es sind ihm Grenzen gesetzt, die er nicht zu überschreiten vermag. Ganz anders unser Herz. Sein Fassungsvermögen ist grenzenlos und wir sollten Tag und Nacht daran arbeiten es zu füllen mit schönen Dingen, denn das Leben ist voll schöner Dinge. Wir sind nur meist zu verblendet in unserem Streben nach wertlosen Dingen, dass wir das wirklich Wichtige dabei übersehen. Füllt also eure Herzen und nicht eure Hirne...."

Hannibal und Archimedes waren zutiefst betroffen von dem, was ihnen das Orakel gesagt hatte und fast ein wenig beschämt darüber. Sie bedankten sich bei Christoph dem Orakel und dann gingen sie gesenkten Blickes zurück zu Simsili - Simsila. Sie erzählten ihr Wort für Wort all das, was ihnen das Orakel gesagt hatte. Und auf einmal sahen sie einander mit anderen Augen an als noch gerade eben zuvor. Sie umarmten sich, sie weinten vor lauter Freude und sie verspürten in ihren Herzen eine eigenartige Wärme.

Die Dame Lilifee war inzwischen aufgestanden und sie beugte sich liebevoll über Christoph das Orakel. Christoph musste ihr wohl etwas gesagt haben, denn sie schaute plötzlich herüber zu Hannibal, Archi und Amanda und sie lächelte. Ob sie Christoph wohl verstanden hatte...? Aber natürlich, wie konnte ich das nur vergessen...Erwachsene können Kinder bis zu einem Lebensjahr nicht verstehen; aber die Mütter dieser Kinder! Sie genießen dieses einmalige Privileg, das sonst nur Tiere und Pflanzen haben.

Unsere drei Freunde schauten der Dame Lilifee mit ihrem Christoph noch lange nach. Dann stiegen Archi und Hannibal wieder in das Mobilheim und Simsili - Simsila ließ die Motoren an. Und dann hob das Dreigestirn ganz sanft vom Boden ab und stieg langsam hinauf. Sie stiegen höher und höher, bis weit hinauf in die Wolken. Und Christoph das Orakel lag in seinem Kinderwagen und sah ihnen nach und in seinen Zügen konnte man ein zufriedenes Lächeln erkennen.....

Shimmy

Das ist der Name für einen Paar -Tanz, der 1918 in den USA erfunden wurde, und auch schon bald den Weg zu uns fand. Heute, fast neunzig Jahr später, erinnern sich wohl nur noch wenige daran. Eines der bekanntesten Musikstücke aus jener Zeit, welche diesen Tanz reprä-sentieren, ist „Ausgerechnet Bananen", das wohl viele noch kennen.

Shimmy (Schimmi) war aber auch der Name für meinen verstorbenen Onkel, der am 1. März 1903, im Zeichen der Fische, das Licht der Welt erblickte. Mit Taufnamen hieß er Wilhelm, gerufen wurde er Willi. Jahre später nannten ihn neidige Mitmenschen Schimmi, und er selbst nannte sich William.

Nun, wie kam es zu dieser Namensentwicklung? Seine Eltern, die Mutter eine rechtschaffene Köchin, der Vater Fleischhauer und Wirt, gaben ihm den Namen des Vaters, bzw. zu Ehren des Deutschen Kaisers. Mit diesem markigen Namen wuchs der Knabe heran. Seine Geschwister, alle jünger als er, formten aus Wilhelm die Kurzform Willi, und auch die Mutter nannte ihn so. Der gestrenge Herr Vater blieb bei Wilhelm, denn für die Verhunzung des Namens ihrer allergnädigsten, hoch zu verehrenden Kaiserlichen Majestät hatte er nicht das Geringste übrig. Bei dieser Einstellung blieb er dann auch bis zu jenem Tag im Mai 1915, an dem er - für Kaiser, Gott und Vaterland - sein Leben auf dem Feld der Ehre hingab. Ab diesem Zeitpunkt übernahm Wilhelm, alias Willi, den Platz des Vaters. So war es nun einmal Sitte in jener Zeit. Die beiden jüngeren Schwestern, deren Altersunterschied nur ein bzw. drei Jahre betrug, nahmen seine neue Stellung innerhalb der Familie nicht besonders ernst. Das sieben, ja fast acht Jahre jüngere Nesthäkchen jedoch, musste sich dem Ersatzvater, wohl oder übel, beugen.

So wuchsen alle heran. Der aufstrebende junge Mann verspürte schon bald die Berufung zu größerem, höherem in sich, und begann seine Laufbahn als Bonvivant. Er hatte großes Talent als Tänzer, er sah verdammt gut aus, er hatte beste Umgangsformen, ein sicheres Auftreten, jede Menge Charme und keinerlei Skrupel. Mit diesen Zutaten ließ der Erfolg nicht lange auf sich warten. Er schaffte den Sprung auf die Bühne des Varietees als Schautänzer mit einer adeligen Partnerin an seiner Seite. Er ließ Autogrammkarten und Visitenkarten von sich drucken. Und nun kommt der Name William ins Spiel. Ab sofort nannte er sich nicht mehr Willi, sondern William Geiger, Tänzer. Das hatte ein internationales Flair. Er hatte eine untadelige Figur, die er sich mittels Boxtraining bewahrte, das er in seiner Varieteezeit absolvierte, ohne je einen Boxkampf zu bestreiten. Er war der perfekte Gentleman, er kleidete sich nach der neusten Mode, trug goldene Manschettenknöpfe, Krawattennadel und Siegelring, und eine goldene Uhr. Sein wohl größtes Kapital war sein Charme. Er öffnete bei den Damen nicht nur deren Herz, sondern auch ihr Scheckheft. Und der geliebte Onkel hatte keinerlei Skrupel beides in Anspruch zu nehmen. Mit seinem ungeheuren Schlag bei Frauen, sah er sich einem großen Überangebot ausgesetzt. Ich kann mich noch gut erinnern, wie eine feine englische Dame aus London, namens May, bis in die Niederungen eines kleinen germanischen Dorfes gereist kam, um ihren William zurück zu erobern, der sie kurz davor verlassen hatte. Das war um 1951 herum, kurz vor meinem Eintritt in das deutsche Bildungswesen. Schon viele Jahre davor hatte ihn die männliche Bevölkerung des heimatlichen Dorfes zum

Schimmi gemacht, in Anlehnung an den amerikanischen Modetanz und an seine Tätigkeit als Tänzer. Diese Herren kamen überwiegend aus der Ecke der Neider. Ein paar wenige taten es wohl auch aus einer gewissen Bewunderung heraus für einen Menschen, der den Mut hatte aus der dörflichen Geborgenheit auszubrechen und in die Welt hinaus zu gehen. Sein Lebensstil beinhaltete das Laufen mit Ski, wohlgemerkt nicht das heutige Schifahren, solcher Ausdruck wäre undenkbar gewesen, und das Chauffieren eines Automobils. Es beinhaltete auch das Beherrschen der englischen und der holländischen Sprache. Diese beiden Länder bereiste er bevorzugt.

Doch nun muss ich das Rad der Geschichte um einige Jahre wieder zurück drehen.

Mein Onkel hatte in einer Kurstadt, zusammen mit seiner Schwester Irmgard eine Tanzschule eröffnet. Die Lage war perfekt, lag sie doch wenige Schritte vom vis-à-vis gelegenen Bahnhof entfernt. Die Schule war gut besucht und die Kasse stimmte. Alles lief bestens, bis ein Einheimischer der Schwester seine Liebe erklärte. Es kam, wie es kommen musste, die Schwester beschloss neue Wege zu gehen. Man weiß heute nicht mehr, ob es eine Hörigkeit der Schwester war, oder ob sie selbst, die im Charakter dem Bruder ähnlich war, die Initiative ergriffen hat. Es begann mit dem Beschmieren von Fensterscheiben der Tanzschule mit gehässigen Parolen und endete damit, dass Willi Geiger das Handtuch warf. Der liebe Schwager sprang in die Bresche, und aus der Tanzschule Geiger wurde die Tanzschule Greiner. Man beachte die zufällige und interessante Namensähnlichkeit. Man könnte sagen, Willi, William, Schimmi Geiger war eines der ersten Mobbing-Opfer in der Geschichte.

Kurze Zeit später rief Deutschland zu den Waffen und Wilhelm Geiger wurde eingeladen daran teilzunehmen. Auch hier zeigt sich die große Gewandtheit dieses Mannes. Er brachte es, nach relativ kurzer Zeit, bis zum Leutnant, obwohl er außer Volksschule keine höhere Bildung besaß. Man umgab sich einfach gern mit ihm, denn mit seinem Auftreten hatten die Herrn Offiziere einen wirkungsvollen Magnet im Bezug auf die Damenwelt. Der Onkel besuchte diverse Kriegsschaulätze, bevor er in seiner Heimatgemeinde als Lagerleiter der OT, Organisation Todd, tätig wurde. Das war eine Organisationsabteilung der deutschen Wehrmacht, welche für Straßen- und Brückenbau zuständig war. In jenem Lager waren polnische Zwangsarbeiter untergebracht, die in einem unweit gelegenen Bergstollen Flugzeugteile zusammenbauten. Mir hat man als Kind immer erzählt, dass die Organisation Todd für Nachschub und Verpflegung zuständig war; aber wahrscheinlich habe ich da etwas missverstanden.

Dass weder mein Onkel noch meine Tante Lou, die drei Jahre jüngere Schwester, Nazis waren, lässt sich allein schon durch eine kleine Episode belegen. Im Büro des Onkels stand eine Büste aus Gips von dem unseligen böhmischen Gefreiten, der die Welt erobern wollte. Onkel Willi, Tante Lou und ein lieber Freund der beiden saßen in besagtem Büro und hatten schon tüchtig dem Alkohol zugesprochen. Zu vorgerückter Stunde kam man auf die grandiose Idee mit einem Flaubert-Gewehr, auch Zimmerbüchse genannt, auf den Führer zu schießen. Die beiden Herren der Schöpfung trafen nur mäßig; dafür traf die Tante umso besser. Sie schoss der Gipsbüste ein Auge heraus. Dieser Treffer hatte eine ernüchternde Wirkung; denn in diesem Augenblick wurde den drei Hallodris erst bewusst, was sie gerade taten. Sie stellten sich vor ein Erschießungskommando, würde dieser Vorfall je heraus kommen. Die beiden Männer beauftragten die Tante mit der Entsorgung des Führers. Tante Lou, eine damals schon taffe Erscheinung machte dies auch, indem sie die beschädigte und entehrte Büste in den Bach warf, welcher hinter dem Elternhaus vorbei floss. Dieser Vorfall blieb ohne Folgen, und alle drei Beteiligten überstanden den Krieg unbeschadet.

Nach dem Krieg kam die Zeit des Wiederaufbaus und der Neufindung. Onkel Willi nutzte seine Kenntnisse auf dem Gebiet des Gesellschaftstanzes und machte sich als Tanzlehrer selbständig. Er erwarb ein Quickly, jenes 1953 von NSU entwickelte Moped, in lindgrün gehalten, und fuhr damit über die umliegenden Dörfer. Auf dem Gepäckshalter das festgezurrte, aufziehbare Grammophon mit den Schellackplatten. Wochen zuvor schon hatte er auf buntem Packpapier demnächst beginnende Tanzkurse aufgemalt und in den jeweiligen Dörfern aufgehängt. Der Andrang war ebenso groß wie der Hunger nach Unbeschwertheit und Vergnügen. Und so fuhr der Onkel, bei Hitze ebenso wie bei Eis und Schnee, mit seiner Maschine aufs Land, um jungen Menschen die erhabene Kunst des Tanzes beizubringen. Einer der Nutznießer dieser Einrichtung war mein zehn Jahre älterer Bruder Klaus. Mir blieb dieses Vergnügen leider verwehrt, weil mir die nötigen Lebensjahre dafür fehlten.

Der umtriebige Onkel, der sein Leben drastisch umgestellt hatte - das ständige Umherreisen war aus finanzieller Gegebenheit nicht mehr möglich - war aber auch auf dem Land das Objekt weiblicher Begierde. Doch Landpomeranzen waren nun einmal nicht die Lieblingsfrucht des Onkels. Die wohl letzte adäquate Geliebte war May

103

aus London. Aber an sie erinnerte nur noch die „Coronation-Coin" im Besitz meines Onkels, die anlässlich der Krönung von Königin Elisabeth herausgegeben worden war.

Die Episode des Tanzlehrers Geiger dauerte nicht allzu lange. Ein Konkurrent, der sich in das kleine Dorf verirrt hatte, drängte ihn aus dem Geschäft. Er hatte eine eigenes Studio und eine Partnerin in Form seiner Gattin. Der Onkel, der kein eigenes Studio hatte und der seine Kurse nur in den sozialen Räumlichkeiten der Kirchen abhielt, war nicht mehr konkurrenzfähig. Er hatte wohl auch kein großes Geschick in finanziellen Dingen. Geldeingang und Geldausgang standen in einem argen Missverhältnis. Das führte nach dem Tod seiner Mutter im Jahr 1941 dazu, dass er die ererbte Doppelhaushälfte an den Nachbarn verscherbelte, um das Geld schnellstmöglich unter die Leute zu bringen. Und das machte auch nicht davor Halt vom Sparbuch seiner Schwester Lou, viele Jahre später, dreitausend D-Mark zu beheben, ohne deren Erlaubnis dazu. Sie war es auch, die vom Nachbarn die Doppelhaushälfte wieder abkaufte, um sie wieder in den Besitz der Familie zurück zu führen.

Und so begann der allmähliche Abstieg des Wilhelm, Willi, Schimmi Geiger. Er verdingte sich als Kellner, und er machte auch hier sehr schnell Karriere. Er diente sich hinauf zum Chef de rang und wurde später sogar Geschäftsführer. Als er sich in seiner Heimatgemeinde um die Pacht eines gastronomischen Betriebes bewarb, zeigte man ihm die kalte Schulter. Man könnte sagen er wurde Opfer seines eigenen Lebensstils. Vielleicht war er dem fröhlichen Landmann eine Spur zu arrogant. Mit Sicherheit aber war die Zahl der Neider größer als die

Anzahl der Freunde. Diese waren in intellektuellen Kreisen zu finden: Lehrer, Architekt, Rechtsanwalt.

Man schrieb das Jahr 1956, als die Bombe platzte. Onkel Willi war inzwischen zum Geschäftsführer eines noblen Schlosshotels in einer schwäbischen Stadt avanciert. Alles, was Rang und Namen, und vor allem das nötige Kleingeld hatte, verkehrte dort. So auch eine Dame namens Eva Stapf. Sie war die Tochter einer alten Dame, welcher das größte Hotel mit erster Adresse in dieser Stadt gehörte. Es will mir nicht aus der Feder fließen; aber ich will es einfach einmal so benennen: Die beiden verliebten sich ineinander. Besser gesagt, sie verliebte sich in ihn. So stimmt das auf jeden Fall. Onkel Willi, inzwischen im besten Mannesalter von dreiundfünfzig Jahren, immer noch verdammt gut aussehend, das heißt braungebrannt, bei guter Figur, ließ die Frauenherzen noch immer höher schlagen, war aber finanziell abhängig.

Tante Eva, so hieß sie ab der Eheschließung, unförmig, schwammig, Hals wie ein Truthahn, finanziell unabhängig. Letzteres Attribut war das Parfum, welchem der Onkel erlag. Sie war das gemachte Nest, das gefüllte Portfolio, welches seinen Lebensabend finanzieren sollte. So zumindest stellte er sich das damals vor. Was für ein Trugschluss, welche Tragödie…

Pompöse Hochzeit, ein eifersüchtiger Schwager, auch Willi heißend, der seinen Sohn schon als Geschäftsführer des Hotels gesehen hatte, und eine Schwiegermutter, topfit, ohne Brille, dafür ein marzipankugelgroßes Gewächs am Ende des linken Nasenflügels, mit hellwachem Verstand und einem eisernen Willen; die Herrscherin über das gesamte Hotelimperium. Vom Aussehen her wie die Hexe aus Hänsel und Gretel, nur ohne Hänsel und Gretel.

Nach außen, nach wie vor der Bonvivant, im sportlichen BMW 503, in welchen der Onkel kaum einsteigen konnte, weil dieses Teil sehr klein und flachgelegt war, und der Onkel sehr groß war.

Doch innerlich hatte der Abbau dieses Mannes schon begonnen. Er fristete ein Leben als Prinzgemahl, jedoch mit äußerst schmaler Apanage, mit vielen Pflichten und wenig Rechten. Er verbrachte die meiste Zeit im hoteleigenen, riesigen Garten, wo er sich um Wuchs und Ertrag der vielen Sträucher, Bäume und Gemüse kümmerte. Gelegentliche Ausflüge in sein Heimatdorf, wo sein sportlicher Flitzer höchste Anerkennung fand, und Urlaubsfahrten in den Süden. Wasser, Sonne, Sonne und nochmals Sonne, das war sein Element, in dem sich das bald sechzigjährige Fischlein wohl fühlte.

Aber den Sechziger sollte er nicht mehr erreichen. Er erlitt im Dezember 1961 einen Hirnschlag, von dem er sich nicht mehr erholte. Da lag er nun in seinem Spitalsbett, der Unbeugsame, der Riese, der er einmal war; jetzt nur mehr ein gebrochener Mann, mit Schläuchen in der Nase, röchelnd, ein Bild des Jammers. So habe ich ihn zum letzten Mal gesehen. Er war ein Opfer seines Lebensstils geworden; zu viel, zu schnell, immer auf der Überholspur. Nun hatte ihn der Tod eingeholt. Er starb am 28. Dezember, am Tag des unschuldigen Kindes. Welch eine Ironie. Er war, trotz seiner charakterlichen Webfehler, ein Mensch, den man gern haben musste; ich zumindest tat dies. Aber unschuldig war er sicher nicht.

Seine Beerdigung war wie eine Szene aus dem Film „Dr. Schiwago". Das ausgehobene Grab lag am Rand einer niedrigen Friedhofsmauer, und der Blick über diese Mauer verlor sich in einer schier endlosen Weite aus Schnee, bis hin zum Horizont. Ein eisiger Wind vervollständigte dieses Bild. Ich glaube, ich habe nie wieder so heftig geweint, wie an jenem Tag…

In meiner Erinnerung lebt er weiter als Mann, der gerne feierte, viel lachte, Fische fing, denn er war ein leidenschaftlicher Angler, der schöne Dinge für mich bastelte, der die herrlichste Ochsenschwanzsuppe kochen konnte, und das auf einem Einplattenherd, und den ich vergötterte: Onkel Willi, alias Wilhelm, alias Schimmi…

Lola rannte

Lola rannte, was das Zeug hielt. Dabei sah sie mehr nach hinten als nach vorn. Sie wollte ihren wunderschönen Drachen fliegen sehen; bis ganz weit hinauf in den Himmel.

Ihr Vater hatte mit dem Basteln des Drachens Lolas sehnlichsten Wunsch erfüllt.

Sie beobachtete schon geraume Zeit andere Kinder beim Drachenfliegenlassen. Lola hielt sich immer etwas entfernt von ihnen und bewunderte deren Fertigkeit aus respektvollem Abstand. Und jedes Mal, wenn sie diese Kinder beobachtete, wie sie freudig juchzend und beseelt herum hüpften, und ihre Drachen hoch unter dem Himmel schwebten, verspürte sie eine tiefe Sehnsucht es ihnen gleich zu tun.

Heute war es nun so weit. Der Vater hatte ihr einen wunder-schönen Drachen gebastelt; einen genau gleichen wie der der anderen Kinder. Und das Wetter war heute ideal. Blauer Himmel, Sonnenschein und ein leichter Wind. Die rechten Zutaten für einen gelungenen Jungfernflug.

Und wahrhaftig, ihr Drachen stieg und stieg; es war eine rechte Freude. Immer höher stieg er und Lola hielt die Schnur ganz fest in ihrer Hand, auf dass ihr der Drache ja nicht davon fliege.

Lola war glücklich. Sie war inzwischen stehen geblieben; denn ihr Drachen musste nun nicht mehr an der Schnur gezogen werden. Er hatte inzwischen eine Höhe erreicht, wo Lola den Wind zum Helfer hatte. Er gab dem Drachen den nötigen Auftrieb. Lola spielte mit ihrem Drachen und dem Wind, und zusammen waren sie das perfekte Team.

Lola war voll der Freude, und dennoch; obwohl Lolas sehnlichster Wunsch in Erfüllung gegangen war, wofür sie sich bei dem Vater auch überschwänglich bedankt hatte, fehlte ihr doch etwas zum vollkommenen Glück.

Lola, deren Drachen hoch in den Lüften schwebte und mit dem Wind tanzte, sah, dass die Drachen der anderen Kinder weit, weit höher flogen als ihrer...

Das konnte Lola nicht verstehen. Sie hatte den gleichen Drachen wie die Kinder und für alle scheinte dieselbe Sonne und wehte derselbe Wind. Was also hatte sie falsch gemacht? Sie hatte den Drachen – wie ihr der Vater geheißen hatte – steigen lassen und er hatte sich – wie ihr der Vater auch gesagt hatte – hoch in die Luft erhoben. Und doch war da ein riesiger Unterschied.

Lola holte ihren Drachen langsam wieder herunter. Sie spulte die Schnur auf ihre Spindel; ganz nach Vorschrift. Und dann, als sie den Drachen wieder fest in ihren Händen hielt, überprüfte sie diesen auf Löcher oder sonstige Beschädi-gungen, um eine Erklärung dafür zu finden, warum ihr Drachen nicht auch so hoch flog wie die der anderen Kinder. So sehr sie auch suchte, sie fand nichts. Der Drachen war völlig in Ordnung. Lola empfand eine tiefe Traurigkeit. Es musste doch eine sinnvolle Erklärung für das Misslingen geben...

Zuhause angekommen, legte Lola ihren Drachen ins Eck und wollte sich dann auf ihr Zimmer zurück ziehen. Der Vater, welcher die traurige Stimmung seines Kindes erkannt hatte, rief Lola zu sich und stellte sie zur Rede:

„Was hast du Kind?", fragte er Lola, "ist dein Drachen nicht geflogen?"

„Doch, Vater!", antwortete Lola, „genau, wie du gesagt hast." „Ist er nicht hoch geflogen?", fragte der Vater weiter.

„Schon", antwortete Lola kleinlaut...

„Warum bist du dann so traurig?", fuhr der Vater fort.

„Weil, weil, weil..." Lola hatte große Hemmung die Frage zu beantworten. Sie wollte den Vater nicht vor den Kopf stoßen und sie wollte auf gar keinen Fall undankbar erscheinen.

Aber der Vater gab keine Ruhe. „Weil was?", bohrte er weiter.

„Weil mein Drachen nicht so hoch flog wie die Drachen der anderen Mädchen!" Nun war es heraus und Lola war leicht erschrocken über den schroffen Ton, mit welchem sie es gesagt hatte. Sie sah den Vater mit leicht verängstlichtem Blick an. Dieser wiederum sah seinem Kind lange ins Gesicht. Er wusste, dass Lola kein freches Kind war; es war die nackte Verzweiflung, die aus ihr gesprochen hatte. Er lächelte, nahm Lola auf seinen Schoß, strich ihr übers Haar und dann fragte er sie:

„Hast du dir einmal Gedanken darüber gemacht, warum das so war. Warum dein Drachen nicht so hoch fliegen konnte wie der der anderen Mädchen? Oder warst du zu sehr mit deiner Enttäuschung beschäftigt, dass dir ein ruhiges Nachdenken gar nicht möglich war?"

Mit letzterem hatte der Vater absolut recht. Natürlich war Lola enttäuscht darüber, dass alles so war, wie es war. Und vielleicht war sie sogar ein wenig zornig darüber; aber nur ein wenig...

„Du hast Recht, Vater", sagte Lola, „ich war sehr enttäuscht; aber selbst wenn ich jetzt in Ruhe darüber nachdenke, so fällt mir doch keine Antwort ein."

„Nun gut, Lola", sprach der Vater nach kurzem Innehalten, „dann will ich dir die Antwort sagen:"

„Wenn wir einen geliebten Menschen oder ein geliebtes Tier durch Tod verlieren, dann verlässt deren Seele den Körper und schwebt gen Himmel. Dort wird sie neu eingekleidet und dann wird sie wieder zurück auf die Erde gesandt. Das gleiche geschieht auch mit einer erloschenen Liebe oder mit einem weniger geliebten Menschen. Nun neigen wir jedoch leider dazu diese auf Wanderschaft befindlichen Seelen festzuhalten. Wir tun dies in Form einer Traurigkeit, die nicht frei von Egoismus ist. Wir wollen den Menschen, das Tier oder die Liebe, mit welche wir verbunden waren, nicht hergeben. Oder wir sind mit der Art des Verlassenwerdens nicht einverstanden. Vielleicht sind noch Fragen offen, denen die Antwort verweigert blieb. Und darum protestieren wir mit einem breiten Spektrum, das von Trauer, über Enttäuschung bis hin zu Wut und Zorn reicht. Mancher bleibt mit einem unversöhnlichen Herzen zurück und schleppt so eine schmerzende, sich nicht schließen wollende Wunde mit sich herum. Wir wollen keine Veränderung – und wenn doch; dann höchstens zum Besseren...

Was aber macht jetzt die arme Seele, die himmelwärts streben möchte?

Sie schafft die entscheidenden letzten Meter nicht, weil der oder die Zurückgebliebene sie einfach nicht los lässt. So schwebt sie hin – so schwebt sie her; solange, bis ihr ganz schwindelig wird...

Arme Seele; das Recht auf Neugestaltung bleibt ihr verwehrt. Und das nur, weil wir so egoistisch sind. Das ist nicht schön; das ist lieblos. Jawohl, das ist lieblos! Wie liebevoll wäre es hingegen, wenn wir dem Wanderer zwischen den Welten eine gute Reise wünschen würden. Das wäre toll und wunder-schön. Natürlich gehört da auch eine große Portion Einsicht und Selbstüberwindung dazu. Aber wir heißt es doch so schön: Der größte Sieg ist der Sieg über sich selbst!

Und jetzt kommt noch etwas Tolles und Bemerkenswertes hinzu. Nicht nur, dass wir dieser Seele ihren Frieden vergönnen, wir selbst finden auch unseren Frieden. Und wir lösen die Blockade, mit welcher wir uns vor einem neuen Menschen, einem neuen Tier, ja vielleicht sogar vor einer neuen Liebe sperren..."

Lola hatte ihrem Vater aufmerksam zugehört; aber sie hatte nicht wirklich verstanden, was das mit ihrem Drachen zu tun haben sollte. Also fragte sie ihn.

„Ich habe dir aufmerksam zugehört und ich danke dir; aber ich weiß dennoch nicht, was das damit zu tun hat, dass mein Drachen nicht höher gestiegen ist als der der anderen Kinder."

„Du hättest nur die Schnur los lassen müssen...", antwortete der Vater lächelnd.

Jetzt hatte Lola den Vater verstanden.

Brombeermund

„Veilchen-Syndrom", ein schöner Name für eine hässliche Sache. Das Veilchen-Syndrom, so benannt nach seinem Entdecker Dr. Albrecht Veilchen, ist eine sehr seltene Krankheit, für die es keine Heilung gibt. Sie ist ebenso heimtückisch wie zerstörerisch. Tritt sie einmal auf, so ist sie nicht zu stoppen. Sie tut nicht weh, sie nimmt nur alle Kraft aus dem menschlichen Körper und sie führt unaufhaltsam zum Tode. Der Patient ist an sein Bett gefesselt, führt von da aus ein fast normales Leben und wartet nur noch auf sein Ende. Es kündigt sich nicht an, es kommt wie der Dieb in der Nacht.

Ferdinand Fuchs war ein Betroffener. Was vor ca. einem Jahr mit ständiger Müdigkeit begonnen hatte, wurde zur grausamen Wahrheit. Er lag schon seit ein paar Monaten im St. Barbara-Spital. Er wusste gar nicht mehr genau, seit wann; denn Zeit war für ihn bedeutungslos geworden. Vielleicht war es auch ein Teil seiner Krankheit, dass er sich ihr widerstandslos fügte. Er wusste, dass er sterben würde, er wusste nur nicht wann. Er wollte es auch gar nicht wissen, wozu auch. Würde es denn etwas bewirken? Und wenn, dann sicherlich nichts Gutes.

Obwohl sich Ferdinand in keiner beneidenswerten Situation befand, wirkte er ausgeglichen und ruhig, ja beinahe fröhlich. Es mag verständlicher scheinen, wenn man den Grund hierfür weiß. Der Grund war mittelgroß, sehr weiblich, nonkonformistisch und über alle Maßen liebenswert. Er hatte auch einen Namen, und einen schönen noch dazu. Er hieß Charlotte, Dr. Charlotte Hofmann. Hofmann mit einem „*f*" und zwei „*n*".

Charlotte war Ärztin und Ferdinand hatte sich vom ersten Anblick an in sie verliebt. Er hatte nicht einen

Augenblick lang gezögert sich ihr mitzuteilen, zumal er ja den riesigen Vorteil der Zeitknappheit auf seiner Seite wusste.

Es war Charlottes Mund, der es ihm besonders angetan hatte. Er hatte die Farbe einer nicht ganz gereiften Brombeere. Die Unterlippe war fleischgewordene Lust und zog Ferdinands Blick immer wieder auf sich. Ihm war, als wolle er hinein beißen in diese süße Frucht, fürchte sich jedoch davor, sie könne platzen. Nein, verletzen wollte er das geliebte Wesen nicht, auf keinen Fall.

Ferdinand fühlte sich so sehr hingezogen zu dieser Frau, wie er es nie zuvor in seinem Leben bei einer anderen Frau erlebt hatte. Und es gab viele Frauen in Ferdinands Leben. Er hatte sie alle geliebt und sie ihn. Er glaubte dies, weil er es einfach glauben wollte und weil es wohl dazu gehört.

Als ihn Verena wegen seiner Krankheit verließ, gab er vor es zu verstehen. Selbstschutz nennt man das wohl. Ohne ihn müsste man wohl ersticken in einer solchen Situation. Anfänglich hatte sie ihn ja noch besucht, doch dann wurden die Abstände immer größer, bis es schließlich ganz aufhörte.

Aber das war alles ohne Bedeutung. Jetzt, da es Charlotte gab, hatte sich alles verändert und verschoben. Die Erde war nicht mehr rund, sie war oval. Sie war wie ein großer Kristallspiegel, aus dem ihm Charlottes Brombeermund entgegenblickte und ihm leise zuflüsterte: *„Pflücke mich, Geliebter, nimm mich, ich bin Dein!"*

Ferdinand fühlte sich so gut, dass es schon fast unerträglich wurde. Er schlief die meiste Zeit, weil sein Körper das so bestimmte und wenn er wach war, dann war Charlotte da. Sie saß an seinem Bett, hielt seine Hand in der ihren gefangen und sah ihn an. Sie sprachen kaum miteinander und dennoch führten sie unendlich lange Zwiegespräche. Jede Faser ihrer beiden Körper teilte sich ununterbrochen mit, selbst wenn sie physisch getrennt waren.

Charlotte und Ferdinand hatten nie über sich selbst gesprochen und dennoch waren sie sehr vertraut. Sie waren weder Ängsten noch irgendwelchen Zwängen unterworfen, sie lebten das, was sie gerade empfanden. Ihre Seelen hielten sich fest umschlungen und waren doch einander völlig frei.

Und so geschah es auch eines Tages, als Ferdinands Blicke wieder einmal paralytisch an Charlottes Brombeermund verhaftet waren, dass diese sinnlichen Lippen urplötzlich und vollkommen unerwartet in bedrohlicher Weise auf Ferdinand zukamen. Ferdinands ganzes Wesen geriet in Aufruhr. Ihm war, als hätte man ihn an Starkstrom angeschlossen.

Er fühlte eine längst vergessene Kraft in sich und beinahe ängstlich nahm er Charlottes Kuss entgegen. Und dann geschah etwas Seltsames. Ferdinand weinte. Er weinte nicht nach außen sichtbar; er weinte tief drinnen in seiner Seele.

Es war wie ein warmer, wohltuender Regen nach einem schwülen Sommertag. Ferdinands Körper war auf einmal ganz leicht, so als wäre er auf Watte gebettet. Er verspürte nur einen unbändigen Schlafdrang in sich. „*Nur ein wenig rasten*", dachte er bei sich, „*nur ein wenig rasten.*" Er sog Charlottes Gesicht mit den Augen tief in sich auf und dann schlief er ein.

Heute würde er gut schlafen und wer weiß, vielleicht auch träumen. Und wirklich, Ferdinand träumte. Es war ein wunderbarer Traum. Er lag wie immer in seinem Bett und er fühlte sich bärenstark.

Sie fuhren mit dem Bett durch die Natur, die sich an diesem Tag besonders schön herausgeputzt hatte. Das Krankenbett war ihr Rolls Royce und Charlotte war der Chauffeur. Sie stand am Kopfende des Bettes und sie dirigierte dasselbe durch grüne Wiesen, über weiches Moos und durch einen wunderbaren See bis hin in Ferdinands Wohnzimmer, das wieder einmal nicht aufgeräumt war.

Ferdinand kämpfte einen lebenslangen und auch aussichtslos scheinenden Kampf gegen die Unordnung und er würde wohl nie siegen. Charlotte hatte den Bücherschrank entdeckt und ihre Augen bekamen einen abenteuerlichen und wissbegierigen Ausdruck.

Ferdinand hatte dieses entdeckt und er war entzückt, als Charlotte seine Frage bejahte, ob sie gern lese. Er musste spontan an Tante Luise denken, die einen Faible für antiquiertes Lesematerial hatte und die einen beträchtlichen Teil ihres Einkommens darauf verwendet hatte, überall dort, wo es sich ergab, ein neues Buch zu erstehen und zu verschlingen. Von ihr stammte auch der Satz: „*Ein Buch, das nur einmal gelesen wird, verdient es nicht, gedruckt zu werden.*" Vielleicht hatte sie ihn auch nur zitiert und er stammte gar nicht von ihr; das war jedoch unerheblich.

Ferdinand öffnete die Glastür des Bücherschrankes und er ergriff mit aufgeregten Händen einige Bücher um sie Charlotte zu zeigen. Er bat sie, nein er bedrängte sie förmlich alles zu nehmen, was ihr gefiel. Es war die wunderbare Möglichkeit, die sich Ferdinand wohl mehr im Unterbewusstsein auftat, mit seiner geliebten Charlotte eine Bindung einzugehen, die weder von Zeit noch von Raum abhängig war und die auch durch nichts gelöst werden könnte.

Und Charlotte ging diese Bindung ein. Ihre Wangen glühten, ihr Mund drohte aufzuplatzen, wie eine überreife Frucht und ihre kleinen Brüste nahmen Ferdinands Kopf in sich auf, der plötzlich so schwer und so müde wurde. Aber es war ja alles nur ein Traum, es war der Traum vom erfüllten Glück und vom ewigen Leben...

Die Puppenfee

In St. Wolfgang am Wolfgangsee steht in einem kleinen Park und von Bäumen umgeben eine Villa. Das wäre ja an und für sich nichts Besonderes; aber diese Villa ist das Zuhause der Puppenfee und ihrer Puppenkinder.

Und aus diesem Grund ist diese Villa eigentlich keine Villa, sondern vielmehr ein kleines Schloss. Das Schloss der Puppenfee...

Die Puppenfee ist eine ältere weißhaarige Dame mit einem gütigen Gesichtsausdruck. Sie ist in ihrem Leben schon sehr weit herumgekommen und sie hat schon vieles gesehen. Als sie noch ein kleines Mädchen war, hatte sie eine Puppe zum Spielen – wie wohl die meisten Mädchen in ihrem Alter – und diese Puppe hatte sie sehr lieb. Das ist wohl die unbedingte Voraussetzung dafür, um eine gute Puppenmutti zu sein; denn wer seine Puppe nicht liebt, der wird niemals eine richtige Puppenmutti. Aber um eine Puppenfee zu werden, da muss man alle Puppen lieben und zwar so sehr, dass es ärger gar nicht mehr geht...

Im Schloss unserer lieben Puppenfee wohnen viele Puppenkinder. Sie kommen aus aller Herren Länder. Da sind z.B. Janosch und Piroschka aus dem schönen Ungarland, Ninette und François aus Frankreich, Hans und Grete aus Deutschland, Jan und Meike aus Holland, Sissi und Franzi aus Österreich, Margaret und Charles aus England und von ganz weit weg, nämlich aus Kanada, kommen Ken und Pat. Das sind natürlich nur einige der Puppenkinder. Und alle sind sie nett und freundlich. Auch Katja und Alioscha aus Russland, sowie die namentlich nicht genannten Puppenkinder.

Im Puppenschloss hat jede Puppe ihre eigene Wohnung. Natürlich wohnen manchmal auch zwei oder mehrere Puppen beisammen. Die Puppenfee selbst wohnt im oberen Teil des Schlosses und die Puppenkinder im unteren. Ihre Wohnungen sind über mehrere Etagen verteilt und sie liegen entweder links, Mitte, halbrechts oder rechts.

Katja wohnt beispielsweise links, 5. Etage auf Nummer 2 und Franzi wohnt Mitte, 1. Etage auf Nummer 7. Je weiter oben die Wohnung liegt, umso schöner ist der Ausblick, den man hat. Wenn man einander gegenüber wohnt, wie Katja und Masako, eine Puppe aus Japan, dann kann man sich sogar zuwinken. Masako wohnt nämlich auch in der 5. Etage, aber nicht links wie Katja, sondern rechts auf Nummer 4. Alle Wohnungen haben jedoch eines gemeinsam: eine wunderschönen Innenhof. Dort spielt sich das gesellschaftliche Leben ab. Man geht spazieren, man trifft sich auf ein Plauscherl und man führt die wunderbare Garderobe vor, die alle Puppenkinder haben.

Letzteres ist wohl zum größten Teil das Verdienst der Puppenfee. Sie kümmert sich um ihre Kinder auf eine rührende Art und Weise: sie hegt sie, sie pflegt sie, so wie das eben nur eine echte Puppenmutti fertig bringt. Sie sorgt sich auch um den Unterhalt ihrer Kinder, indem sie ab und zu auf Wunsch – gegen Entgelt – Besucher empfängt, welche den Puppenkindern ihre Aufwartung machen. Das sind dann zumeist selbst ehemalige oder auch noch aktive Puppenmuttis, die mit vielen „Ohs" und „Ahs" ihr Erstaunen und ihre Verzückung dokumentieren. Die Puppenkinder bleiben dann hübsch artig in ihren Wohnungen, damit ihnen auch nichts geschieht. Denn anfassen darf sie einzig und allein die Puppenfee. Wenn dann die Besucher wieder gegangen sind, dann kann man die Puppenkinder und manchmal auch die Puppenfee aufatmen hören, denn diese „Zurschaustellung" ist doch recht anstrengend. Am ärgsten ist es natürlich im Sommer, wenn St. Wolfgang fest in Touristenhand ist. Dafür ist es den Winter über sehr ruhig. Das ist dann die Zeit, wo sich die Puppenkinder gegenseitig besuchen. Dann wird die Wohnung geputzt, dass es nur so spiegelt, dann zieht herrlicher Kuchenduft durch alle Ritzen und es riecht verführerisch nach frisch gebrühtem Kaffee. Die Puppenkinder erzählen sich aus ihrem meist ereignisreichen Leben und das ist oft sehr lustig.

Es kann aber auch so traurig sein, dass die eine oder andere Träne über ein Puppengesicht kullert. Aber interessant und spannend sind sie allemal, die Lebensgeschichten unserer Puppenkinder...
Und wenn man ganz still und aufmerksam zuhört, dann kann man manchmal sogar etwas davon verstehen...

Da sind zum Beispiel Sissi und Franzi aus Österreich, genauer gesagt aus Wien...
Die beiden hatten einmal ganz berühmte Puppenurgroßeltern. Das waren nämlich Kaiser Franz Josef und Kaiserin Elisabeth von Österreich. Sissi und Franzi führten natürlich ein herrliches Leben am Kaiserhof. Sie besaßen die schönsten Kleider, die es damals gab. Jeden Tag wurde ihnen ein anderes Gewand angezogen und sie trugen niemals dasselbe Gewand an zwei aufeinander folgenden Tagen. Zu besonderen Anlässen oder an hohen Feiertagen wurden sie sogar in eine Uniform gesteckt. Franzi taugte das ungemein. Er liebte seine fesche Husarenuniform, zu welcher er sogar einen extra für ihn angefertigten kleinen Säbel trug. Sissi war nicht sonderlich beglückt. Sie trug viel lieber ein Kleid mit

Rüscherln und Spitzen und vielen, vielen Unterröcken. Aber an manchen Tagen musste sie sich der Hofetikette beugen und Uniform tragen...

Die beiden hochwohlgeboren Puppenkinder hatten viele Freunde und Bekannte aus den anderen Königs- und Fürstenhäusern, die – so sie nach Wien kamen – natürlich mit ihnen spielten. Und so geschah es auch, dass sie eines Tages Katja und Alioscha kennen lernten, die vom Zarenhof aus Russland kamen.

Die beiden waren die Puppenkinder von Prinzessin Sonja, einer nahen Verwandten des Zarewitschs. Obwohl sie wunderschöne Kleider besaßen, sah man Alioscha und Katja meist nur in schwarzen Pluderhosen und blauen oder purpurroten Blusen daherkommen. Dazu trugen sie samtweiche Lederstiefel. Die beiden waren stets gleich angezogen und immer bester Laune. Und es passierte fast kein Schabernack, wo die beiden nicht ihre Finger im Spiel hatten. Ihr Übermut war grenzenlos und manchmal für die anderen recht anstrengend. Aber alle Puppenkinder liebten sie.

Dass sie nach Österreich kamen, verdankten sie dem Ersten Weltkrieg. Irgendwer hat sie in den damaligen Kriegswirren aus ihrer russischen Heimat herausgebracht, nachdem sie ihre liebe Puppenmutti verloren hatten. Und so gelangten sie zu Sissi und Franzi, die zu jener Zeit in Bad Ischl bei ihren Puppeneltern weilten. Und dort fand sie dann – allerdings viele Jahre später – die Puppenfee, die dann alle vier mit sich auf ihr Puppenschloss nach St. Wolfgang nahm und ihnen dort eine neue Heimat gab...

Zwar nicht von adliger Herkunft, aber von herzensguten Puppeneltern stammen Grete und Hans.

Ihr Puppenvater war Schuhmachermeister in Nürnberg, einer mittelalterlichen Kleinstadt in Deutschland. Hans saß meistens in der Werkstatt und schaute dem Meister bei der Arbeit zu. Da duftete es herrlich nach Leder und nach Leim. Doch viel besser noch als Leim und Leder duftete der Tabak, mit welchem sich der Puppenvater von Hans seine Pfeife stopfte und dann anzündete. Außerdem war es ein Vergnügen den Rauchschwaden zuzusehen, die sich in den durch das kleine Fenster der Werkstatt hereinfallenden Sonnenstrahlen wälzten. Ebenso faszinierend war das Aufglimmen des glühenden Tabaks, wenn der Meister einen tiefen Zug aus seiner Pfeife machte und die Dämmerung schon das Sonnenlicht verdrängt hatte.

Grete hielt sich meistens bei ihrer Puppenmutter auf und leistete dieser Gesellschaft beim Bügeln und Flicken der Wäsche. Die Frau des Meisters hatte eine schöne Stimme und wenn sie mit Grete allein war, dann sang sie so manches Liedchen vor sich hin. Aber sobald jemand die Stube betrat, unterbrach sie sofort und noch nicht einmal der Meister selbst konnte sie veranlassen ihren Gesang wieder aufzunehmen.

Das Schuhmacher Ehepaar hatte selbst keine Kinder und so blieben Hans und Grete bei ihnen bis in hohe Alter. Eines Tages riefen die Puppeneltern Hans und Grete zu sich und erklärten Ihnen, dass am Nachmittag eine Dame zur Jause käme, die sehr, sehr lieb ist. Alles Weitere sollten sie erfahren, sobald die Dame eingetroffen sei. Der liebe Besuch war niemand anderes als die Puppenfee. Der gute Schuhmachermeister hatte per Zufall von ihr gehört und ihr einen Brief geschrieben. Darin teilte er ihr gewisse Dinge mit und bat Sie um ihren alsbaldigen Besuch. Und nun saß sie da und labte sich bei Kaffee und Kuchen. Hans und Grete, die beide keine Ahnung hatten, was da auf sie zukommen würde, fanden den Besuch auf Anhieb recht sympathisch. Und dann war es so weit. Der Puppenvater teilte der Puppenfee und den Puppenkindern den Grund dieser Einladung mit. Er meinte, es sei nun an der Zeit für Hans und Grete ein neues Zuhause zu finden. Er und seine liebe Frau seien schon recht alt und sie müssten allmählich ans Sterben denken. Während er dieses sprach, hatte sich seine Frau fest bei ihm eingehakt und ihre Augen bekamen einen eigenartigen Glanz. Der Schuhmachermeister, dessen Stimme ein leichtes Kratzen erkennen ließ, sagte – zu Hans und Grete gewandt – er habe der Puppenfee eben aus diesen Gründen geschrieben und sie gebeten, sie möge die Puppenkinder zu sich nehmen. Sie wollten sich von den beiden trennen, solange es ihnen noch einigermaßen gut gehe und sie wollten ihr zwei Lieblinge wenigstens einmal im Jahr in St. Wolfgang besuchen.

Hans und Grete, denen das Weinen näher stand als das Lachen, erkannten die gute Absicht ihrer Eltern und sie sahen auch ein, dass die Entscheidung sowohl von Vernunft als auch von großer Liebe getragen war. Außerdem hatten sie sich ja spontan mit der Puppenfee angefreundet – noch bevor sie wussten, wer diese war – und ihre richtigen Eltern würden sie ja einmal im Jahr besuchen kommen. Und so gingen sie daran die Koffer zu packen. Dies geschah in großer Stille und mit viel Ernst und auch der Abschied gestaltete sich derart.

Die Puppenmutter hatte Hans und Grete ein Proviantpackerl hergerichtet und der Puppenvater überreichte den beiden als Abschiedsgeschenk je ein Paar funkelnagelneue Lederschuhe, die er heimlich in den Nächten, in denen die zwei tief und fest schliefen, gefertigt hatte. Die Freude über das wunderschöne Geschenk lenkte

Hans und Grete etwas von ihrem Abschiedsschmerz ab. Ein letztes Zuwinken und ab ging die Fahrt in die neue Heimat. Je weiter sie sich entfernten, umso mehr schnürte es ihnen die Kehle zu und die Puppenfee, der dies nicht entgangen war, sagte nichts. Sie fing ein Lied an zu summen, so wie es die Puppenmutti auch oft gemacht hatte und das half den beiden Puppenkindern ihren Schmerz leichter zu tragen. Nach einiger Zeit schlossen die beiden die Augen – ermüdet von der langen Fahrt und beruhigt durch den Gesang der Puppenfee – und der Schlaf nahm sie in seine Arme.

Auf diese Weise kamen Hans und Grete in das Puppenschloss nach St. Wolfgang. Ihre Puppeneltern haben sie nie mehr gesehen, denn sie sind beide noch im selben Jahr verstorben...

Margaret und Charles repräsentieren die englische Puppenwelt.

Sie stammen aus vornehmer Familie und ihr früherer Wohnsitz war London. Die Puppeneltern waren keine geringeren als Lord Eduard und die schöne Lady Mary Rose. Lord Eduard war Mitglied des Britischen Unterhauses und die meiste Zeit verbrachte er dort oder in seinem Club. Lady Mary Rose hingegen war unermüdlich im Arrangieren von Cocktail Partys. Dort tratschten die feinen Damen der Gesellschaft genauso wie die einfachen Leute auch. Der einzige Unterschied lag nur in der Wahl der Örtlichkeit. Die Armen tratschten auf der Straße oder beim Kaufmann und die Reichen im Salon...

Man sagt den Engländern ja vielfach nach, dass sie eher etwas steif in ihrer Art sind und wenn man Charles und Margaret etwas genauer betrachtet, so ist man geneigt dies zu glauben. Charles hat einen leicht blasierten Gesichtsausdruck und Margaret spreizt beim Tee trinken – der Lieblingsbeschäftigung aller Engländer – den kleinen Finger ihrer rechten Hand betont nach außen oben weg. Aber von diesen kleinen Eigenarten einmal abgesehen, sind beide doch recht nett. Man muss sie nur etwas näher kennen lernen und ihr Vertrauen gewinnen. Wenn man das geschafft hat, dann erkennt man erst, dass Charles und Margaret durchaus liebenswerte Puppenkinder sind. Das Verhältnis von Puppeneltern zu Puppenkindern war nicht gerade sehr gut. Andere Interessen waren einfach vorrangig.

Lord Eduard war ein Bücherwurm und wenn er einmal nicht im Parlament weilte oder im Club seinen Whiskey genüsslich schlürfte, dann saß er zuhause, die Nase tief in ein Buch hineingesteckt und niemand durfte seine Lordschaft stören. Lady Mary Rose war – obwohl sie selbst nie auf einem Pferd gesessen hatte – eine ausgemachte Pferdenärrin und sie verbrachte die meiste Zeit – neben irgendwelchen Partys oder Empfängen – auf den diversen Pferderennbahnen. So konnte es auch schon einmal passieren, dass sie ein paar Pfund beim Wetten setzte. Aber die Beträge hielten sich in Grenzen, denn der Geiz – gemeint ist natürlich die Sparsamkeit – war ihr mehr vertraut als die Großzügigkeit. Davon wusste auch das Hauspersonal ein Lied zu singen. Und diese waren auch die einzigen Personen, die sich um unsere beiden Puppenkinder kümmerten. Es ist hierbei nur schwer zu sagen, ob dies nun aus Zuneigung zu Charles und Margaret geschah oder aus Angst vor der Herrschaft. Denn Reinlichkeit war im Haus höchstes Gebot und wehe, die Gnädigste fand auch nur ein Staubflankerl, dann war Feuer auf dem Dach! Dann konnte die feine Dame schon einmal für einen kurzen

Augenblick ihre Kontenance verlieren und auf ein bürgerliches Vokabular zurückgreifen.

So war es dann auch nicht weiter verwunderlich, dass Charles und Margaret nicht die Spur von Trauer empfanden, als ihre Puppeneltern bei einem Flugzeugabsturz ums Leben kamen. Ihre Erziehung verbat ihnen zwar irgendwelche Gefühlsregungen allzu offen zu zeigen, aber ihr Gesichtsausdruck war zuvor niemals so entspannt, um nicht gar freudig zu sagen...

Sir Oliver, der einzige Erbe der Verblichenen gab Margaret und Charles zur Versteigerung frei. Er wollte die beiden Puppen loswerden, denn Puppen sind nun einmal nur etwas für kleine Mädchen; zumindest war dies seine Ansicht. Und auf diesem Wege gelangen sie dann – wohl noch über ein paar andere Zwischenstationen – zum Puppenschloss nach St. Wolfgang.

Margaret und Charles waren überglücklich, denn sie hatten sich schon damit abgefunden für immer in den muffigen Räumen des Auktionshauses bleiben zu müssen. Ihre neue Heimat empfangen sie wie das Paradies und die bereits anwesenden Puppenkinder empfingen sie wie alte Freunde. Nun ja, es würde wohl eine geraume Zeit dauern, bis sie sich eingewöhnt haben, aber Zeit haben Puppenkinder bekanntlich viel mehr als die Menschen...

Ken und Pat sind Weltenbummler. Sie haben schon viel gesehen und sie sind weit gereist. Ihre Eltern stammten aus Kanada. Kanada, das Land der Bären, Wälder und Seen, das Land der Indianer, der Trapper und der Holzfäller. Und dieses wilde Land war einmal die Heimat der beiden Puppenkinder. Ihre Puppeneltern hießen Ben und Francis. Genau genommen hießen sie Benjamin und Franziska. Doch alle nannten den Puppenvater Ben und die Puppenmutti Francis. Francis war von Geburt an eine waschechte Kanadierin; ihre Eltern hingegen waren österreichische Auswanderer. Daher auch der eigentliche Name Franziska. Ben verdiente den Lebensunterhalt durch Holzfällen. Dies war eine recht einträgliche Tätigkeit, aber sie war auch sehr gefährlich. Die Bäume in Kanada sind ja riesengroß, dagegen sind unsere heimischen Bäume eher von zwergenhaftem Wuchs. Und Francis fürchtete sich jedes Mal, wenn Ben das Haus verließ und sie war Gott dankbar, wenn er wohlbehalten wieder zurückkam. Ihre beiden Puppenkinder waren zwei Kunstwerke. Sie waren das Geschenk eines lieben Freundes, der Ben schon kannte, als dieser noch ein Junge war. Dieser väterliche Freund, der bei der Arbeit auf Ben stets ein Auge hatte, hatte diesem ein Indianermädchen geschnitzt. Seine Frau hat dann die Puppe bemalt und aus Leder ein Kleid und Mokassins genäht.

Als Ben dann seine Franziska kennen und lieben gelernt hat, da hat der väterliche Freund für Franziska einen gestandenen Krieger geschnitzt und ihn mit einem Tomahawk und mit Pfeil und Bogen ausgestattet. Das Einkleiden hat dann wieder seine Frau besorgt. Die Ehe von Ken und Francis war leider kinderlos geblieben. Ihre beiden Puppen behandelten sie fast wie Kinder, waren sie doch auch eine liebe Erinnerung an ihre väterlichen Freunde, die schon seit einigen Jahren gestorben waren.

Ken und Pat, die beiden Puppenkinder hatten ein angenehmes Leben bei ihren Puppeneltern. Sie nahmen sie überall mit hin und so bekamen sie einiges von der Welt zu sehen.

Als Ben seinen Beruf an den Nagel hängte, machte er seiner geliebten Francis eine wunderbare Eröffnung.

Die beiden hatten sich im Laufe ihres Lebens einiges geschaffen. Sie hatten ein schönes Haus mit Garten, ein Auto und einige Dollars lagen auch auf der Bank. Sie waren immer recht sparsam und es war besonders für Francis in den ersten Jahren nicht immer ganz einfach. Zu den Geldsorgen und anderen täglichen Problemen kam auch immer wieder das Heimweh dazu. Ben und Francis hatten sich in dieser Zeit der Entbehrungen allmählich zusammengerauft, die wirtschaftlichen Probleme waren auch kleiner geworden, aber was nie wirklich weniger geworden war, das war das Heimweh. Francis wusste, dass sie noch Verwandte hatte und diese hätte sie vor ihrem Tod schon gerne noch einmal wiedergesehen.

Umso größer waren dann die Überraschung und die Freude, als Ihr Ben zu Weihnachten ein Flugticket für zwei Personen nach Österreich unter den Weihnachtsbaum gelegt hat. Francis wollte sich gar nicht mehr beruhigen, wie weite so viel, dass der arme Ben schon nicht mehr wusste, was er machen sollte. Er hatte die Reise bei den Verwandten heimlich angekündigt und er zeigte Francis den Antwortbrief. Das war mit Sicherheit kein gutes Mittel, um Francis vom Weinen abzuhalten, aber da es sich eindeutig um Freudentränen handelte, war ja alles nur halb so schlimm.

Francis hatte über all die Jahre den brieflichen Kontakt nach Österreich nie abbrechen lassen und so war es jetzt möglich – nach so langer Zeit – noch einmal die alte Heimat zu besuchen. Pat und Ken durften natürlich auch mit auf die Reise und so flogen alle gemeinsam nach Österreich, genauer gesagt nach Salzburg. Francis hatte ca. vierzig Kilometer von Salzburg entfernt eine jüngere Cousine, die dort verheiratet war. Deren Eltern waren – ebenso wie die Eltern von Francis – längst verstorben und sie war nun mit ihrer Familie der letzte Rest an Verwandtschaft, den Francis noch hatte.

Das Wiedersehen der beiden Cousinen, die sich nur als kleine Kinder kannten und sich später nur ein einziges Mal noch gesehen hatten, war unbeschreiblich. Ken und Pat erlebten ihre Puppeneltern wie noch nie zuvor. Die schon eher etwas ruhiger gewordenen Eheleute lebten richtig auf. So hatten sie die beiden lange nicht mehr erlebt. Sie waren her daran gewöhnt, dass sich ihre Eltern nicht mehr so intensiv mit ihnen beschäftigten, wie in den Anfangsjahren, was ja absolut verständlich war und worüber sie sich noch nicht einmal im Traum beklagt hätten. Aber es war auch schön mit anzusehen, mit wie viel Freude und mit wie viel Herzlichkeit sich all diese netten Menschen begegneten.

Die Zeit verging sehr schnell. Es wurde einiges unternommen und einer ihrer vielen Ausflüge führte Ben und Francis zum Wolfgangsee. Und wie durch eine höhere Fügung führte dieser Ausflug auch zum Puppenschloss und zur Puppenfee. Ken und Pat waren natürlich auch dabei und als sie die vielen anderen Puppenkinder sahen, da wurden sie beinahe ein wenig traurig. Sie liebten ihre eigenen Puppeneltern sehr, das war überhaupt keine Frage, aber manchmal war es zuhause in Kanada doch recht ruhig und manchmal sogar fast zu ruhig. Hier gab es Leben, hier war Trubel und Unterhaltung. Und als sie das Plakat sahen, auf welchem stand, dass am Samstag um Mitternacht ein großer Puppenball im Puppenschloss stattfinden sollte, da waren sie fast ein bisschen neidig.

Francis war dies alles nicht entgangen. Sie sah sehr wohl die bedeutungsvollen Blicke, welche zwischen Pat und Ken hin und her gingen und sie verstand die Regungen ihrer beiden Puppenkinder. Francis wandte sich zu Ben und flüsterte ihm etwas ins Ohr. Dieser flüsterte zurück und dann sahen beide ihre Puppenkinder lange Zeit an. Francis setzte sich ein bedeutungsvolles Lächeln auf und dann fragte sie ihre Kinder gerade heraus, ob sie sich vorstellen könnten für immer hier zu bleiben. Diese waren zunächst einmal sprachlos. Wenn sie mit allem gerechnet hätten, aber mit so etwas nicht. Die Antwort lag zwar klar auf der Hand, aber sich so einfach von ihren lieben Puppeneltern trennen, die immer nur gut zu ihnen waren und die sie überall mit hin genommen hatten, das war ja wohl nicht so ganz einfach. Der Puppenvater Ben machte ihnen dann die Entscheidung derart leichter, indem er ihnen versicherte, dass es in ihrer Sinn wäre. So hätten sie die Gewissheit, dass Ken und Pat in guten Händen wären und sie müssten sich nicht um sie sorgen.

Ken und Pat, die spürten, dass es ihren Eltern ernst damit war und dass diese nicht wirklich traurig sein würden über die Trennung, stimmten nun leichten Herzens zu.

Und so zogen zwei neue Bewohner im Puppenschloss ein und die Puppenfee war von Herzen froh darüber...

Ninette und François, so heißen die beiden Puppenkinder aus Frankreich.

Sie kommen vom Land, der sogenannten Provence. Ihre Eltern waren rechtschaffene Leute. Die Puppenmutter versorgte den Haushalt und der Puppenvater arbeitete beim Bäckermeister im Ort. Ab und zu brachte der Vater Ausschussgebäck mit nach Hause. Das war qualitativ genau so gut wie das andere, nur in der Form etwas misslungen und also zum Verkauf nicht geeignet. Dann duftete es schon am frühen Morgen nach frischen köstlichen Croissants und alle freuten sich. Ninette war eine leidenschaftliche Tänzerin. Sie wäre zu gerne zum Ballett gegangen, aber das bescheidene Einkommen der Puppeneltern reichte bei weitem nicht aus, die kostspieligen Ballett-Unterrichtsstunden zu bezahlen. So musste Ninette sich mit ihren Tanzschuhen begnügen, die ihr die Puppeneltern einmal zum Geburtstag geschenkt hatten. Das Puppenkind tanzte, wann immer es von irgendwoher Musik hörte. Ninette war besessen vom Tanzen. Sie tanzte sogar, wenn sie keine Musik hatte; dann summte sie irgendeine Melodie und schon drehte sie sich im Kreise. Sie hatte es im Laufe der Jahre zu einer solchen Perfektion gebracht, dass man gar nicht glauben wollte, dass sie es nie wirklich gelernt hat.

Manchmal spielte François auf seinem Knopferlakkordeon und Ninette tanzte dazu. Dann hatten sie beide viel Spaß. Das Akkordeon von François war ebenfalls ein Geschenk der Puppeneltern. Er bekam es irgendwann einmal zu Weihnachten. Als er es damals auspackte, da strahlten seine großen Augen noch heller als die Kerzen am Weihnachtsbaum; ging doch an diesem Abend ein lang gehegter Herzenswunsch in Erfüllung. Die Grundgriffe brachte ihm ein Arbeitskollege seines Puppenvaters bei und durch ständiges Üben brachte er es relativ schnell zu einer beachtlichen Fingerfertigkeit. Wenn François gut aufgelegt war, dann spielte er die lustigsten Stücke. Dann spielte er einen Valse Musette nach dem anderen und seine Finger flogen über das Akkordeon. War er eher trauriger Stimmung, dann hörte man einen Valse Tristesse, den er immer wieder wiederholte. Doch das kam eher seltener vor. Manchmal geschah es, dass die Puppeneltern François darum baten aufzuspielen und Ninette ersuchten sie dazu zu tanzen. Die Puppeneltern schauten und hörten dann zu und sie hatten ihre helle Freude daran. Der Puppenvater war etwas kränklich, er hatte große Schwierigkeiten mit der Atmung. Das kam von seinem Beruf. Durch das ständige Hantieren mit Mehl hat sich im Laufe der Jahre eine Staublunge gebildet. Das ist etwas, das jedem Bäcker früher oder später widerfährt. Dagegen ist man einfach machtlos. Außerdem rauchte der Puppenvater, was natürlich nicht gerade förderlich war, aber aufgeben wollte er es um keinen Preis. Und so kam es, dass der gute Puppenvater – noch jung an Jahren – das Zeitliche segnete und die Puppenmutter arbeiten gehen musste.

Die Pension, die sie von ihrem verstorbenen Gatten bekam, war natürlich minimal und viel zu wenig. Da waren die Kosten für die Beerdigung und den Grabstein, die Hypothekenraten für das Haus und die Kosten für das tägliche Leben. Der Bäckermeister, bei dem der Puppenvater gearbeitet hatte, zeigte großes Verständnis und stellte die Puppenmutter als Verkäuferin ein. Böse Zungen behaupteten, dass er ein Auge auf die junge Witwe geworfen hätte. Nun ja, nachdem er selbst nie verheiratet war – erlebte mit seiner wesentlich älteren Schwester zusammen – sprach ja an und für sich auch gar nichts dagegen. Für François und Ninette hingegen brachen traurige Zeiten an. Die Puppenmutter hatte immer weniger Zeit für Sie. Sie vermissten die Tage, an denen es lustig war; Tage, wo sie mit ihren Eltern sangen und spielten. Die Puppenmutter saß immer öfter in der Küche, starrte vor sich hin, dachte mit Wehmut an den verstorbenen Gatten, den sie so sehr entbehrte und war ihres Lebens überdrüssig.

Die Arbeit im Bäckerladen wurde immer mehr, die freie Zeit immer weniger und somit auch die Zeit, sich mit den Puppenkindern zu beschäftigen. Eines Tages fasste die Puppenmutter einen Entschluss. Sie sagte den Puppenkindern, sie wolle eine Annonce in der Zeitung aufgeben, um nach geeigneten neuen Puppeneltern für François und Ninette zu suchen. Die beiden Puppenkinder waren natürlich anfänglich überhaupt nicht begeistert von dieser Idee, aber der Wunsch der Puppenmutter war so eindringlich, dass sie schließlich einwilligten. Ein Freund der Puppenfee, ein Herr aus Paris, sah zufällig diese Annonce und da er der Puppenfee eine Freude machen wollte, erstand er die beiden Puppenkinder und brachte sie einige Zeit später mit nach St. Wolfgang...

Und so hat jedes Puppenkind sein Schicksal und seine Geschichte. Und man könnte noch Stunden lang davon erzählen.

Was ich aber noch auf alle Fälle erzählen möchte, das ist die Geschichte vom großen Puppenball im Puppenschloss...

Das ist das Großereignis schlechthin...

Einmal im Jahr, meist so um den 1. Mai herum, findet um Mitternacht das große Ballereignis statt. Dann kann man alle Puppenkinder vom Puppenschloss im großen Ballsaal versammelt sehen.

Sie kleiden sich in dieser Nacht in ihre schönsten Gewänder, sie legen ihren kostbarsten Schmuck an und man sieht nur fröhliche Gesichter. Bevor das allgemeine Tanzen beginnt, werden einige Darbietungen gezeigt.

Janosch und Piroschka aus dem Ungarland tanzen einen Csárdás, Jan und Meike einen Holzschuhtanz; aber der Höhepunkt dieser Nacht, der zugleich auch Abschluss des Balles ist, das ist Ninette. Sie tanzt Schwanensee nach der Musik von Tschaikowski, meisterlich gespielt von François und Ninette schwebt wie von Zauberhand getragen über das Parkett. Ihre Bewegungen sind von solcher Grazie und Eleganz, dass man

Zeit und Raum vergisst. Sie tanzt so hingebungsvoll, dass man das eine oder andere Puppenkind sogar weinen sehen kann. Und selbst die Puppenfee, der einzige Ehrengast bei diesem Fest, ist seltsam berührt...

Erst lange, nachdem der letzte Ton verklungen und der letzte Schritt getanzt ist, ertönt tosender Applaus und alle Zuhörer und Zuseher sind begeistert und ergriffen zugleich...

Nach dieser Darbietung, nach der es keine Steigerung mehr geben kann, gehen alle Puppenkinder nach Hause. Dies geschieht ganz leise und ohne zu sprechen. Zu Hause werden die kostbaren Roben wieder in den Kasten gehängt, der Schmuck wird in die Schatulle gelegt und alle Puppenkinder begeben sich zur Ruh...

Es dauert eine geraume Weile, bis sie eingeschlafen sind und dann träumen sie von ihrem wunderschönen Fest...

In dieser Nacht verlöschen die Lichter im unteren Teil des Puppenschlosses erst ganz spät.

Die Puppenfee macht noch eine letzte Runde um das Puppenschloss und schaut, dass alle Fenster und alle Fensterläden geschlossen sind, auf dass die Puppenkinder einen ungestörten Schlaf haben. Dann legt auch sie sich nieder in dem Bewusstsein, wieder einen von Freude erfüllten Tag erlebt zu haben. Und tief drinnen im Herzen fühlt sie, dass sie die glücklichste aller Puppenmuttis ist. Sie schließt die Augen und mit einem Lächeln auf ihrem gütigen Gesicht schläft sie dann ein, die Puppenfee vom Wolfgangsee...

Zirkus „Bopper"

Frühling

Bald ist es dunkel; dann kann die Jagd beginnen.
Es ist ein lauer Maiabend und ich sitze auf der obersten
der vier Steinstufen, die vom Rand der Straße zur
Haustür hinauf führen. Die Haustür ist offen, und ich
kann die Mutter in der Küche werken hören, die ca. drei
Meter hinter mir, am Ende des schmalen Flurs liegt.

Mein Jagdgebiet liegt rechts von mir, etwa zehn
Schritte entfernt. Da beginnt das Grundstück der Familie Bopper. Sie ist die reichste Familie im ganzen Ort; so
sagen es die Leute.
Der Herr Bopper war ein Kriegsheld. Das zeigt schon
seine tiefe Wunde am rechten Unterschenkel, die man
im Sommer sehen kann, weil da der Herr Bopper kurze
Hosen trägt. Er war nämlich Panzerfahrer im Afrika-
Corps vom Feldmarschall Rommel. Herr Bopper hat
erzählt, daß sie Spiegeleier auf der Haube des Panzers
gebraten haben; so heiß war es dort. Jetzt hat er eine
Autowerkstatt mit Tankstelle. Sie ist direkt an das
Wohnhaus angebaut. Zwei Autos haben maximal
zugleich drinnen Platz; mehr nicht.
Wenn man bedenkt, daß sein Vater nach dem Krieg mit
einer Fahrradwerkstatt begonnen hat, die in einem klei-
nen Holzschuppen untergebracht war und mit einer
einzigen Zapfsäule für Benzin, dann ist das jetzt schon
eine tolle Sache. Ich weiß das von einer alten, vergilbten
Fotografie, wo man das ganz genau erkennen kann. Das
Dach der Werkstatt dient als Terrasse, die man vom
Obergeschoß des Wohnhauses, genauer gesagt vom
Wohnzimmer, betreten kann. Da nimmt die Frau Bopper im Sommer manchmal ein Sonnenbad. Im Unterge-

schoß befinden sich das Büro und das Ersatzteillager. Vor dem Wohnhaus ist die Tankstelle mit zwei Zapfsäulen: eine für Benzin und eine für Diesel. Noch mal zwei Zapfsäulen stehen vis-à-vis über der Straße. Und dann gibt es noch eine kleine, fahrbare Zapfsäule, die morgens aus der Werkstatt heraus geschoben wird und die am Abend wieder dort verschwindet. Die braucht man für Mopeds. Diese mobile Zapfsäule hat einen Tank, in den Benzin und Öl gefüllt wird, das dann vermengt wird. Auf diesen Tankbehälter aufgesetzt, befindet sich ein Glasbehälter mit Maßstrichen. In diesen wird das Gemisch mit einer Handpumpe nach oben gepumpt. Und zwar so viel, wie jeweils gebraucht wird. Das sind meist ein oder zwei Liter. Die werden dann über ein Ventil in den Mopedtank abgelassen.

Vor dem rechten Wohnhauseck steht eine kleine Holzhütte, die ungefähr drei mal zwei Meter misst. Das ist das Tankwarthäuschen. Es ist rundum verglast und hat einen kleinen Schreibtisch. Der hat mehrere Schubladen und in einer davon befinden sich Zigaretten, die der Tankwart – er heißt übrigens Herr Börner – verkauft. Da stehen sie in Reih und Glied, all die klingenden Namen in buntem Gewand. Ich kenne die Zigaretten vom Aussehen und von der Werbung, die auf Plakaten zu sehen ist und die im Radio zu hören ist...

Eckstein - Liebe ohne Worte: Die gute, alte Eckstein
Ernte 23 - Von höchster Reinheit
Gold Dollar - Der richtige Kurs - für richtige Kenner
HB - Leichten Herzens genießen
Lord - Lord rauchen heißt mit Verstand rauchen
Mercedes - Lieber leicht, lieber Mercedes
Muratti - Die Cigarette, die uns Freude macht
Muratti Privat - Muratti Privat - ungewöhnlich
in der Tat

Nil- Eine ideale Orient-Zigarette
Ova - Im Araber-Format
Overstolz - Im Geschmack liegt der Genuss
Peter Stuyvesant - Der Duft der großen weiten Welt
Reval - Naturrein
Roth-Händle - Schwarz & stark
Senoussi - Die Cigarette der Freundschaft!
Supra – die Filterzigarette für Anspruchsvolle
Simon Arzt - Repräsentant des guten Geschmacks
Zuban - Heute so gut wie gestern und morgen
Wobei wir Jungen unsere eigenen Werbeslogans ver-
wendeten, wie z.B.:
Kennst du die Gräber, dort unten im Tal? Das sind die
Raucher von **Reval**!
Siehst du die Kreuze aus Ebenholz? Da liegen die Rau-
cher von **Overstolz**!

Die Auswahl unseres Herrn Tankwarts beschränken
sich auf Eckstein, Ernte 23, HB, Lord, Ova, Overstolz,
Roth-Händle, Zuban und Supra, das ist die erste Filterzigarette in einer blauen Schachtel. Edelmarken wie
Mercedes, Senoussi oder Nil, die kaufen nur die reichen
Leute in der Stadt. Mein Onkel raucht die auch, obwohl
er ja nicht wirklich reich ist. Von ihm kenne ich diese
Marken. Das sind Zigaretten, die nicht rund sind sondern oval, und die in feinem Papier eingeschlagen in
prächtigen kartonierten Schachteln liegen.

Den Herrn Börner mag ich sehr. Er ist ein pensionier-
ter Eisenbahner, der sich als Tankwart ein paar Mark
dazu verdient. In der früh kommt er mit seinem Motorrad zur Arbeit. Er trägt eine schwere dunkelbraune Le-
derjacke, die wie eine Speckschwarte glänzt, und eine
Lederhaube. Dazu eine Motorradbrille und kniehoch
geschnürte Lederstiefel. Das sieht schon scharf aus. Er
bringt sich von zuhause eine Thermoskanne mit heißem

Kaffee mit und ein doppeltes belegtes Brot. Wenn er dann Pause macht - das ist irgendwann zwischen zwei Tankkunden – dann packt er das Brot aus, nimmt sein Taschenmesser und schneidet sich immer einen mundgerechten Bissen ab. Zuvor schraubt er den Deckel der Thermoskanne herunter und gießt den dampfenden heißen Kaffee hinein. Und mit einem hörbaren Schlürfen genießt er dann denselben, Schluck für Schluck.

Ich mag ihn wohl auch deshalb so sehr, weil er gute Geschichten erzählen kann; auch über seine Briefmarkensammlung, die er manchmal zum Dienst mitbringt. Womit er mir aber die größte Freude macht, ist, wenn er mich die mobile Zapfsäule bedienen lässt. Das geht aber nur, wenn die Chefs nicht in der Nähe sind.

Der Juniorchef würde ja vielleicht nichts sagen, aber der alte. Das ist ein verrücktes Huhn. Der hat sogar einmal den Faschingsumzug mit finanziert, der jedes Jahr durch den Ort zieht. Er zog dann selbst mit einem Wagen voraus, auf dem „Zirkus Bopper" stand, was auch zugleich das Motto für den ganzen Zug war. Und am Samstagnachmittag, wenn Fußball ist, dann steht er an der Eckfahne und feuert die Mannschaft an. Und wenn es gar nicht gut läuft, dann spornt er die Spieler zu Höchstleistungen an, indem er in den Platz hineinruft: *„Wenn ihr gewinnt, spendiere ich einen Kasten Bier!"* Daraus können dann auch schon einmal zwei werden. Das klingt jetzt nicht gerade nach sehr viel; aber das Wirtschaftswunder hat gerade erst eben einmal begonnen, und ist noch nicht in jeden Winkel des Landes vorgedrungen…

…Jetzt ist es dunkel genug. Ich nehme meinen leeren Schuhkarton und gehe hinüber zur Tankstelle. Und dann sehe ich sie auch schon, wie sie immer, und immer wieder gegen die Neonröhren fliegen, die unter dem

Holzdach der Tankstelle angebracht sind. Unbelehrbare Maikäfer, die das so oft probieren, bis sie, völlig entkräftet, auf den Boden fallen. Dort werden sie dann leichte Beute für den Jäger. Ich brauche sie nur noch aufzuheben und in meinen Schuhkarton zu legen, wo saftige Löwenzahnblätter auf sie warten. Danach nehme ich meinen kleinen Privatzoo und gehe zufrieden nach Hause, wo die Mutter schon auf mich wartet...

Sommer

Hinter der Werkstatt der Tankstelle Bopper ist ein eingezäunter Hof, in welchem alte Autoreifen liegen, mit und ohne Felgen, und alte Fahrradschläuche. Letztere sind das Objekt unserer Begierde. Der Zaun ist für uns Jungen zu hoch um darüber klettern zu können. Es bleibt nur ein Weg; aber der ist schwierig. Es ist die Seite des Zauns, welche zum Bach hin steil abfällt. Sehr steil, fast senkrecht und ca. sechs Meter hoch. Das heißt, man muss dicht am Zaun entlang queren, bis man zu der Lücke am Zaun kommt, durch die man – mit einem langen Draht und viel Glück – einen Fahrradschlauch erwischen kann.

Das klingt im ersten Moment nicht sehr schwierig; ist es aber schon. Wir Nachkriegskinder sind nicht gerade muskelbepackte Wesen, und unsere Kräfte sind nicht von langer Dauer. Wenn man nun abrutscht, so gibt es keinen Halt mehr und mit einer garantierten Freifahrt landet man im Wasser. Die Gefahr des Ertrinkens ist zwar minimal, denn der Bach ist noch nicht einmal knietief; aber blöd ist es trotzdem. Doch das ist nie ein Grund für uns, von unserem Vorhaben abzulassen; denn wir brauchen diese Fahrradschläuche unbedingt. Wenn sie auch für die Firma Supper nutzlos sind, für uns sind sie ein Segen. Wir flicken die porösen Schläuche mit Flickzeug, das wir von der Firma Supper käuflich erworben haben, und unterziehen sie danach einer strengen Prüfung. Wir füllen ein Lavor mit Wasser und halten dann den aufgepumpten Schlauch – Stück für Stück – hinein, und schauen, ob Luftbläschen aufsteigen. Wenn ja, muss nachgebessert werden, wenn nein, dann ist er verwendungsfähig.

Sommer, das heißt Hitze, Schulferien und Badewetter. Das ist die Zeit am Fluss. Unserer heißt Neckar und ist etwa hundertzwanzig Meter breit. Auf ihm fahren Schlepper mit Zugschiffen und Motorschiffe. Und manchmal auch Ruderboote, denn unser Ort hat einen eignen Ruderverein. Und wenn dann einmal ein Schiff vorbeikommt, das erstens flussaufwärts fährt und zweitens beladen ist, das heißt, es liegt tief im Wasser, dann schlägt die Stunde der Tapfersten unter den Tapferen. Dann wird der Fahrradschlauch über Kreuz angelegt, mit dem Ventil nach hinten gerichtet, und ins Wasser gesprungen.

Wie ein U-Boot-Kommandant manövrieren wir uns dann in die Nähe des „anzugreifenden" Schiffes. Wenn es sich um ein gezogenes Schiff handelt, dann können wir uns an irgendeiner Stelle der Bordwand hinauf ziehen. Bei einem Motorschiff sieht die Sache ganz anders aus. Da müssen wir ziemlich vorne beim Bug beginnen, weil man manchmal abrutscht, und weil man dann neu zupacken muss. Und wenn man dann schon weit hinten ist, dann kann es passieren, dass man in den Sogbereich der Schraube kommt; und das wäre nicht gut. Dem Bruder eines meiner Schulkameraden ist genau das passiert. Und das hat ihn das Leben gekostet.

Weit weniger risikoreich ist das paddeln mit einem LWW-Reifen; genauer gesagt mit einem Schlauch davon. Da sitzt man dann drin, wie auf einem Nachttopf und schippert vor sich hin. Nur einen solchen Schlauch zu ergattern, ist reine Glückssache; die liegen nicht so oft im Hof vom Herrn Bopper. Und ein weiteres Problem ist das Aufpumpen mit Luft. Mit einer herkömmlichen Fahrradpumpe geht das nicht; also muss man zur Tankstelle damit. Und da darf man sich dann keinesfalls vom alten Bopper erwischen lassen…

Die harmloseste Möglichkeit sich als Nichtschwimmer, bzw. Schwimmneuling im Wasser fortzubewegen, ist der Bau eines „Schilfesels". Das ist eine Konstruktion aus vielen, vielen Schilfrohren, die mit weiteren Schilfrohren verknüpft und verbunden sind. Das heißt, man schneidet das gut einen Meter lange Schilfrohr ab, bündelt es, bis der Umfang größer ist als der seiner eigenen Gestalt, und setzt sich dann rittlings drauf.
Je nach Körpergewicht wird der „Schilfesel" mehr oder weniger unter Wasser gedrückt. Bei mir ist es so, dass ich ca. bis zum Bauchnabel unter Wasser bin; natürlich von unten herauf gesehen. Dann nimmt man eine Latte, nagelt rechts und links ein Brettchen daran, und schon kann man lospaddeln. Große Geschwindigkeiten sind jedoch damit nicht zu erreichen.
Der Renner unter den Flussaktivitäten aber ist und bleibt das Entern der stromaufwärts fahrenden Schiffe. Das ist wohl das bestgehütete Geheimnis aller Jungen über den Sommer. Wenn die Eltern wüssten, dass wir mit einem – um den Oberkörper geschlungenen – Fahrradschlauch, der weggeworfen wurde, weil er schon zu alt und zu porös ist, als Nichtschwimmer auf dem Neckar herumtoben, dann wäre der Teufel los. Ich will gar nicht darüber nachdenken, welches Strafausmaß mich da treffen würde. Obwohl, manchmal bekommen wir auch direkt eine Strafe verpasst. Dann nämlich, wenn

141

die Leute vom Schiff, die Bordwand mit frischem Teer eingelassen haben, der noch nicht trocken ist. Manche, die diese Strecke immer wieder befahren, beobachten schon von weitem die Ufer, wo badende Kinder herumtollen, und walzen dann schnell ein paar Mal über die Bordwand. Und wenn sich die kühnen Schwimmer dann daran hinauf hangeln, ist es schon zu spät. Da heißt es, vor dem Nachhause gehen, mit Flusssand, der als Scheuermittel dient, Schenkel und Bauch zu schrubben, bis der Teer wieder herunter ist. Das macht nicht nur einen feuerroten Bauch; das tut auch ordentlich weh.

Wenn wir ein Schiff erklommen haben, dann fahren wir ein Stück mit und springen dann wieder zurück ins Wasser. Mit kleinen Schwimmbewegungen treiben wir so zurück an unseren Ausgangspunkt. Natürlich nur, wenn wir nicht gleich von den Schiffleuten ins Wasser zurück gescheucht werden.

Die Kirchturmuhr schlägt sechs Uhr abends; Zeit zum Nachhause gehen. Schade, dass es schon wieder so spät ist, und schade, dass der Sommer immer viel zu schnell zu Ende geht. Aber im kommenden Jahr gibt es wieder einen Sommer. Hoffentlich ist der wieder so schön heiß, und hoffentlich sind auch wieder alle Schutzengel im Einsatz, so wie in diesem Jahr...

Herbst

Vor ein paar Wochen hat ein großes Auto bei der Tankstelle geparkt, und ein Mann hat kleine Flaschen mit brauner Limonade verteilt. Ich habe auch eine bekommen. Das Zeug schmeckt saugut und heißt Coca Cola. Wenn man die Blechkapseln sammelt, mit denen die Limonade verschlossen war, und bei der Tankstelle

Bopper abgibt, dann bekommt man ein Geschenk. Je nach Anzahl der Kapseln kann dies ein kleiner 6-er-Träger aus Karton sein mit kleinen Spielzeugflaschen, die ca. zehn Zentimeter groß sind. Das ist für die Puppenküche; also für Mädchen. Für die Jungs gibt es einen Spielzeug-Coca-Cola-Sattelschlepper; das ist schon was anderes. Jetzt heißt es Überzeugungsarbeit bei der Mutter zu leisten. Denn ohne Geld gibt's kein Coca-Cola, ohne Coca-Cola gibt es keinen Sattelschlepper; so einfach ist das.

Hinter meinem Elternhaus, also genauer gesagt, hinter dem Hof der Tankstelle, entlang des Baches stehen vier große Nussbäume. Die ersten zwei gehören der Familie Bopper und die anderen beiden irgendjemand anderem, den ich nicht kenne. Dieser jemand anderer wacht über seine Bäume wie ein Schießhund, da ist nichts für uns zu holen. Und die ersten beiden sind im Blickfeld der Boppers und einer anderen Familie, deren Haus vis-à-vis steht.

Als die Nüsse noch nicht reif waren, da konnten wir schon das eine oder andere Mal ein paar ernten; aber später nicht mehr. Unreife Nüsse haben die dumme Eigenschaft, dass die grüne Schale, die sie umhüllt, wie Pech und Schwefel an der eigentlichen Nuss klebt. Wenn man nun versucht an das Innere der Nuss zu kommen – meist unter Zuhilfenahme eines Steins – dann wird man derart bestraft, dass die Farbe der Nusshülle die Finger verfärbt.

Nicht, dass das schon schlimm genug wäre, wandelt sich das kräftige, eigentlich schöne Grün in ein hässliches Rotbraun, das zum einen nicht schön aussieht und zum anderen nicht mehr weg geht. Und so ist man auch ziemlich schnell der Tat überführt. Und hinzu kommt noch das herum Fuzeln mit der dünnen Haut, welche

143

die eigentliche Nuss fest umhüllt. Wenn die Nuss voll reif ist, kann man diese Haut mitessen. Aber im unreifen Zustand schmeckt sie gallenbitter. Die Natur hat schon so manchen üblen Trick auf Lager; das muss man schon sagen.

Frau Bopper hat uns gebeten, wenn die Nüsse reif sind, beim Abernten behilflich zu sein. Das hat sie auch schon im vergangenen Jahr gemacht und sie hat uns auch fürstlich dafür belohnt. Zumindest aus ihrer Sicht muss das wohl so gewesen sein; denn sonst hätte sie uns nicht nur eine Handvoll Nüsse geschenkt für unseren – nicht ungefährlichen – Einsatz in den höchsten Wipfeln der Nussbäume. Das sollte mir in diesem Jahr nicht passieren.

Zwischen den beiden Nussbäumen steht ein kleiner Schuppen, in welchem der Nachbar vis-à-vis sein Brennholz für den Winter aufbewahrt. Ich habe schon, vor einigen Tagen, ein Loch hinter diesem Schuppen gegraben und es mit Blättern gut zugedeckt. Heute ist nun der Tag der Ernte. Jedes Mal, wenn ich im hohen Baum sitze, geschützt durch seine großen Blätter, stecke ich mir einige Nüsse in den Hosensack. Und wenn ich dann herunter geklettert bin um mein kleines Körbchen in den großen Korb zu leeren, gehe ich am Rückweg zum Baum an meinem Geheimloch vorbei, und leere dort meine Taschen. Ein paar Mal den Baum hinauf und ein paar Mal wieder herunter, und mein Loch ist voll. Zu meiner Ehrenrettung muss ich sagen, dass die Menge eher im Bereich „Mundraub" liegt, denn mehr Beute lässt mein zu großes schlechtes Gewissen nicht zu. Am Abend, bei nötiger Dunkelheit, berge ich dann meinen Schatz.

Die Aktivitäten im Herbst sind sehr beschränkt. Außer Drachen basteln und steigen lassen, bleibt nicht mehr viel übrig. Vor ein paar Tagen hatte ich Riesenglück in Sachen „Drachen steigen lassen". Ich war mit einem Freund auf einer großen Wiese, gleich hinter der Eisengießerei um den neuen, selbst gebastelten Drachen auszuprobieren. Das wäre beinahe schief gegangen. Es hatte in der Nacht davor geregnet, und die Wiese war noch recht nass. Man muss wissen, dass im Bereich der Gießerei viele Hochleitungsmasten stehen, die Starkstrom führen.

Beim Rennen mit der Schnur in der Hand habe ich natürlich nach vorne geschaut, und so nicht bemerkt, wie der Drachen plötzlich nach rechts „abgeschmiert" ist. Direkt in Richtung Hochspannung. Gott sei Dank hat mein Freund laut geschrien, als er das bemerkt hat, und ich habe geistesgegenwärtig die Rolle mit der Schnur fallen lassen. Einen kurzen Augenblick später hing der Drachen auch schon in den Leitungen. Und weitere kurze Zeit später waren wir auch schon verschwunden. Wie der geölte Blitz machten wir uns aus dem Staub, frei nach der Devise: „Nur nicht erwischen lassen". Mein Herz klopfte wie wild, in meinen Ohren hörte ich das Meer rauschen und mein Kopf drohte zu zerplatzen. Ich rannte so lange, bis ich die Haustür hinter mir zugeschlagen hatte. Erst jetzt wähnte ich mich in Sicherheit.

Als ich einige Tage später, zu Kontrollzwecken, „zufällig" an der besagten Wiese vorbei kam, war der Drachen verschwunden. Und im selben Augenblick verschwand auch meine Angst, es könnte noch etwas nachkommen…

Winter

An Allerheiligen sind alle Pfützen gefroren, und manchmal ist auch der Bach mit einer Eisdecke überzogen. Und einmal habe ich sogar erlebt, dass der Neckar dick zugefroren war. Da sind sogar einige Verrückte mit dem Auto darauf herum gefahren.

In diesem Jahr gibt es reichlich Schnee. Das bedeutet Rodeln ohne Ende. Wir haben einen kleinen Berg in der Nähe mit recht steilen Hängen. Das Dumme ist nur, da gibt es viele Bäume, um die man herum fahren muss. Und am Ende des Hangs muss man schnell bremsen, damit man nicht zu weit fährt. Es ist nämlich so, dass dieser spezielle Hang zweigeteilt ist. Das heißt, der obere Teil fällt einige Meter senkrecht ab und unterhalb von ihm verläuft ein Weg. Über den Weg weiter talwärts geht dann auch der Hang noch ein kurzes Stück weiter. Das Ganze ist also keine richtige Rodelbahn; wir Jungen fahren dort nur, weil es da am steilsten ist und weil man da ordentlich schnell fahren kann.

Mir ist es leider einmal passiert, dass ich zu spät mit bremsen begonnen habe, und dann bin ich durch die Luft gesegelt. Ich bin über den Weg geflogen wie ein Adler und ein Stück weiter unten bin ich dann unsanft aufgesetzt. Außer einem Riesenschrecken ist mir nichts passiert. Obwohl es glimpflich ausgegangen ist, habe ich dieses Meisterstück nie mehr wiederholt. Rodeln war schon immer eine große Leidenschaft von mir. Schlittschuhlaufen eher weniger; das ist mir zu rutschig. Ich habe es aber trotzdem gemacht; kneifen gilt nicht!

Im Keller liegen ein paar uralte Schlittschuhe; ich glaube, die haben einmal dem Onkel gehört. Diese Dinger anzuziehen ist leider ein Problem, weil sie auf Straßenschuhen nicht gut halten. Richtige Schlittschuhe, wo die Kufen fest mit den Schuhen verbunden sind, für solchen Luxus da gibt's kein Geld. Aber es geht auch so. Man muss sie zwar immer wieder neu aufziehen, weil die Halterung sich ständig löst; aber an das gewöhnt man sich mit der Zeit. Wenn der Bach zugefroren ist, dann spielen wir darauf Eishockey. Eine Lattenstück, etwa einen Meter lang und ein kurzes Lattenstück, etwa dreißig Zentimeter lang, quer darauf genagelt – fertig ist der Schläger. Eine leere Dose Libby`s Kondensmilch, mehrmals darauf herumgetreten - fertig ist der Puck.

Bei diesem Männersport bleiben Verletzungen nicht aus. Das macht kein Kopfzerbrechen und das beunruhigt die Mutter auch nicht. Kleinere Schürfwunden und andere Verletzungen gehören zum Heranwachsen eines jungen Mannes einfach dazu. Was die Mutter weniger gern sieht, ist das Leiden der Schuhe; denn die vertragen das Malträtieren durch die Schlittschuhe nicht so gut. Aber sie bringt es nun einmal nicht übers Herz ihrem Sonnenschein dieses Vergnügen zu untersagen.

Das Schlittenfahren geht aus ihrer Sicht in Ordnung. Da wird höchstens einmal eine Hose zerrissen; die kann man wieder flicken. Und nasse Kleider trocknen wieder. Auch wenn sie so nass sind, wie vor ein paar Tagen.

Unweit vom Elternhaus liegt eine große Grünfläche, die jeder nur Prügelgarten nennt, obwohl er eigentlich Brühlgarten heißt. Das mag daher kommen, dass dort die örtlichen Vereine ihre Sommerfeste abhalten. Egal ob Feuerwehr, Gesangverein oder Kleintierzuchtverein; einmal im Jahr wird dort gefeiert. Und da kommt es schon einmal zu kleineren oder auch größeren Auseinandersetzungen, in deren Verlauf auch schon einmal die Fäuste fliegen. Vielleicht entstand auf diese Weise irgendwann einmal der Name „Prügelgarten".

Diese besagte Grünfläche verläuft auf zwei Ebenen. Die weitaus größere Fläche ist die obere, wo mehrmals im Jahr gefeiert wird. Und die kleinere, untere verläuft wie ein Kranz um die obere, und endet am Bach, der sich um die gesamte Fläche herum schlängelt. Über dem

147

Bach zieht das Gelände steil nach oben, und erreicht so wieder dasselbe Niveau wie die obere Fläche herüben.

Dieser Höhenunterschied bildet im Winter eine, zwar kurze, aber trotzdem schöne Rodelbahn. Der kurze steile Hang bringt genügend Geschwindigkeit, sodass man auf der restlichen, leicht abfallenden Strecke zum Bach flott dahin saust. Auch hier heißt es wieder rechtzeitig abbremsen.

Liegt es daran, dass es schon dämmerig ist, oder ist es ganz einfach nur die Müdigkeit, die schon in meinem kleinen schmächtigen Körper Platz genommen hat, ich weiß es nicht. Ich weiß nur, dass ich plötzlich bis zur Brust im Wasser sitze. Unter mir mein Schlitten, über mir der graue Himmel und um mich herum eiskaltes Wasser. Ich bin starr vor Schreck und ich kann mich nicht bewegen.

Da umgreifen mich plötzlich zwei starke Arme von hinten und ziehen mich mit einem festen Ruck aus dem eiskalten Wasser. Unverständliche, aufgeregt klingende Laute dringen von fern an mein Ohr. Ich will nach Hause. Dann erkenne ich das Gesicht meiner Retterin. Es ist die Nichte vom alten Tankstellen-Bopper, die mich auf ihren Armen trägt. Sie drückt mich fest an ihren großen Busen, und trabt – laut keuchend durch die große Anstrengung – in Richtung Elternhaus.

Den Rest der Geschichte kann ich als Zeitzeuge nicht mehr wiedergeben. Wenn dieses Beinahe-Unglück an einem Sonn- oder Feiertag passiert ist, dann hat mich die liebe Nichte nach Hause gebracht. Wenn es aber an einem Wochentag stattfand, dann wohl in das Nachbarhaus der Familie Bopper; denn dann war bei mir niemand zuhause, weil die Mutter ja berufstätig war. Eines ist jedoch sicher: Wäre an diesem Tag nicht die erwachsene Nichte mit ihrem Kind beim Schlittenfahren gewesen, hätte mich niemand aus dem Wasser ziehen können; denn andere Erwachsene waren nicht anwesend. Und schnelles Handeln war das Gebot der Stunde und der Garant dafür, dass ich diesen Vorfall – mehr oder weniger - unbeschadet überstanden habe.

Und so war wieder einmal mein Geschick mit den Boppers verbunden, meinen lieben Nachbarn aus längst vergangener Zeit...

Email an Sabine

„Hallo Sabine; ich habe Krebs!"
Mit diesen Worten begann die Email von Frank Hoffmann an seine Tochter. Er hatte die Anrede *„Liebe Sabine"* bewusst vermieden, weil sie ihm zu intim schien. Als er Sabine zum letzten Mal sah, war sie gerade sieben Jahre alt und das war vor fünfunddreißig Jahren.

„Entschuldige bitte, dass ich mit der Tür ins Haus falle; aber viel Zeit für taktieren oder sanftes formulieren habe ich nicht. Es ist ein letzter, verzweifelter Versuch Kontakt mit dir zu bekommen und ich hoffe so sehr, dass du endlich einwilligst. Ich weiß, es ist nicht fair, dass ich zu diesem Mittel greife und ich schäme mich auch dafür; aber der Wunsch dich einmal zu sehen ist größer als meine Scham."
Frank hatte Tränen in den Augen, als er die Mail schrieb. Es war lange her, dass er das letzte Mal geweint hatte. Es war wohl beim Tod seiner Mutter.

„Ich würde so gern dir meinen Teil der Geschichte erzählen. Er ist gewiss nicht, die ich schon seit vielen Jahren bereue und für die ich mich schäme. Und ruhmvoll; aber ganz sicher in vielen Dingen abweichend von der Version, die man wahrscheinlich dir erzählt hat. Ich möchte erklären, warum ich Dinge gemacht habe ich möchte dir dabei in die Augen schauen. Ich möchte Fragen beantworten; auch wenn es auf manche Fragen keine Antwort gibt, die sinnvoll oder nachvollziehbar scheint."
Frank dachte dabei an die Erklärungen, welche er für sich selbst in vielen schlaflosen Nächten gesucht hatte. Er tat dies nie am Tage, stets in der Nacht, im Schutze der Dunkelheit und der Stille.

„Bitte, Sabine, lies diese Mail einige Male, wirf sie nicht gleich weg und entscheide dann erst, ob du antworten möchtest oder nicht. Eine weitere Mail werde ich unaufgefordert nicht schreiben. In

diesem Fall sei umarmt und mache dir bitte später keinerlei Vorwürfe. Es wäre absolut unangebracht; denn ein moralisches Anrecht auf ein Zugehen auf mich habe ich vor langer Zeit selbst verwirkt.

In lieben Gedanken Dein Vater"

Nachdem Frank die ENTER-Taste gedrückt hatte und als die Bestätigung über die erfolgreich verschickte Mail auf seinem Bildschirm erschien, fühlte er sich so richtig wohl. Er hatte es getan und er hatte das wunderbare Gefühl, dass es richtig war. Er war froh darüber, dass er nichts von einer *„zweiten Chance"* geschrieben hatte. Das war ihm zu schwülstig, zu theatralisch und das wäre nicht er gewesen. Er legte den weiteren Verlauf der Geschichte in Gottes Hand, indem er in ein paar Gedanken um einen guten Verlauf bat und dem Herrgott versicherte, dass er Sabines Entscheidung in Demut annehmen würde. Frank war zwar nicht religiös; aber er bezeichnete sich selbst als gläubig. Das hatte ihm all die Jahre geholfen zu ertragen, dass jeder Versuch, sich seiner Tochter zu nähern, von ihr abgeschmettert worden war. Alle Briefe und Päckchen kamen – mit dem Vermerk *„Annahme verweigert"* – zu ihm zurück.

Als eine knappe Woche vergangen war, wuchs die Unruhe in Frank. Er hatte beim Versenden der Mail einkalkuliert, dass seine Tochter sicher nicht spontan antworten würde, so sie überhaupt antworten würde, aber innerlich doch gehofft, dass es nach wenigen Tage geschähe. Er beruhigte sich damit, dass er auch seine postalische Anschrift in der Mail angegeben hatte und dass Sabine ja vielleicht brieflich antworten würde. Aber auch diese Option verwarf er, als nach zwei Wochen noch immer keine Reaktion zu verzeichnen war. *„Deine Tochter kann ja auch auf Urlaub sein…",* versuchte Iris Frank zu trösten; was jedoch nicht funktionierte. *„Der*

151

Hass ist wohl größer als die Neugier!", gab Frank zurück und er meinte das auch, was er sagte.

Iris war die zweite Ehefrau von Frank und gerade jetzt sein ganzer Halt. Sie hatte nie versucht in all den Jahren seine Aktionen in Sachen Kontaktaufnahme zu beeinflussen. Sie ermunterte ihn ebenso wenig wie sie ihn davon abhielt. *„Das ist allein deine Angelegenheit"*, so ihr Statement. Iris war auch nicht der Grund, warum Frank damals Frau und Kind verließ. Das war eine andere Frau, die in Frank eine Sehnsucht erweckte, die ein Feuer auslöste, das ihn zu verbrennen drohte und ihn mit Macht dazu trieb sich diesen Verlockungen hinzugeben.

Der griechische Dichter Hesiod bezeichnet Eros als „göttliche Macht". So wenig Frank sich damals mit den Hintergründen seiner ihn beherrschenden Sexualität beschäftigte, so sehr befasste er sich jetzt damit. Diese „göttliche Macht" hatte ihn ein Leben lang vor sich her getrieben. Sie war Auslöser von unbeschreiblich schönen und erfüllten Momenten und sie war auch imstande Frank an die Abgründe seines eigenen Seins zu führen. In einem solchen Moment war er sogar einmal bereit zu sterben und beinahe hätte er seinem Leben ein Ende gesetzt, als er wieder einmal – vor Sehnsucht brennend und nach Zärtlichkeit schmachtend – in ein tiefes Loch gefallen war. Eine bleierne Müdigkeit, verbunden mit dem Gefühl des Alleingelassenseins, hatte eine tiefe Sehnsucht nach ewigem Schlaf in ihm geweckt. Seinen Abgang bereitete er mit Richard Wagners elegischer Tondichtung „Tod und Verklärung" vor.

Was wie eine perfekte Planung aussah, war in Wirklichkeit nichts anderes als eine logische Entwicklung in seiner gekränkten Seele, die auf einen unerwünschten Verlauf seines Liebeslebens trotzig reagierte. Sie hieß ihn in jener Nacht auf einen nahe gelegenen Berg zu fahren, sich dort in den Schnee zu setzen und mit Schnaps und Zigaretten der Welt Lebewohl zu sagen. Frank war schon bei der Türe, als der bis dahin sehnlichst erwartete Anruf kam und ihn somit am Leben erhielt.

Bis in die Zeit der griechischen Klassik wir Eros in Kunst und Literatur als schöner Jüngling dargestellt. Seine Attribute sind meist Peitsche, Netz oder Sandale. Erst im Hellenismus setzt sich die Darstellung des Eros als Kleinkind mit Pfeil und Bogen durch. Dabei soll eine auf das Herz gezielte goldene Pfeilspitze die Leidenschaft entfachen (auch Symbol der „Liebe auf den ersten Blick"), eine bleierne dagegen die Leidenschaft abtöten (Symbol der unerwiderten Liebe). Weil man die erotische Liebe wohl schon immer als flüchtig empfunden hat, wird Eros meist mit Flügeln dargestellt. Das römische Pendant ist Amor, bzw. Cupido, wobei Amor im Lateinischen für „Liebe" steht und Cupido für „Begierde".

Für Frank war Eros wohl eine Melange aus beidem: Liebe und Begehren. Wobei eines nicht ohne das andere denkbar gewesen wäre. Erst kam die Liebe und etwas später das Begehren. Begehren allein war zu keiner Zeit eine Option für Frank. Das war früher so und das war auch heute noch so.
Iris kam sehr spät in Franks Leben. Frank begegnete ihr, als sein Eros sich gerade wieder einmal die Flügel verbrannt hatte. Eine wesentlich jüngere Frau hatte seine Hormone wieder einmal Cha-Cha-Cha tanzen lassen und er war ihr völlig verfallen. Er nahm zwölf Kilo ab, änderte seinen Kleidungsstil; mit einem Wort: Frank machte sich zum Affen. So zumindest musste ihn damals sein persönliches Umfeld wahrgenommen haben. Und Frank war wieder einmal der unglücklichste

Mensch auf der Welt. Und das, obwohl er sich, nach der Beinah-Todeserfahrung damals mit Marion, geschworen hatte, dass er niemals mehr an Liebeskummer erkranken würde. Welch fataler Irrtum…

Iris war die Rettung. Sie war liebenswert, humorvoll, verständnisvoll, ehrlich, und schön war sie auch. Iris war das große Los. Sie hatte ebenfalls eine Ehe hinter sich, jedoch ohne Kinder und sie war im selben Alter wie Frank. Inzwischen waren fast zwanzig Jahre vergangen und Frank führte mit Iris eine harmonische Ehe. Das anfängliche Feuer war in eine behagliche Wärme übergegangen und beide trugen ihren Teil dazu bei, dass jeder neue Tag ein guter werden würde.

Email von Sabine

„Hallo Frank!"

Die Anrede war erwartungsgemäß; alles andere wäre unnatürlich und unglaubwürdig gewesen. Als Frank nach genau 17 Tagen Antwort auf seine Mail erhielt, traute er sich kaum Sabines Mail zu öffnen.

„Ich habe lange überlegt, ob ich auf deine Mail Antworten soll. Ich habe mich gefragt, warum ich Kontakt zu einem mir fremden Menschen aufnehmen soll; denn ein solcher bist du ja für mich."

Als Frank dies las, musste er heftig schlucken. Natürlich war die Erinnerung an ihn verblasst nach so vielen Jahren; aber die Bezeichnung *„Fremder"* traf ihn dennoch.

„Ich habe es dennoch gemacht, einfach um einige Dinge klar zustellen."

Was konnte Sabine wohl damit meinen; klarstellen? Frank hatte eher gedacht, dass es an ihm wäre gewisse Dinge klar zustellen. Er wollte seine Sicht auf verschiedene Dinge darlegen. Das verwirrte ihn jetzt und mit einem gewissen Unbehagen las er weiter.

„Ich sehe dich nicht als meinen Vater. Mein Vater war der zweite Ehemann meiner Mutter, der mir all das gab, wozu du nicht willens warst!"

Wumm! Das saß. Sabine servierte ihre Meinung ohne jegliche Verpackung; direkt und gnadenlos.

Erinnerungen an Sabines Kindheit wurden in Frank wach. Von Kindesbeinen an war Sabine eine willensstarke Persönlichkeit, die tagtäglich ihre Grenzen auslotete. Zwischen Tochter und Vater gab es nie das verklärte, romantische Verhältnis, wie man es aus Filmen kennt, mit Papilein und Prinzessin. Das waren von Anfang an ein Kräftemessen und oft sogar ein Kampf. Obwohl Sabine Franks Wunschkind war und obwohl er seine Tochter über die Maßen liebte, rieben sie sich immer wieder aneinander. Und obwohl Frank in der Wahl seiner Mittel nicht gerade zimperlich war, hielt sich Sabines Mutter immer heraus. Frank schreckte auch nicht vor körperlicher Züchtigung zurück, was er später sehr bereute und das er am liebsten ungeschehen gemacht hätte. Da kamen die Gene seines Großvaters mütterlicherseits zum Tragen, was keine Entschuldigung sein soll, sondern nur der schwache Versuch einer Erklärung. Frank las weiter.

„Was erwartest du von mir? Verständnis? Oder gar eine Absolution? Beides kann ich dir nicht geben, weil es das nicht geben kann. Du hast meine Mutter verlassen und du hast mich verlassen, obwohl ich noch sehr klein war!"

Erinnerungen stiegen in Frank auf. Ja, er hatte Sabine und ihre Mutter verlassen. Er hatte Schuld auf sich geladen, von der ihn niemand befreien konnte, weil er es ja noch nicht einmal selbst konnte. Wie oft hatte er sich schon mit dieser Thematik beschäftigt. Da half kein Glaube und auch nicht Iris, die sich liebevoll darum

bemühte. Frank gestand sich weder Verständnis noch
Vergebung für sein Tun zu. Eros hatte ihn gerufen und
er war ihm willig gefolgt. Das Drängen der Liebe mit
Lieblosigkeit im Schlepptau. Was für ein erbärmliches
Gespann...

*„Ich denke, es ist alles gesagt und eine weitere Kommunikation
erübrigt sich.*

Sabine"

Kein lieber Gruß – keine guten Wünsche. Einfach nur
„Sabine" am Ende der Mail. Das war `s dann wohl.
Ernüchterung und Enttäuschung machten sich breit.
Andererseits, was hatte sich Frank erwartet? War das
nicht genau das, was zu erwarten war? *"Ja, schon; aber
trotzdem... Trotzdem was? Du hast Frau und Kind verlassen
aus reinem Egoismus, um einem Phantom nachzujagen",* sagte
eine innere Stimme und Frank musste ihr recht geben.
Frank beschloss die Sache damit auf sich beruhen zu
lassen. Was sollte er auch anderes tun? Weiter insistie-
ren, um sich nochmals eine blutige Nase zu holen?
Nein: keine Mails mehr, keine Briefe, kein nichts...

Email von Sabine

„Hallo Frank, hast du wirklich Krebs?

Als Frank wenige Tage später diese Mail in seinem Post-
fach vorfand, war er sprachlos. War es Neugier, die
Sabine veranlasste diese Mail zu schreiben? Oder war es
am Ende doch so etwas wie Mitgefühl oder Mitleid?
„Ganz egal", dachte sich Frank, *„Hauptsache sie hat geschrieben".* Sabines Frage schloss sich kein einziger weite-
rer Buchstabe mehr an. Sie unterschrieb noch nicht
einmal die Mail. Es war, als widme man jemandem einen
flüchtigen Blick, um ihm nicht direkt in die Augen
schauen zu müssen. Das wiederum erstaunte Frank. Es

passte irgendwie nicht zu seiner Tochter, die er sich als taffe Frau vorstellte. Selbst ihr Beruf deutete darauf hin. Sabine war Controllerin in einer IT-Firma. Nach ihrem BWL-Studium hatte sie diesen Berufsweg gewählt. Er wusste das aus dem Internet. Beim Googeln nach ihm bekannten Personen – das war eine Marotte von ihm – stieß Frank auf den Namen seiner Tochter und ihre Firmen-Email-Adresse.

Unter dieser Adresse mailte Sabine auch zurück. Frank war sich sicher, dass sie auch eine private Email-Adresse hatte, sie aber nicht preisgeben wollte. Und eine Controllerin hatte tagtäglich mit Tabellen und Zahlen zu tun. Dazu braucht es einen scharfen, analytischen Verstand und kein Herz. Im selben Moment, als Frank solches dachte, bereute er es auch schon wieder. Aus dem Internet hatte er auch die Adresse von Sabine erfahren und auch den Vornamen ihres Ehemanns; er hieß Donald. Und als er nach dessen vollem Namen googelte, stieß er auf den Bericht eines Schützenvereins, wo Donald ein erfolgreicher Sportschütze war. Und ergänzt wurde das überaus erfolgreiche Googeln durch eine Fotografie von Donald mit einem gewonnenen Pokal. So sehr sich Frank darüber freute, so traurig machte ihn, dass von Sabine kein Bild zu finden war. Da hatte er nun eine erwachsene Tochter und wusste noch nicht einmal, wie sie aussah…

Email von Frank

„Liebe Sabine, vielen Dank für Deine Mail! Ja, ich habe Krebs."

Nach diesen Zeilen hielt Frank inne. Ein so harmloses Wort mit so schrecklicher Bedeutung. Frank hatte ein Prostatakarzinom, wie die korrekte medizinische Bezeichnung lautet oder auch PCa. Aber so genau wollte er es in der Mail nicht ausführen. Er wollte sich nicht aufdrängen mit medizinischen Details. Es musste genügen, dass er „Krebs" hat und wenn Sabine mehr wissen wollte, so musste der erste Schritt von ihr kommen. Und außerdem würde er ihr dabei ins Gesicht schauen wollen, wenn er spezifische Antworten gäbe.

„Ich weiß, dass Du keine sehr hohe Meinung von mir hast, aber eine solche Krankheit als Vorwand zu benützen, das wirst selbst Du mir nicht zutrauen. Das hoffe ich zumindest. Ich möchte aber nicht ins Detail gehen und ich bitte Dich um Dein Verständnis. Nur so viel, meine Lebenserwartung ist nicht mehr sehr hoch. Umso kostbarer ist es für mich, dass Du mit mir kommunizierst; wenn auch nur auf Email-Basis. Aber bitte, versteh mich jetzt nicht falsch. Ich bin sehr glücklich darüber.

Ganz liebe Grüße; auch an Deine Mutter!

Dein Vater"

Frank fiel im Nachhinein erst auf, dass er ganz unbewusst „liebe Sabine" geschrieben hatte. Es freute ihn und es schenkte ihm ein Lächeln. Die Versuche von Frank über Sabines Mutter Kontakt zu seiner Tochter zu erhalten, verliefen all die Jahre ebenfalls erfolglos. Er hatte ihr einmal einen Brief geschrieben und sie um Verzeihung gebeten; bekam aber keine Antwort.

Brief an Renate (vor vielen Jahren geschrieben)

„Hallo Renate!

Ich schreibe Dir diesen Brief, den ich Gedanken schon so oft geschrieben habe, und den weg zu schicken ich nie den Mut hatte. Ich möchte mich vorweg gleich dafür entschuldigen, dass ich ihn mit dem Computer schreibe; aber meine Handschrift würde Dir beim Lesen Problem machen.

Liebe Renate, wir sind jetzt schon langsam in einem Alter, wo man sich darüber bewusst ist, dass das Leben endlich ist. Die

158

„kleinen körperlichen Unbilden" lassen uns das ja auch oft sehr deutlich spüren. Es ist mir ein Herzenswunsch meinen Frieden mit einigen Menschen nicht erst dann zu machen, wenn mich ein „nahes Ende" dazu auffordert. Ich wünschte mir sehr, dass Du verstehen könntest, was mich damals bewegt hat. Dass Du mir auch verzeihst, das wage ich nicht zu hoffen. Ich war zu jener Zeit auf der Suche nach etwas, von dem ich nicht einmal selber wusste, was es war. Mein Egoismus war unverhältnismäßig größer als meine Skrupel und alle Mittel waren mir Recht. Ich habe damals Dinge getan, die ich von Herzen bereue und für die ich mich schäme. Ich kann Dich nur um Verzeihung bitten...

Wie du ja weißt, bin ich selbst auch ohne Vater aufgewachsen. Obwohl mir meine Mutter nie etwas Schlechtes über ihn erzählt hat (eher im Gegenteil), hatte ich doch ein massives Feindbild von ihm in mir. Als ich vor einigen Jahren versucht habe Kontakt aufzunehmen, war es leider zu spät. Er war zwischenzeitlich verstorben. Über einen Cousin, der mich ausgeforscht hatte, habe ich dann einiges Bildmaterial über ihn erhalten, worüber ich mich sehr gefreut habe.

Ich schreibe das deswegen, weil ich die ablehnende Haltung von Sabine mir gegenüber gut nachvollziehen kann.

Und doch, so hoffe ich, wächst die Neugier im Laufe ihres Lebens auf einen Menschen, der ihr Vater ist; auch wenn er das nie, bzw. nur unzulänglich gelebt hat. Und dann ist es gut, wenn man eine Adresse weiß...

Liebe Renate, je länger ich schreibe, umso leichter geht es von der Hand. Und doch mache ich jetzt Schluss. Bitte, betrachte diesen Brief ohne Argwohn. Ich will mich weder in Dein noch in das Leben unserer Tochter hineinschleichen. Betrachte diese Zeilen einfach als kleines Zeichen dafür, dass es mich noch gibt, dass Ihr Bestandteil meiner Gebete seid und dass ich ab und zu an Euch denke.

In diesem Sinn wünsche ich Dir und Sabine mit ihren Kindern (soweit welche vorhanden) und all den Lieben, die Dein Leben füllen, von Herzen alles Gute.
Und so Gott will, vielleicht gibt es irgendwann ein kleines Lebenszeichen von Euch; es würde mich sehr freuen.
In lieben Gedanken!
Frank"

Das Leben mit „dem Feind in seinem Körper" hatte eine gewisse Alltäglichkeit erreicht. Frank nahm seine Medikamente und ließ die Tage geschehen, ohne auf den Tod zu warten. Waren es die Medikamente, die ihm eine gewisse Leichtigkeit schenkten oder seine Einstellung zum Tod? Nun ja, vor dem Tod fürchtete er sich nicht. Frank war ihm als junger Mensch, anlässlich einer Blasenspiegelung, einmal sehr nahe gekommen.

Das Kontrastmittel hatte eine Allergie aus-gelöst und eine schlampige Überwachung des Vorgangs hätte beinahe einen letalen Ausgang genommen. Die Sprechstundenhilfe des Urologen war, als das Kontrastmittel schon durch den Körper pulsierte, aus dem Zimmer gegangen, was sie nicht hätte tun dürfen. Eine zunächst angenehme Wärme wurde von einer bedrohlichen Hitze im gesamten Körper abgelöst, die sich weiter über das ganze Gesicht ausbreitete. Das Gesicht spannte, die Augen schwollen zu, die Zunge wurde immer dicker und es war Frank nicht möglich zu sprechen oder zu rufen. Eine heftige auftretende Panik, verbunden mit Todesangst, schlug urplötzlich um in ein Gefühl der Wohligkeit, wie es nicht zu beschreiben geht.

Selbst der amerikanische Arzt, Dr. Raymond Moody, der in seinem Buch *„Leben nach dem Tod"* die Erfahrungen klinisch Toter und reanimierter Personen gesammelt und zu Papier gebracht hat, vermochte nicht die Erfahrungen eines nahen Todes nachvollziehbar zu beschreiben. Frank war in diesem Stadium zwischen den Welten so gefangen, dass er eine tiefe Enttäuschung empfand, als ihn der herbeigerufene und entsetzt drein blickende Urologe in das „*Diesseits*" zurückgeholt hatte. Ein so starkes Gefühl hatte er zuvor noch nie empfunden und würde es auch später nie mehr erfahren.

Wie also könnte ihn ein absehbarer Tod noch schrecken? Er empfand sein Leben als ein reiches Geschenk. Die vergangenen zwanzig Jahre mit Iris waren so erfüllt, dass es in hohem Maß undankbar gewesen wäre, mit seinem Schicksal zu hadern. Er hatte mit Iris oft darüber gesprochen und sie waren diesbezüglich eines Sinns.

Email von Sabine

„Hallo Frank,

vielen Dank für Dein Mail und die lieben Grüße. Für Mutter kommen sie leider zu spät. Sie ist vor zwei Jahren an einem Herzinfarkt verstorben. Sie hatte, wie Du vielleicht ja noch weißt, einen angeborenen Herzfehler wie ihre Mutter. Vielleicht hat sie auch, nach dem Tod ihres Gefährten, ihren Lebenswillen verloren. Die beiden haben gute zehn Jahre glücklich zusammen gelebt. Er war Architekt und wir haben alle zusammen in seinem Haus gewohnt. Da er selbst keine Kinder hatte, hat er noch zu Lebzeiten das Haus auf mich überschrieben. Er hat für Mutter und für mich sehr viel getan und er hat mich auch bei meinem Studium unterstützt. Er war mir ein guter Vater."

Als Frank diese las, drehte sich ihm fast der Magen um. Im Zeichen höchster Anspannung oder Erregung spielte der Magen gerne verrückt. Das war auch bei der Hochzeit mit Sabines Mutter so; er konnte sich noch gut daran erinnern. Die Nachricht von Renates Tod setzte ihm ordentlich zu. Wie gerne hätte er mit ihr gesprochen, sich mit ihr ausgesöhnt. Aber das Schicksal sah solches wohl nicht vor. Was ihn fast noch mehr traf, als Renates Todesnachricht, war der Satz *„Er war mir ein guter Vater".* Das wäre eigentlich Franks Aufgabe gewesen, sein natürliches Privileg, das er so schändlich verspielt hatte...

„Ich möchte Dich fragen, ob Du mir Näheres über Deine Krankheit schreiben möchtest?"

Frank las diesen Satz zweimal. Das hatte er nicht erwartet. Seine Gemütsverfassung änderte sich schlagartig. War er gerade noch von neu erweckter Schuld und Scham befallen, so fühlte er jetzt so etwas wie Freude. Sabine, seine Tochter Sabine, zeigte ein echtes Interesse an seiner Person, respektive an seiner Erkrankung. Oder war es schlicht und einfach nur Neugier und kein Ergebnis menschlicher Regung? *„Weg, ihr bösen Gedanken! Weg, weg, weg!"* Frank ärgerte sich über diese Gedanken, die ein tiefes Misstrauen in seine Seele implizieren wollten. Er wollte viel lieber an eine Reinheit von Sabines Worten glauben.

„Ich hoffe, ich trete Dir damit nicht zu nahe und ich respektiere ein NEIN Deinerseits durchaus.

Gruß Sabine!"

Frank befand sich in einer Zwickmühle. Verneinte er, so sah er die Gefahr darin, dass Sabine eventuell den Kontakt wieder abbrechen könnte. Sagte er der Bitte zu, so verspielte der den vermeintlichen Trumpf, Sabine persönlich begegnen zu können und das war ja sein sehnlichster Wunsch...

Bilder aus längst vergangener Zeit tauchten in Franks Erinnerung auf. Bilder voller Glückseligkeit; denn es waren glückselige Momente, wenn er Sabine auf seinem Arm hielt und ihr ein Schlaflied mit in ihre Träume gab.

162

Sabine war Franks Wunschkind. Er wollte keinen Sohn; er wollte unbedingt eine Tochter haben. Das ganze Getue um das Thema „*Stammhalter*", welches im Familienkreis einen hohen Stellenwert hatte, war Frank ein Gräuel. Er hatte einfach kein Verständnis dafür und die anderen hatten wieder kein Verständnis mit ihm. Das alles war ihm völlig egal. Er wünschte sich sehnlichst eine Tochter und die Wunschfee hatte ihn erhört.

Als Sabine geboren war, übernahm Frank die Nachtschichten und Renate die Tagschichten. Am Wochenende übernahm er auch schon einmal einen Tagtermin zusätzlich. Aber am liebsten waren ihm die Stunden in der Nacht. Dann, wenn alles ruhig war – drinnen wie draußen – gehörte ihm seine kleine Prinzessin ganz allein. Er hielt sie auf seinem Arm und gab sich einem Gefühl von Liebe und Erstaunen hin, welches dieses kleine Wesen in ihm erweckte.

Er blickte der Schöpfung direkt ins Antlitz und erkannte darin Gottes Herrlichkeit. Das angestrengte Atmen Sabines bei jedem gierigen Zug aus der Flasche klang wie Musik und die winzigen Schweißperlen auf Oberlippe und Stirn funkelten wie kleine Diamanten. Die Zufriedenheit und die Losgelöstheit, die auf Sabines Gesicht ruhten, als das Werk vollendet war, drangen tief in die Seele ihres glücklichen Vaters ein.

Und jetzt hatte Franks Tochter vielleicht auch schon selbst ein oder mehrere Kinder, von denen er nichts wusste und die er wahrscheinlich nie zu Gesicht bekommen würde. In Franks Seele erwachte so etwas wie ein neuer Lebenswille. Nicht, dass er sich bereits aufgegeben hätte, aber die Fakten lagen klar auf dem Tisch. Er klammerte sich nicht an das Leben und er war auch bereit zu gehen. Aber auf einmal war alles anders. Er wollte seine Tochter und deren Kinder, so sie denn

163

welche hatte, unbedingt noch erleben. Aber dazu musste er nur seine Tochter wieder zurück gewinnen, die er
vor vielen Jahren brüsk von sich gestoßen hatte...

Email an Sabine

*„Liebe Sabine, es tut mir unendlich leid, dass Deine Mutter
verstorben ist. Es tut mir vor allem für Dich leid; aber auch für
mich, denn ich hätte mich so gern mit ihr ausgesöhnt. Ich weiß
nicht, ob Du von dem Brief weißt, den ich ihr vor einigen Jahren
geschrieben habe. Wenn nicht, so kann ich Dir gern eine Kopie
zum Lesen geben; so Du Interesse daran hast."*

Die beiden letzen Sätze der Mail, den Brief betreffend,
löschte Frank wieder. Es kam ihm vor, als würde er
beweisen wollen, dass er zur Versöhnung mit Sabines
Mutter bereit gewesen wäre, dies aber von ihr verweigert
worden wäre.

*„Es hat wohl nicht sein sollen. Das Leben geht nun einmal
seine eigenen Wege und wir werden nicht gefragt, ob es uns so
passt."*

Frank wollte auch diese Zeilen wieder löschen. *„Vielleicht zu pathetisch"*, dachte er sich, ließ sie aber stehen. Er
tat sich ganz einfach nur schwer seine Gefühle und
Gedanken zu Renates Tod in Worte zu setzen, ohne bei
Sabine einen roten Knopf zu drücken. Es war ihm bewusst, dass der Kontakt zu seiner Tochter ein zartes
Pflänzlein war, das viel Feingefühl und Geduld verlangte.

„Hast du Kinder, Sabine?"

Frank packte den Stier bei den Hörnern. Er fand, dies
sei der rechte Moment behutsam auf diese Thematik
überzugehen.

„Ich kann mir gut vorstellen, dass Renate eine ebenso gute Großmutter gewesen wäre, wie sie eine gute und liebevolle Mutter war."

Das war perfekt. Besser konnte man die Frage nach Kindern nicht verpacken. So berechnend Franks Vorgangweise scheinen mochte, so verständlich war sie aber auch. Und außerdem war da noch der Bonus seiner Krankheit.

„Ich denke oft an unsere gemeinsamen Jahre. Ich habe Familie immer als ein hohes Gut betrachtet. Das mag jetzt befremdlich auf Dich wirken, ist aber wahr. Dass ich meiner Rolle nicht gerecht werden konnte, ist ein anderes Kapitel. Ich habe mir durch meine Dummheit und meine Fehler selbst sehr viel genommen. Der Preis, den ich dafür bezahlt habe, ist sehr hoch; aber auch angemessen."

Diese Zeilen spiegelten Franks ungeschminktes Inneres wieder. Er hatte sich oft gewünscht das Rad der Zeit zurückdrehen zu können, um mit seinen lebenslang erworbenen Erfahrungen und Einsichten ein Familienleben führen zu können, wie er sich das immer vorgestellt und gewünscht hatte. Sicher verbunden mit vielen Aufregungen, Enttäuschungen, Ärger und Verdruss; aber auch mit vielen Momenten der Freude und der Erfüllung. Sein Leben hingegen verlief aufregend. Auch mit vielen Höhen und Tiefen und meist auf der Überholspur. Aber jetzt im Alter fehlte ihm im Mosaik seines Lebens ein wichtiges und schönes Teil, welches er nicht mehr beschaffen konnte, weil er es schon in frühen Jahren verloren hatte. Genauer gesagt, er hatte es achtlos weggeworfen.

„Ich wünsche Dir noch einen schönen Tag und liebe Grüße!

Frank konnte nicht mehr weiter schreiben; das Ganze ging ihm doch mehr an die Nieren, als er gedacht hatte. Die Erinnerungen waren einfach zu schmerzhaft...

Email von Sabine

„Hallo Frank,

Du hast Deine letzte Mail an mich so abrupt beendet, was ist passiert? Hängt es mit meiner Frage nach Deiner Krankheit zusammen? Wenn ja, dann tut es mir leid; das wollte ich auf gar keinen Fall. Ich habe Dir aber geschrieben, dass Du nicht antworten musst, wenn Du nicht willst. Bitte melde Dich!

Sabine"

Frank musste heftig schlucken, als er das las. Seine Tochter Sabine, mit der er über so viele Jahre versucht hatte Kontakt aufzunehmen und die ihn immer wieder abgewiesen hatte, ließ plötzlich eine Nähe zu, welche noch vor kurzer Zeit unvorstellbar gewesen wäre. Gut, sie war nur schriftlicher Natur; aber es gab sie. Es gab sie wirklich und wahrhaftig. Sabine hatte den Panzer, den ihre Seele zum Schutz vor ihrem ungeliebten Vater angelegt hatte, abgelegt und war auf ihn zugegangen. Was für ein kostbares Geschenk, was für ein Balsam für Franks Seele.

Frank dachte an ein bestimmtes Vorkommnis vor vielen Jahren, kurz bevor er Renate verließ. Sabine hatte wieder einmal der Mutter gegenüber verbal ihre Grenzen überschritten. Als Frank sie zur Ordnung rufen wollte, stellte sich Sabine vor ihm auf, stemmte ihre Armen in die Hüften, setzte ihren gekonnt trotzigen Blick auf und forderte den Vater zum Kampf heraus. Frank, der sich damals jedoch innerlich schon von seiner Familie gelöst hatte, räumte darauf hin kampflos das Feld. Er dachte sich, es stünde ihm eigentlich nicht mehr zu; schließlich sei er ja auch nicht mehr das Familienoberhaupt. Heute sah er das ganz anders.

„Was für ein Schwachsinn das doch damals war. Warum glaubt der Mensch zu jedem Zeitpunkt seines Lebens, er wisse genau, was gut und richtig ist? Mit welcher Überheblichkeit lebt er seine Entscheidungen und warum entscheidet er die Dinge fast immer mit dem Verstand und so selten mit seinem Herzen. Wo das doch der bessere Ratgeber wäre? Jugend und Dummheit sind zwei enge Kumpane, die für so manches herhalten müssen; aber ist es das wirklich? Ist es nicht einfach die Lieblosigkeit in den Herzen der Menschen?"

Frank dachte daran, dass er damals ja so überzeugt von sich war, der perfekte Familienmensch zu sein und dass ihn damals auch niemand vom Gegenteil hätte überzeugen können. Über eine weite Strecke funktionierte das Familienoberhaupt Frank ja recht ordentlich und sein Umfeld bestärkte ihn ja auch darin. Freunde und Bekannte sahen in Renate, Sabine und ihm die Musterfamilie schlechthin und in Frank selbst den idealen Mustergatten. Er führte seine Tochter im Kinderwagen spazieren und er schenkte seiner Ehefrau regelmäßig Blumen. Vielleicht wäre das auch ewig so weiter gegangen, wenn in Frank nicht dieser Dämon gewesen wäre, der ihm immer wieder die gleiche Frage stellte:

„Willst Du nicht wissen, ob hinter dem Berg nicht noch ein Berg ist? Noch viel höher und noch viel schöner?"

Und Frank wollte es wissen. Immer und immer wieder. Er hatte sich in den letzten Jahren oft gefragt, was ihn nach einiger Zeit der scheinbaren Zufriedenheit angetrieben hatte, erneut nach dem „Zauberberg" zu suchen. Es war jedes Mal die Suche nach etwas, von dem er selbst nicht genau wusste, was es denn war. Er wusste nur so viel: es hatte etwas mit seiner Sexualität zu tun. Dieses Mysterium beschäftigte ihn schon von Kindertagen an. Im Schreibtisch seiner Tante lag eine Mappe mit Illustrationen des weiblichen Körpers. Und auf der Umschlagseite war der Torso einer Frau abgebildet, nackt, ohne Beine und in Farbe. Das Faszinierende daran aber war die eine Brust, die man aufklappen konnte, wie das Fenster eines Adventskalenders. Dahinter waren die Brustdrüsen und das Brustgewebe ersichtlich. Es handelte sich wohlgemerkt nicht etwa um eine pornografische Schrift, sondern um ein rein medizinisches Werk. Dessen ungeachtet war es ein Mittel die Sinne des Knaben Frank in Wallung zu versetzen. Ebenso wie später diverse Bücher der Weltliteratur, zum Teil mit Stichen illustriert, die sich im Besitz der lesefreudigen Tante befanden.

Gewisse Textpassagen regten Franks Phantasie an, die ihm die Natur in reichem Maße mit auf seinen Lebensweg gegeben hatte. Aufklärung im heutigen Sinn gab es damals nicht. Und bei Frank sowieso undenkbar, wurde er doch von zwei Frauen erzogen, die ihn über alles liebten, die aber nicht imstande waren ihn in die Geheimnisse und die Funktionen seines heranwachsenden, erwachenden und neugierigen Körpers einzuweihen. Frank wurde auf eine eher unschöne Weise mit der Funktion gewisser Schwellkörper vertraut gemacht. Ein zwei Jahre älterer Klassenkamerad aus dem Gymnasium, der zweimal sitzen geblieben war, nahm Frank in den nahe gelegenen Wald mit, um dort Hand an ihn zu legen. Die grobe Vorgangsweise bescherte Frank zwar Schmerzen, eröffnete ihm aber gleichzeitig die Welt der Masturbation, der er sich künftig oft und genüsslich hingab. Er war somit auf dem besten Weg ein Mann zu werden.

Email an Sabine

„Liebe Sabine,
ich danke Dir von ganzem Herzen für Deine letzte Mail! Deine
Sorge hat mich sehr berührt."

Frank hatte Tränen in den Augen, als er diese Zeilen
schrieb.

Was für ein gottverdammter Idiot war er doch, als er – seinem
Egoismus und seiner Lieblosigkeit folgend – Frau und Kind
verließ, um dem Lockruf einer neuen Liebe zu folgen, die im
Grunde doch nichts anderes war, als das, was er bereits schon
hatte. Aber er musste ja unbedingt zu diesem neuen „Zauberberg"
aufbrechen. Die Verlockung war einfach zu groß und Frank war
zu schwach ihr zu widerstehen…

Wie sich die Bilder gleichen. Frank war wohl aus dem
gleichen Holz geschnitzt wie sein Vater. Er wusste aus
Erzählungen seiner Mutter, dass sein Vater ebenfalls
immer wieder den Verlockungen holder Weiblichkeit
erlag. Er hatte es im Laufe seines Lebens auf vier Ehen
gebracht und jede der vier Frauen hatte er geliebt. Den
einzigen Unterschied zu seinem Vater sah Frank darin,
dass er eine bestehende Beziehung erst beendete, bevor
er eine neue einging. Zweigleisigkeit war nicht sein
Ding, so wie das sein Vater wohl praktizierte. Frank
hielt sich auch stets zugute, dass er immer ehrlich war
zu den Menschen, die er liebte. Er hatte auch Renate
nicht betrogen, bevor er sie verließ.

Ehrlichkeit?

Frank hatte einen schalen Beigeschmack bei diesem
Gedanken. War das wirklich Ehrlichkeit? Ja, er hatte
damals Renate offen und ehrlich gesagt, dass er die Ehe
beenden wolle, bevor er sie verließ. Aber kann man das
wirklich Ehrlichkeit nennen? Frank hatte damals keinen

Funken Mitleid für Renate, als sie ihn weinend anflehte sie nicht zu verlassen.

Das war nicht Ehrlichkeit; eher Selbstschutz. Oder war es einfach nur Gefühllosigkeit? Was für ein Monster war ich doch damals. Es ist erschreckend und in hohem Maße beschämend…

„Die Nachricht vom Tod Deiner Mutter hat mir sehr zugesetzt, ich konnte nicht mehr weiter schreiben. Entschuldige bitte…

Du schreibst, Du möchtest näheres über meine Krankheit erfahren?

Das ist nicht so ganz einfach für mich. Es fiele mir wohl wesentlich leichter, wenn ich Dir dabei gegenüber sitzen könnte. Ein Dialog ist ja doch etwas anderes als ein Frage- und Antwortspiel auf Email-Basis."

Frank wollte Sabine damit durch die Blume sagen, dass er sich von Herzen ein Treffen wünschte. Es direkt auszusprechen war er nicht mutig genug. Frank war sich auch nicht sicher, ob es damals Feigheit war, als er der Bitte von Renate nicht nachkam seine Tochter im Spital zu besuchen. Renate war mit Sabine in eine andere Stadt gezogen, wo eine Tante von ihr wohnte und Sabine wurden die Mandeln heraus operiert. Renate hatte ihn im Büro angerufen, um ihm das mitzuteilen.

Frank schickte eine Barbie-Puppe und ein Genesungsbillet, besuchte jedoch Sabine nicht. Vielleicht hatte er auch nur Angst davor, dass Renate sich falsche Hoffnungen auf seine Rückkehr machen könnte. Und das wollte er auf gar keinen Fall. Seine Gefühle waren schon längst unterwegs zu einer neuen Liebe.

„Ich möchte Dir nur so viel mitteilen, dass ich ein Prostata-Karzinom habe."

Nun war es heraus. Die tückische Krankheit PCa, wie sie in Kurzform heißt, die sich erst dann zu Wort meldet, wenn schon Metastasen im Körper ihr Unwesen treiben. Davor führt sie meist ein unauffälliges Dasein. Als er die Fünfzig überschritten hatte, ging er regelmäßig zur Vorsorge-Untersuchung. Sein PSA-Wert war immer in Ordnung. Und so hat er es dann irgendwann schleifen lassen. Und die auftretenden Schwierigkeiten beim Wasserlassen waren nicht so gravierend, dass die Alarmglocken bei ihm losgegangen wären. Außerdem war ja allgemein bekannt, dass die älteren Herrn nicht mehr über die Dynamik beim Wasserlassen verfügen wie ein Junger.

Als Frank jedoch Gewicht verlor und es nicht auf die Ernährung zurückführen konnte und als Irene ihn zusätzlich bedrängte, ging er doch zum Urologen. Er hatte es noch eine Weile hinausgeschoben; vielleicht auch, weil er sich vor der Diagnose fürchtete. Und als er dann die Diagnose bekam, dachte er einen Augenblick daran, ob es nicht besser gewesen wäre, nicht zum Arzt zu gehen.

„Ja, liebe Sabine, ich habe Männerkrebs. Er ist häufiger als Lungenkrebs. Wusstest Du das?"
Frank tat sich schwer über seine Krankheit zu schreiben. Aber ihm wurde in diesem Augenblick bewusst, dass es allemal leichter sei, darüber zu schreiben als darüber zu reden.

„Man hat ihn leider zu spät entdeckt."
Richtiger Weise hätte Frank schreiben müssen, dass „Mann" es nicht zugelassen hatte, dass der Krebs früher entdeckt hätte werden können.

„Und jetzt ist es halt zu spät, um ihn noch besiegen zu können."
Damit konnte Frank nie umgehen, dass „man den Krebs besiegen muss". Die Menschen, die solches

171

glaubten und medial verarbeiteten ließen, haben vielleicht das eine oder andere medizinische Scharmützel überstanden; aber in der alles entscheidenden großen Schlacht immer den Kürzeren gezogen. Wenn sich die Metastasen in den Lymphknoten oder in der Lunge festgesetzt haben, ist Schluss im Schacht.

„ Das soll Dich aber nicht belasten, Sabine. Ich selbst kann damit gut umgehen und der Jüngste bin ich ja auch nicht mehr. Und sterben müssen wir ja alle."

Es war wohl die reine Hilflosigkeit, die Frank zu solchen Plattitüden greifen ließ. Das war sonst gar nicht seine Art.

„Also mache Dir bitte keinen Kopf!

Liebe Sabine, ich habe Dich in einer meiner letzten Mails nach Kindern gefragt. Ich darf Dir doch diese Frage stellen und Du nimmst sie mir doch hoffentlich nicht übel, oder? Du hast die Frage noch nicht beantwortet und daher erlaube ich mir sie nochmals zu stellen:

Hast Du welche und wenn ja, wie viele und wie alt sind sie? So, für heute soll 's das gewesen sein. Liebe Grüße, auch an Deinen Mann und vielleicht auch an Deine Kinder. Und bitte, schreibe mir wieder!

Dein Vater"

Frank hatte schon seine letzte Mail mit *„Dein Vater"* unterschrieben und es hatte ihn unbändig gefreut, dass kein Widerspruch von Seiten Sabines darauf erfolgt war.

Frank hatte sich, seit dem er seinen absehbaren Tod in Schriftform hatte, eingehend mit der Thematik *„Prostata-Karzinom"* befasst. Der Arzt hatte ihm drei Möglichkeiten der Herangehensweise aufgezeigt:

172

1. Monatliche PSA – Untersuchung im Rahmen eines Blutbildes und Beobachtung
2. Behandlung mittels Bestrahlung
3. OP – Resektion der Prostata

Die dritte Option beinhaltete zwei Komponenten, von denen die eine für Frank nur sehr schwer vorstellbar gewesen wäre. Mit der Impotenz hätte er leben können. Der Sex hatte seinen ursprünglichen Stellenwert vor einiger Zeit verloren und seine Männlichkeit sah Frank schon lange nicht mehr in der unteren Hälfte seines Körpers manifestiert. Dieser Wahn blieb und bleibt den jungen Männern vorbehalten; obwohl es auch alte Säcke gibt, die diesen Bereich in das Erwachsensein mit übernommen haben. Es gibt wohl nichts Lächerlicheres als alte Männer, die bis zum Jüngsten Gericht ihrer Potenz hinterher hecheln. Und dass die Bestätigung, welche ihnen von jungen Frauen vor gegaukelt wird, von der Großzügigkeit pekuniärer Aufmerksam abhängt.

„Honni soit qui mal y pense. "

Die zweite Komponente wäre für Frank unvorstellbar gewesen: Inkontinenz. Die Vorstellung Einlagen zu tragen oder sich einzunässen schien ihm grauenvoll und war für ihn indiskutabel. Er hatte jedoch einen großen Respekt vor Menschen, die damit umgehen können. Es war auch keine Frage von Ästhetik; es wäre halt nicht sein Ding gewesen. Die Optionen eins und zwei lehnte Frank ebenfalls ab. Sein Credo: Sein Tod war beschlossene Sache höheren Orts und er wollte ihm aufrecht entgegen gehen. Ein eventueller Zeitgewinn, denn er durch eine Behandlung hätte erreichen können, stand in keinem Verhältnis zu den Unbill einer Operation, bzw. deren Folgen. Er hatte mit Irene darüber geredet und sie kamen überein, dass dieser Weg der richtige sei. Ihre gemeinsamen Jahre waren so gehaltvoll, dass man gut davon zehren konnte. Ähnlich wie bei Hundejahren, wo man ein Hundejahr mit dem Vielfachen eines Menschenjahres rechnet. Nicht, dass die Situation einfach gewesen wäre; aber Frank und Irene schöpften die dafür notwendige Kraft aus ihrer Liebe.

Email von Sabine

„Hallo Frank,
es tut mir sehr leid; das mit Deiner Krankheit. Bist Du in Behandlung? Was tust Du gegen die Krankheit? Hast Du Schmerzen? Gibt es gute Medikamente?"
So viele Fragen. War es Mitleid, Sorge oder einfach nur Neugierde? Warum schrieb Sabine immer nur *„Hallo Frank"* und nie *„Lieber Frank"*? Wie sehr würde er sich eine kleine Steigerung in der Anrede wünschen. Von *„Hallo Vater"* oder gar *„Lieber Vater"* wagte Frank noch nicht einmal zu träumen.

„Was Deine Frage nach meiner Familie betrifft, so habe ich sie keinesfalls ignoriert, sie ist einfach nur untergegangen. Entschuldige bitte."
Frank freute sich sehr über diese Zeilen. Begierig las er weiter.

„Wir haben zwei Kinder; ein Pärchen: René und Saskia. René ist zehn und Saskia wird demnächst acht."
Frank fühlte, wie sich zwei imaginäre Hände um seinen Hals legten und ihm die Luft abschnürten. Er war Großvater, ein Junge und ein Mädchen. *„René ist wohl nach seiner Großmutter Renate benannt worden"*, dachte Frank und es gefiel ihm. Und Saskia gefiel ihm an sich sehr gut.

„Es ist zwar etwas verspätet; aber trotzdem: Herzlichen Glück-
wunsch zum Großvater! So, Opa Frank, ich wünsche Dir noch
einen schönen Abend und liebe Grüße von uns allen; auch von
Donald!“

Ein unbeschreibliches Gefühl von Glückseligkeit
durchströmte Frank, als er zu Ende gelesen hatte. Sabine hatte die Tür zu ihrem Herzen für ihren Vater weit
aufgerissen und ihm Einlass gewährt. *„Ist das Leben nicht*
schön?“, durchfuhr es Frank und die Ironie dieses Gedankens bescherte ihm sogar ein Lächeln.

Die nächsten Tage waren ein einziger Quell der Freude
und der Zuversicht. Nicht etwa, dass Frank sich eine
Heilung seines Körpers erhofft hätte, wohl aber eine
Genesung der Seele. Eine Aussöhnung mit Sabine
schien greifbar nahe und vielleicht könnte ja sogar eine
persönliche Begegnung zustande kommen. Wer weiß?
Und wer weiß, ob die Genesung der Seele nicht sogar
die Heilung seines Körpers möglich machen könnte?
Wer weiß…

Irene teilte Franks Glück aus vollem Herzen. Sie erlebte
den geliebten Gatten als wäre er neu geboren und als
gäbe es ihn nicht, *„den Teufel in seinem Körper“*.

Frank ließ sich Zeit mit seiner nächsten Mail an Sabine.
Er fand, es wäre nicht gut das Tempo zu forcieren, um
Sabine nicht zu bedrängen. Dass diese Sorge unnötig
war, entnahm Frank Sabines nächster Mail, mit der sie
ihm zuvor kam.

Email von Sabine

„Lieber Frank, geht es Dir gut?“

Die Anrede in Sabines Mail erweckte in Frank eine unbeschreibliche Nähe zu seiner Tochter. Sabine hatte
eine weitere Barriere eingerissen, die sie über viele Jahre

175

gegen ihn aufgebaut und aufrecht erhalten hatte. Sollte es ihm vergönnt sein seine Tochter zurück zu gewinnen? *„Was für ein wunderbarer Traum"*, dachte Frank in diesem Augenblick, ließ aber dennoch zu, dass heftige Zweifel ob dessen Verwirklichung Besitz von ihm ergriffen…

„Du hast Dich lange nicht mehr gemeldet. Ist alles in Ordnung oder hat sich Dein Zustand verschlechtert?"

Franks Zustand hatte sich tatsächlich etwas verschlechtert und er hatte auch weiter an Gewicht verloren. Das alles vermochte aber seine Freude und seine Zuversicht nicht zu mindern. Er glaubte fest daran, dass er Sabine irgendwann sehen würde und in seine Arme nähme. Und dass er das warme Gefühl der Liebe seinem Kind gegenüber auskosten würde, die ein Vater ja von Natur aus in seinem Herzen trägt.

„Bitte schreibe mir bald; ich freue mich schon darauf. Liebe Grüße von uns allen,

Sabine!"

Email an Sabine

„Liebe Sabine,

vielen Dank für Deine Zeilen! Es freut mich von Herzen, dass Du besorgt um mich bist; aber ich kann Dich beruhigen: es geht mir gut."

Frank hatte irgendwann einmal den Begriff der *„barmherzigen Lüge"* für sich erfunden. Vielleicht hatte er es auch nur irgendwo gelesen. Das war jetzt so eine barmherzige Lüge. Er wollte Sabine nicht beunruhigen und er wollte auf gar keinen Fall Mitleid.

Kaum dass er die Mail mit einem energischen Druck auf die ENTER-Taste abgeschickt hatte, bereute er auch schon, dass er so kurz angebunden war. *"Du dummer, alter Esel!", beschimpfte er sich selbst, "warum machst du so etwas..."*

Email an Frank

„Lieber Opa Frank!"

Diese Worte durchdrangen Franks Herz wie ein Pfeil. Es wurde ihm fast ein wenig schwindelig. Er rief nach Irene, sie möge schnell kommen. Frank verbrachte seit kurzem die meiste Zeit des Tages im Schlafzimmer. Irene hatte ihm sein Notebook mit dem Fernseher verbunden und so konnte er fernsehen und das Internet nutzen. Irene kam eilends herbei, erfüllt von der Sorge, Frank hätte Probleme. Als sie in das strahlende Gesicht von Frank sah, wusste sie, dass dem nicht so war.

„Schau, wer mir geschrieben hat, meine Enkelkinder! Komm, ich lese es dir vor."

Frank las mit tränenerstickter Stimme. Er kam nicht weit und Irene las weiter.

„Wie geht es Dir? Mama hat uns von Dir erzählt und dass Du sehr krank bist. Glaubst Du, dass Du uns bald einmal besuchen kommst? Das wäre sehr schön. Wir haben ein schönes Haus und einen schönen Garten. Da kannst Du Dich dann ausruhen. Und einen Hund haben wir auch. Er heißt Emil und ist sehr lieb. Deine Frau kannst Du natürlich auch mitbringen. Wir wünschen Dir, dass Du bald wieder ganz gesund bist und dass Du bald zu uns kommst.
Viele liebe Grüße René und Saskia
p.s. liebe Grüße auch von Donald und mir
Sabine"

Jetzt gab es kein Halten mehr. Alle Dämme brachen. Frank wurde von einem heftigen Weinkrampf befallen. Seine Seele drohte zu zerbersten und das Ausmaß seiner

177

Schuld wuchs im selben Augenblick ins Unermessliche. Irene, die ihre Tränen ebenfalls nicht zurückhalten konnte, nahm ihn in den Arm und wiegte ihn hin und her. Es war wohl so, wie ihn einst die Mutter gewiegt hatte und es tat Frank wohl. Allmählich kehrte wieder Ruhe in Franks Seele ein und er las die Email seiner Enkelkinder noch einmal. Und noch viele Male danach.

Email an die Enkelkinder

„Ihr lieben, lieben Kinder! Wie sehr habe ich mich über Euren lieben Brief gefreut."

Frank fand die Bezeichnung *„Brief"* für Kinder passender als *„Email"*. Es war ihm wohl nicht bewusst, wie sehr selbst die Kinder schon im Zeitalter der modernen Kommunikation angekommen waren. Briefe, bzw. Briefschreiben waren schon lange *out* und ätzend *uncool*.

„Eurem Opa geht es schon viel besser und er kann es gar nicht erwarten Euch zu sehen. Wie geht es in der Schule? Macht sie Euch Spaß und habt ihr auch gute Noten?"

Frank fiel gar nicht auf, dass er gerade dabei war tief in die Welt der Klischees einzutauchen. „Opa-like" eben.

„Oma Irene freut sich auch schon sehr darauf Euch kennen zu lernen."

Irene hatte sich zwar gewehrt gegen das Prädikat „Oma"; aber Frank hatte darauf bestanden. Nicht dass Irene das Wort an sich störte, sie fand nur, dass sie ja nicht die richtige Oma sei und dass sie es lieber hätte, wenn René und Saskia sie einfach beim Vornamen nennen würden.

„Im Herbst, wenn es kühler ist, dann werden wir uns treffen. Das wird sicher ganz toll!"

Als Frank diese Zeilen schrieb, glaubte er sogar daran. Ein wohlwollendes Etwas in seiner Seele hatte dem

Verstand verboten ihn auf die nackten Tatsachen hin-
zuweisen.

„Grüßt Eure Eltern recht lieb und schreibt mal wieder. Liebe
Grüße, auch von Oma Irene
  Euer Opa Frank"

Der Sommer, den Frank sonst immer gelebt hatte, setzte ihm dieses Mal sehr zu. Er konnte die Hitze nicht
mehr vertragen. Die Ausflüge, die er mit Irene machte,
wurden von Mal zu Mal kürzer. Seit kurzem machte er
sie nur noch im Rollstuhl. Mit dem Gewichtsschwund
war auch die Kraft gegangen. Sie reichte gerade noch für
die Wohnung; nicht mehr aber für draußen. Anfänglich
störende Blicke der Nachbarn nahm er inzwischen nicht
mehr wahr. Es amüsierte Frank, dass seine Eitelkeit
ebenfalls auf ein Mindestmaß geschrumpft war. Sie
wurde durch andere Wertigkeiten ersetzt, wichtigere
Wertigkeiten.
Die kurzen Ausflüge genoss Frank trotz der Hitze. Er
war zu allen Zeiten ein Sonnenmensch, im Gegensatz
zu Irene. Ihre Freude am Sonnenschein verließ sie spä-
testens ab 30 Grad. Sie verlegten ihre Ausflüge in die
frühen Abendstunden, da war die Hitze erträglicher.

Email von Sabine
  „Hallo Frank,
wie geht es Dir? Wir haben lange nichts mehr von Dir und Irene
gehört. Wie kommst Du mit der andauernden Hitze zu Recht?
Die Kinder kühlen sich in ihrem kleinen Schwimmbecken im
Garten ab und wir verbringen die heißeste Phase des Tages im
Haus. Wir haben unser Haus - Gott sei Dank – sehr gut isoliert
und so ist die Temperatur innen erträglich. Wie es aussieht, ist ein
Ende der großen Hitze noch nicht absehbar.

179

Du schreibst, dass Ihr uns im Herbst besuchen kommen wollt. Ist das nicht zu anstrengend für Dich?
Verstehe mich bitte nicht falsch; natürlich würden wir uns freuen. Ich hätte nur gedacht, dass eher wir zu Euch kommen würden. Wir könnten uns in der Nähe ein Zimmer nehmen. Die Kinder würden für ein paar Tage bei Donalds Eltern wohnen. Ich denke, unser erstes Treffen sollte besser ohne die Kinder stattfinden. Es gibt ja wohl sehr viel zu reden und da wären die Kinder eher hinderlich."

„*Wie pragmatisch*", dachte Frank, musste aber im selben Augenblick zugeben, dass Sabine Recht hatte. Er fürchtete nur, dass er seine Enkel vielleicht nicht mehr erleben würde. Die Zeit lief ihm ganz einfach davon. Es war fraglich, ob das Treffen mit Sabine überhaupt zustande kommen würde. Aber wie heißt es doch so treffend? *„Die Hoffnung stirbt zuletzt"…*

Dass das für ihn wohl kaum zutreffen würde, war Frank bewusst. Diese Hoffnung hatte er schon seit geraumer Zeit begraben. Sicher, er wünschte sich nichts mehr, als Sabine – samt Familie – näher kennen zu lernen; denn als er sie zuletzt sah, war sie ja noch ein Kind. Sein Kind, das er sich so gewünscht hatte und das er sich jetzt wieder wünschte. Nur ein einziges Mal…

„Ich hoffe, dass Du das ähnlich siehst wie wir. Aber schlussendlich liegt die Entscheidung bei Dir. Ihr seid jederzeit herzlich willkommen!"

Frank fiel das Lied von den zwei armen Königskindern ein: *„Sie konnten zusammen nicht kommen – das Wasser war viel zu tief…"*

Das Wasser zwischen ihm und Sabine war ebenfalls unüberwindlich. Zumindest von der Seite Franks aus. Und bis Herbst würde es wohl gänzlich über gegangen sein.

„In den nächsten Tagen wirst Du einen Brief von uns bekommen mit aktuellen Bildern der Familie."

„O mein Gott – endlich!", entfuhr es Frank. Er hatte sich nicht getraut Sabine darum zu bitten. Endlich würde er sehen können, wie seine Tochter aussieht, und ihr Mann, und die lieben Enkeln.

„Liebe Grüße von uns allen, auch an Irene!
Sabine"

Franks Zustand verschlechterte sich zusehends. Er hatte keinen Appetit, zwang sich aber ein wenig zu essen, um sich bis in den Herbst hinein retten zu können. Vielleicht ging es sich ja doch noch aus. Irene beobachtet ihren Liebsten mit trauriger Mine. Sie merkte, dass Frank immer weniger wurde und von Tag zu Tag schwächer. Ein Gespräch mit ihrem Hausarzt, der regelmäßig vorbei kam, bestätigte die Vermutung, dass Franks Ende schon sehr nah war, viel zu nah.

Sie bemühte sich sehr Frank nichts anmerken zu lassen, was ihr aber immer weniger gelang. Frank wiederum versuchte Irene mit irgendwelchen Späßchen aufzuheitern, so wie er das früher oft und gern gemacht hatte. Nur, dass es jetzt nicht mehr funktionierte. Was blieb, waren die Momente, wenn sich Irene zu Frank legte und sie in tiefer Verbundenheit einfach schwiegen. Es waren Momente stiller Gebete, die jeder von beiden für den anderen sprach.

Email an Sabine

„Liebe Sabine,
vielen Dank für die schönen Bilder! Wir haben uns sehr darüber gefreut. Ihr habt zwei prächtige Kinder und Ihr beiden seid auch

hübsch anzuschauen. Was für eine wunderschöne Tochter ich doch habe."

Vor ein paar Tagen war der Brief mit den versprochenen Bildern gekommen. Frank hatte Sabine auf den Fotos nicht mit dem Bild der Erinnerung aus Kindertagen in Verbindung bringen können. Er hatte Sabine in Erinnerung mit ihrem blonden Wuschelkopf und ihren blauen Augen. Sie war ein sehr schönes Kind. Man sagt zwar *„Schönheit entstünde im Auge des Betrachters",* aber Frank hatte Mühe diesen Prozess in Gang zu setzen. Als er Irene das sagte, handelte er sich eine ordentliche Schelte ein. Er befleißigte sich umgehend seine Meinung zu revidieren, bzw. etwas abzuschwächen.

Irene musste die Mail zum ersten Mal selber schreiben, weil Frank dazu nicht mehr imstande war. Sie nützte das schamlos aus, indem sie diese Halbwahrheit – so zumindest aus Franks Sicht – mit der wunderschönen Tochter schrieb. Frank lächelte darüber. So war Irene nun einmal, sie war Gottesgeschenk, eine Frau mit einem großen Herzen und mit manchmal viel zu viel Verständnis. Doch das war so in Ordnung. Frank beneidete sie manchmal darum. Sie hatte ihm zwar etwas von seinem Absolutismus genommen, den er viel zu lange gepflegt hatte; aber es war noch mehr als genug übrig geblieben. Irene hatte ihm beigebracht, dass es nicht nur schwarz und weiß gibt. Und auch dafür liebte er sie.

„Die große Hitze ist endlich vorbei und ich fühle mich auch viel besser."

Irene tat sich schwer diesen Satz zu schreiben. Sie schrieb ihn wiederwillig, sagte aber nichts. Sie wusste, sie würde Frank nicht davon abbringen können. Sie hatte ihn immer wieder darauf angesprochen, dass es besser wäre Sabine reinen Wein einzuschenken als ihr die Wahrheit zu verschleiern.

„Im Herbst werden wir uns ja dann endlich sehen. Wir freuen uns schon sehr darauf und Ihr Euch hoffentlich auch."

Frank hatte sich inzwischen selbst eingestanden, dass sich dieser Wunsch wohl nicht mehr in Erfüllung gehen würde. Eine bleierne Müdigkeit bestimmte seinen Tagesablauf und seine Wachphasen wurden immer kürzer. Er hatte sich mit seinem Krebs arrangiert. Nicht dass sie Freunde geworden wären; aber man begegnete einander auf Augenhöhe. Natürlich hätte er Sabine und ihre Familie gern kennen gelernt, natürlich hätte er gern seine Enkelkinder auf den Knien geschaukelt, so wie das ein anständiger Großvater nun einmal macht. Aber das war vom Schicksal nicht leider nicht so vorgesehen. Frank war darüber nicht verbittert. Seine Dankbarkeit, dass er sich mit seiner Tochter aussöhnen konnte – wenn auch nur auf dem Papier – überstrahlte alles. Und die schönen und erfüllten Jahre mit Irene zählten mehr als doppelt. Es wäre Frank undankbar erschienen, sein Schicksal nicht anzunehmen. Und also tat er es.

„Ich umarme Euch und drücke Euch ganz fest und ich bin sehr, sehr glücklich. Bitte, grüße alle ganz herzlich, auch von Irene, und gib den Kindern einen dicken Kuss von ihrem Großvater.

In Liebe Dein Vater"

Irene brauchte alle Kraft, um nicht laut aufzuschreien. Sie wusste, dass diese Mail ein Abschied war und sie hätte sich so sehr gewünscht, Frank hätte sich von Sabine verabschiedet. Sie hatte auch nie verstanden, warum die beiden nie zum Telefon gegriffen hatten, um miteinander zu sprechen. War es Unsicherheit, die sie zurück hielt oder Angst.

Frank war am Ende seines Weges angekommen, der ihn in manche Sackgasse geführt hatte und auf manchen Gipfel, von denen nicht einer das hielt, was er zu versprechen schien. Die letzten Jahre, drunten im Tal, bescherten ihm eine Zufriedenheit, die so kostbar war, nach der er aber nie gesucht hatte. Er hatte sich oft gefragt, warum ihm der liebe Gott eine zweite Chance – in Form seiner Irene – gegeben hatte, wo er doch alles dafür getan hatte, eine solche nicht zu bekommen.

Sein Überwechseln in die andere Welt, an dessen Tor er ja schon einmal angeklopft hatte, ging ganz friedlich vor sich. Sein letzter Blick galt seiner Liebsten, die ihn bis hierher begleitet hatte und ebenso seine letzten Worte:

„Danke für alles und lass mich in Frieden gehen!"

Irene hatte genickt, sprechen war ihr nicht möglich. Frank hatte ihr einmal erklärt, wie das denn so wäre mit dem Sterben. Wenn ein Hinterbliebener den Sterbenden nicht gehen lässt, so fährt dessen Seele hinauf und hinunter, wie in einem Paternoster. Und das kann ja wohl nicht der Sinn des Sterbens sein. Lieben heißt auch: Dem anderen seinen Tod vergönnen. Und das hatten beide sich vor langer Zeit schon zugesagt.

Franks letzte Gedanken galten Sabine und ihrer Familie, die er leider nicht mehr erleben durfte und er dachte auch an Renate und an die schöne Vorstellung, dass er sie in der anderen Welt treffen könnte. Vielleicht würden sie dann dort endlich in Ruhe miteinander reden können, bei einem funkelnden Glas Rotwein, einem gut gereiften Käse und einem guten Manna.

Und dann wären ja da auch noch die liebe Mutter und die liebe Tante... „*Ja*", dachte Frank, „*so lässt sich `s wohl sterben*".

Dann schloss er seine Augen. Und seine Seele streifte ihre stoffliche Hülle ab, entledigte sich aller Gedanken und entschwebte nackt und bloß, so wie sie einst gekommen war.

Email von Irene

„*Liebe Sabine!*
Dein Vater ist vor wenigen Tagen friedlich eingeschlafen. Die Aussöhnung mit Dir und Euer Briefwechsel haben ihm sehr viel gegeben. (Irene konnte sich mit dem Wort „Email" nie anfreunden. Überhaupt waren der Computer und all der neue Schnickschnack nicht ihre Welt).

Ich habe Deinen Vater erst sehr spät kennen gelernt und kann nur für diese Zeit sprechen; aber ich möchte, dass Du weißt, dass Frank ein liebevoller Ehemann und ein wunderbarer Mensch war.
Und ich bin auch davon überzeugt, dass er ein guter Vater gewesen wäre. Unser Kinderwunsch blieb uns leider verwehrt. Meine Zeit mit deinem Vater war ein großes Geschenk für mich.
Das alles mag Dir jetzt etwas verwunderlich vorkommen, weil Du ja ein völlig anderes Bild von Deinem Vater hast. Aus diesem Grund würde ich mir wünschen, dass wir den Kontakt weiter aufrecht erhalten. Ich möchte Dir irgendwann gegenübersitzen und mit Dir reden. Natürlich nur, wenn Du das möchtest. Ort und Zeitpunkt würdest natürlich Du bestimmen. Ich hoffe, dass Du mir die vertraute Anrede erlaubst und ich würde mich sehr über eine Antwort freuen. Eine kleine Geschichte möchte ich Dir noch erzählen. In seinen letzten Tagen hat er zu mir einmal gesagt, er hätte gern diese Zeilen eines französischen Chansons aus seinem Grabstein stehen:

185

„Plaisir d'amour ne dure qu'un moment, Chagrin d'amour dure toute la vie." **Was sinngemäß bedeutet, dass die Freude der Liebe gerade mal einen Moment dauert, hingegen der Kummer, der mit der Liebe einher geht, ein Leben lang besteht.**

Dein Vater war ein sehr musischer Mensch. Er hat selbst Lieder, Gedichte und Geschichten geschrieben. Und in dieser Liedzeile sah er die Jahre seines jungen Lebens gespiegelt, die ihm große Probleme bereiteten und die vielleicht auch die Trennung von Deiner Mutter und Dir ein wenig erklären. Er war ein Gefangener seiner Sehnsüchte und er hat seine Freiheit erst sehr spät wieder gefunden.

Liebe Sabine, das muss alles sehr verwirrend auf Dich wirken und ich würde Dir gern mehr und ausführlicher darüber erzählen, so Du das möchtest. Für heute lasse ich es genug sein. Den Grabstein gibt es natürlich nicht. Frank wurde – auf seinen Wunsch hin – verbrannt. Einen Grabstein wollte er nicht. Er wünschte sich stattdessen einen dauernden Ruheplatz in meinem Herzen, den ich ihm mit Freuden gewährt habe. Da war er immer und da wird er immer bleiben.

Ich wünsche Dir und Deiner Familie alles Liebe und Gute und vielleicht sehen wir uns ja irgendwann.

In lieben Gedanken

Irene"

Email an Irene

„Liebe Irene,

vielen Dank für Deine liebevollen Zeilen!

Ich habe schon so etwas geahnt und es tut mir von Herzen leid, dass mein Vater gestorben ist. Ich hätte ihn gerne kennen gelernt. Und es tut mir vor allen Dingen für Dich leid, denn mit ihm ist wohl eine tiefe Liebe von Dir gegangen. Meine zwei Kleinen sind auch sehr traurig, dass der Opa Frank gestorben ist.

Liebe Irene, von Herzen gern werde ich den Kontakt zu Dir aufrecht erhalten. Du gehörst doch irgendwie auch zur Familie. René und Saskia freuen sich schon auf ihre neue Oma Irene und auch Donald und ich können es kaum erwarten, Dich persönlich kennen zu lernen. Packe Deine Koffer, komme zu uns und lass uns gemeinsam Frank nahe sein. Ich denke, das würde ihm gefallen.

Also bis bald, wir freuen uns auf Dich!

Ich umarme Dich!

   Sabine, Franks Tochter"

Wolke 7

„So ist das also, wenn man gestorben ist" dachte Waldemar still bei sich und schaute sich erst einmal um. Er saß in einer Art modifizierter Bahnhofshalle mit einem Informationsschalter in der Mitte und vielen, vielen Türen, die in regelmäßigen Abständen zueinander angeordnet waren. Ein wesentlicher Unterschied zu einer echten Bahnhofshalle bestand wohl darin, dass eine friedvolle Stille zu hören war.

Waldemar bemerkte, wie sich sein Geist, der bis eben noch auf Standby geschaltet war, behutsam hochfuhr, und es kam ihm in den Sinn, dass er sich zeitlebens nicht wirklich mit dem Thema „Tod-Wiedergeburt" beschäftigt hatte. Das war ihm einfach zu komplex. Er hatte sich, wohl auch bedingt durch seine christliche Erziehung, die mit dem Vollzug der Konfirmation ein jähes Ende genommen hatte, mit der Idee des Wiedergeborenwerdens angefreundet und diese Einstellung bis zu seinem Ableben beibehalten.

Der kindhaften Darstellung von Himmel und Harfen zupfender Engeln mit großen weißen Flügeln hatte er sich früh entledigt und zurück geblieben war die feste Überzeugung, dass es nach dem Tod irgendwie weiter gehen musste. Er glaubte auch nicht an ein Wiedersehen mit geliebten Menschen, zu denen wohl auch der ein oder andere nahe Verwandte hätte zählen können, er zog es vielmehr vor - zu seinen Lebzeiten wie auch jetzt – sich einfach überraschen zu lassen.

Da fiel ihm plötzlich ein, er könne ja die Probe aufs Exempel machen und sich bei der - ganz sicher netten - Person am Informationsschalter erkundigen.

Waldemar stand auf und bewegte sich in Richtung dorthin. Aber was war das? Waldemar spürte seinen Körper nicht. Er spürte weder Arme noch Beine und auch nicht den Rest seines bisher zeitweise recht schmerz-geplagten Körpers. Und was noch ärger war, er konnte seinen Körper visuell nicht wahrnehmen. Unweigerlich entfuhr ihm ein *„ach du lieber Gott!"*.

Als er an sich hinunter blickte, erkannte er ein schemenhaftes, weißlich scheinendes Gewebe, das ihn spontan an ein quallenartiges Meeresgetier erinnerte, das er im Fernsehen schon eimal gesehen hatte. Und als er sich in Richtung Informationsschalter begab, glich seine Bewegung der eines solch gesehenen schwebenden Getiers. Das war heftig. Hinzu kam, dass er – nur durch die Kraft seines eigenen Gedankens – vorangetrieben wurde. Das alles erstaunte ihn über die Maßen; vermochte ihn aber dennoch nicht zu beunruhigen.

Am Informationsschalter angekommen, setzte er sein schönstes Lächeln auf. Das war deshalb auch möglich, weil sein Gesicht als einziges Originalteil erhalten geblieben war.

„Grüß Gott!" sprach Waldemar und erschrak im selben Augenblick, weil ihm diese Worte blasphemisch vorkamen. „Ich meine Guten Tag", besserte er sich augenblicklich aus. Und schon wieder fühlte er eine große Verunsicherung, weil er nicht wusste, ob hier oben Begriffe wie Tag und Nacht noch relevant waren.

Die Dame, oder besser gesagt das Wesen hinter dem Schalter, sah ihn an und sprach zu Waldemar: *„Bei uns heißt das „HUF"!*

„HUF"?, fragte Waldemar, *„was bedeutet das?"*

„Harmonie und Frieden", antwortete das Informationswesen in einem nicht wirklich in Freundlichkeit gehaltenem Ton.

Waldemar verkniff sich seine Gedanken laut zu denken.
„*HUF*", das klingt wie „*Autoreifen*" oder „*Nähmaschine*", unverbindlich eben und nicht wirklich schön....

Waldemars Gedanken wurde durch eine Art Klingelton unterbrochen, dessen Herkunft nicht zu orten war. Er sah nur, dass sein Gegenüber kurz die Augen schloss, leicht mit dem Kopf nickte und dann mit honigsüßer Stimme zu ihm sprach: „*HUF, Neuankömmling! Mein Name ist Lexica, was kann ich für dich tun?*"

Waldemar war tief beeindruckt. Was war geschehen? Es schien, als hätte eine Art Oberaufsicht das Wesen Lexica mittels eines imaginären Telefonrufs zur Ordnung gerufen. Egal; Hauptsache Freundlichkeit erfüllte ab nun das Gespräch der beiden.

„*Gibt es hier oben eine <Wolke sieben>?*"

„*Ja!*"

Es folgte eine lange Pause, bevor Waldemar, dessen Antlitz die Farbe seines himmlischen Outfits angenommen hatte, seine Fassung wieder erlangt hatte. Er war auf so manche Überraschung gefasst, so hatte er zumindest bisher angenommen; aber dieses kurzes, prägnante „Ja" als Antwort auf seine Frage hatte ihn umgehauen. Es sollte doch nur ein Test sein auf die kindliche Vor-stellung, dass es so etwas gäbe, wie eine „*Wolke sieben*". Waldemar fragte noch einmal dasselbe und er bekam wieder – in der selben Freundlichkeit wie eben zuvor - dieselbe Antwort: „*Ja!*"

Und um der Sache endgültig auf den Grund zu gehen, fragte er weiter: „*Und wo bitte ist die Wolke sieben und wie bitte komme ich dahin?*"

„*Das kommt darauf an, welchem Sektor Ihr angefragte <Wolke sieben> zugeordnet ist*", antwortete die unverändert freundliche Lexica.

190

„*Was heißt denn das nun schon wieder?*", dachte Waldemar still bei sich, denn er wollte seine Gesprächspartnerin keinesfalls ihrer durchaus ange-nehmen Freundlichkeit wieder berauben, indem er sie auf irgendwelche Weise dazu provozierte.

„*Ich darf das eben einmal erklären*", hörte er Lexica honigsüß weiter reden, so als hätte sie seine Gedanken von eben hören können.

„*Hatte sie? Aber nein, ganz sicher nicht*", versuchte Waldemar sich selbst zu beruhigen. Und vorsichtshalber schob er ein „*Das wäre überaus freundlich!*" hinterher.

„*Also das ist so. Wir pflegen hier oben ein <raster-numerales System.>*"

„Hatte Lexica gerade eben „*hier oben*" gesagt? Das würde ja bedeuten, dass es auch ein „*unten*" geben muss", analysierte Waldemar messerscharf. Und was – um Himmels Willen – ist ein „*raster-numerales System*"? Also gibt es ja doch so etwas wie Himmel und Hölle, oder wie immer man das nennen mag."

„Das *raster-numerale System*" ist eine Aufgliederung unserer Bewohner in verschiedene Sektoren".

„*Nicht schon wieder!*", kam es Waldemar in den Sinn, „*hat sie schon wieder meine Gedanken gelesen?*"

„*Da haben wir zum Beispiel die Sektoren < Sehnsucht, Innigkeit, Ehrlichkeit, Besinnlichkeit, Erfüllung und Nähe>. Die bilden nur eine der unzähligen Wolken mit den Nummern EINS bis UNENDLICH.*"

„*So viele Wolken sind das?*", entfuhr es Waldemar und er glaubte in diesem Augenblick das System zu erkennen; verwarf es aber sogleich wieder.

„*Und alle Begiffe, in der Art der soeben genannten, werden in kleine Gruppen zusammen gefasst und bewolkt.*"

Diese Äußerung von Lexica machte den Begriff „Bewölkung" mit einem Schlag für Waldemar begreifbar. *„Immer wenn neue Gruppen zusammengefasst werden oder umstrukturiert werden, dann sieht man kleine Wolkengruppen am Firmament. Wenn sie noch in Arbeit sind, erscheinen sie gräulich und wenn der Prozess zu Ende geführt ist, erstrahlen sie in einem hellen weiß. So muss das wohl sein…"*

„Das ist durchaus gedanklich nachvollziehbar für mich", hörte Waldemar sich sagen und es entging ihm nicht, dass sein Tonfall leicht überheblich klang, wenn nicht sogar prahlerisch.

„War da nicht gerade eben ein süffisantes Lächeln in Lexicas Gesicht zu sehen; hatte sie schon wieder hinter Waldemars Gedankenfassade geblickt?"

„Ich muss mehr aufpassen", ermahnte Waldemar sich selbst, gefolgt von der Erkenntnis, dass wenn Lexica seine Gedanken wirklich lesen konnte, jedwede Vorsicht sich selbst ad absurdum führen würde.

Waldemar, der sich selbst den verbalen Rückweg abgeschnitten hatte, suchte sein Heil im totalen Angriff, indem er den durch und durch interessierten Zuhörer gab.

„Das fasziniert mich ungemein", schmeichelte er und schaltete seine Konverstion auf „Weichspülen".

„Sie erklären das in so verständlichen Worten, dass ich Ihnen stundenlang zuhören könnte."

Diese Worte hatten einen bumerangigen Charakter, denn Lexica hatte in Waldemar ein willfähriges Opfer gefunden, dem sie all ihr Wissen, das sie sich in unzähligen Seminaren angeeignet hatte, ausbreiten konnte. Sie fühlte, wie ihr ganzer Frust von ihr abfiel, der sich über einen nicht exakt zu benennenden Zeitraum angesammelt hatte. Jedes Mal, wenn ein Neuankömmling an ihrem Schalter stand und wenn sie diesem ihr fundamentales Wissen angedeihen lassen wollte, stieß sie auf ein desillusionierendes Desinteresse, was sie im Laufe der Zeit geistig verhärmen ließ. Und jetzt war er gekommen. Der Erlöser; der Neuankömmling Waldemar…

Lexica erklärte nun, in aller zu Gebote stehenden Ausführlichkeit, das „*raster-numerale System*", dass es da noch viele Untergruppen gäbe und dass ein „*chronoloides Update*" regelmäßig vorgenommen werden würde, was immer das auch bedeutete, und Waldemar unterließ es tunlichst sein bemühtes Vis-à-vis zu unterbrechen.

Als Lexica jedoch einmal zu viel Zeit in Anspruch nahm, um einzuatmen, packte Waldemar die Gelegenheit beim Schopf und fragte blitzschnell:
„Und wo finde ich bitte **meine** *„Wolke sieben"*?
Eine betretene Stille legte sich über… „Ja über was, über wen? Ganz egal, die Stimmung war eindeutig am Kippen…"

Waldemar wurde schummerig und er kämpfte gegen ein Gefühl an, das da Ratlosigkeit heißt, oder Hilflosigkeit oder irgendwie sonst…
Und dann hörte er dasselbe Klingeln wie schon einmal zu Beginn seiner Begegnung mit Lexica. Und wieder schloss diese ihre Augen, ihre angespannten Gesichtszüge wurden sammetweich und sie lauschte einer Stimme, die für Waldemar nicht zu hören war. Als Lexica ihre Augen öffnete und Waldemar in ihren Blick eintauchte, spürte er, wie seine Angst wich und Zuversicht an ihre Stelle trat.

„Deine <Wolke sieben> befindet sich im Sektor <Sehnsucht, Innigkeit, Ehrlichkeit, Besinnlichkeit, Erfüllung und Nähe>.
Wenn du möchtest, dann wird dich ein „BSE" dorthin führen."

„*BSE*", was bitte ist das?", fragte Waldemar und musste im gleichen Augenblick unweigerlich an den Skandal mit dem Rindfleisch denken…

„*BSE*" bedeutet: „*Begleit-Service-Engel*".

„Aha," sagte Waldemar, *„ja bitte; das wäre äußerst freundlich..."*

Waldemars *„BSE"* hieß Escorial und war dem Aussehen nach ein Ebenbild aller „hier oben" sich befindlichen Wesen. Oder wie sonst sollte man sagen: „Sphäre", „Himmelssphäre" – aber das wäre ja wie „der weiße Schimmel" – am Besten nur schlichtweg „Himmel", dachte Waldemar und es kam ihm auch in den Sinn, dass alle Wesen, die er bisher gesehen hatte, so wie er auch, nur aus Gesicht und undefinierbarem Restkörpergestell bestanden. Gut, es waren bisher nur zwei; aber trotzdem.

„Seltsam; sehr seltsam". Waldemar ließ es für den Augenblick dabei bewenden und folgte Escorial, der mit einem *„bitte mir zu folgen!"* einer der vielen Türen zustrebte.

„Das ist ja derselbe flapsige Umgang mit der deutschen Sprache, wie auf Erden", dachte Waldemar; denn eigentlich müsste es heißen: *„Ich bitte dich mir zu folgen",* eben **Subjekt, Objekt, Verb usw.,** wie sich das nun einmal gehört."

„Aber was soll `s..."
Waldemar sah, wie die Tür, auf welche Escorial – mit ihm im Schlepptau – zustrebte, wie von Geisterhand sich öffnete.

„Das ist ja nichts Besonderes", sinnierte er, *„das hat jedes bessere Kaufhaus auf Erden auch."* Viel wichtiger schien ihm, was ihn jenseits der Türe erwarten würde. *„Grüne Wiesen, Wälder, Felder oder vielleicht sogar endlose Alleen mit hohen Bäumen, wie es sie früher einmal gab, bevor hirnlose Erdlinge sie abgeschafft haben, damit sich noch hirnlosere Zeitgenossen nicht selbst ihr Lebenslicht ausblasen konnten. Schade, ewig schade."* Waldemar meinte in diesem Augenblick nicht die automobilen Raser sondern die schöne Alleen. *„Um die Raser wäre eh kein Schaden..."*

Waldemar zuckte innerlich kurz zusammen, so weit ihm das mit dem Gestell unterhalb seines Kopfes überhaupt möglich war, denn er musste daran denken, wo er sich gerade befand. Ein Blitz oder ein lauter Donner hätte ihn eben jetzt nicht wirklich überrascht; aber nichts dergleichen geschah. Eine sanfte Musik tönte an sein Ohr und versetzte ihn in eine ruhige, ausgewogene Stimmung.

„Ja, ausgewogen, das trifft`s wohl auf den Punkt. Welch ein Aberwitz!"

Die eben noch stark ausgeprägte Neugier auf das himmlische Ambiente - jenseits der Tür – war einer wohligen Gleichmut gewichen. Waldemar schwebte einträchtig neben seinem „BSE" her und gab sich ganz dem Genuss des Augenblicks hin.

„Auf zu Wolke sieben…"

Auf Erden ist man ja gewöhnt, eingezwängt in ein Korsett aus Zeit und Raum, durchs Leben zu gehen. Ganz anders hier oben. Man fühlt sich auch gewisser Bedürfnisse entledigt, wie Hunger und Durst, Schlaf oder ganz persönlicher, sehr intimer Bedürfnisse, welche durch Flüssigkeits- und Nahrungsaufnahme zwangsläufig entstehen.

„Das ist äußerst angenehm", empfand Waldemar und ein Synonym für die Erde fiel ihm ein: *„Bedürfnisanstalt"*. Und bei dem Gedanken musste er so heftig lachen, dass Escorial augenblicklich ihm den Kopf zuwandte und mit großen Augen ansah.

„Lachen die da heroben nicht – oder ist es gar verboten?", fragte sich Waldemar und einmal mehr spielte sich das eigenartige Prozedere *„Klingelton – Augenschließen – Kopfzurseitelegen - Zuhören"* ab, mit dem überraschenden Ergebnis, dass Escorial in das heftige Lachen Waldemars mit einfiel.

195

„Da brate mir doch einer einen Storch!", dachte Waldemar und er empfand eine große Sympathie, ja fast Zuneigung – könnte man sagen – zu seinem *„BSE"*.

Fast hätte er ihn verloren, denn Escorial schwebte urpötzlich in eine scharfe Linkskurve, sodass Waldemar beinahe geradeaus weiter geschossen wäre. Nun ja, „geschossen" trifft `s vielleicht nicht so ganz; denn es war ja doch eher mehr ein „Schweben", denn ein „Schießen".

Aber egal. Jedenfalls sah Waldemar sich und Escorial auf eine Art Wiese zuschweben, die einer Erdenwiese glich, wenn man einmal davon absah, dass die „Grashalme" nicht grün sondern blau waren. Himmelblau!

„Ich fass es nicht! Eine himmelblaue Wiese mit himmelblauen Grashalmen. Das ist voll krass!"

Waldemar kam sich leicht albern vor, als er seine gedankliche Wortwahl erkannte. *„Voll krass"* – diesem Alter war er ja wohl schon längst entwachsen. Abgesehen davon, dass er jedwedem Alter durch sein Ableben entwachsen war. Aber man kann sich dem verbalen schlechten Einfluss der heutigen Jugend nur schwer entziehen. Noch nicht einmal hier oben…

Als die Beiden der Himmelswiese näher kamen, bemerkte Waldemar, dass sich eine große Anzahl unisex gekleideter Wesen darauf tummelte. Nur ihre Gesichter waren unterschiedlich.

„Hier wären wir also", sagte Escort „das ist <*deine Wolke sieben*>".

„Was heißt <*meine Wolke sieben*>?, entfur es Waldemar. *„Wieso soll das ausgrechnet meine Wolke sieben sein? Es gibt doch noch mehr Wolke sieben in den verschiedenen Sektoren. So hat es mir zumindest Lexica erklärt."*

196

„*Grundsätzlich stimmt das auch*", antwortete Escorial und sie fuhr fort: „*Hast du nicht an eine ganz bestimmte <Wolke sieben> gedacht, als du danach gefragt hast, und hoffst du nicht dort jemanden ganz bestimmten zu treffen?*"

Das haute Waldemar um. Und das, obwohl sein jetziger physischer Zustand solches gar nicht mehr zuließ. Woher – um Himmels willen – wusste sein neuer Freund, der *BSE* Escoial, warum er auf <*Wolke sieben*> wollte und vor allem zu wem?

„*Na ja*", dachte Waldemar, „*die Antwort liegt wohl schon in meiner Frage. Er weiß es eben <um Himmels Willen>...*"
Er bedankte sich bei Escorial in feinstofflicher Manier, wie es *hier oben* der Brauch ist: nicht auf die plumpe, joviale oder liebestrunkenen Art der körperlichen Umarmung, sondern mental; feinstofflich eben. Außerdem wäre das ja mit dem Geschlabber, das unterhalb des Kopfes angesiedelt ist, gar nicht möglich gewesen...
Dann sah Waldemar Florentine. Sie hatte ihn ebenfalls entdeckt und war auf dem Schwebweg zu ihm.

„*Florentine*", durchströmte es Waldemar, „*oh, meine geliebte Florentine!*"
So augenblicklich, wie das Glücksgefühl über ihn gekommen war, erstarrte es auch wieder. Er dachte daran, welche Assosationen er auf Erden mit dem Begriff der <*Wolke sieben*> verband. Und diese waren von äußerst körperlicher Natur. Er hatte Florentine kennen gelernt und hatte sich in sie verliebt; und das, obwohl er verheiratet war. Man hatte die Situation damals derart entschärft, dass man sich ein Rendezvous auf <*Wolke sieben*> ausmachte. Das schickte voraus, dass nach dem Ableben aller Beteiligter die Bahn für jeswede Gefühle frei wäre. Selbst die klerikale Gesetzgebung

sieht solches vor, heißt es doch bei der Eheschließung: *„Bis dass der Tod euch scheidet…"*

Nun, die Voraussetzung war geschaffen. Aber mit welchem Ergebnis? Jauchzen und Frohlocken – statt purer Fleischeslust?

Da geschah etwas Wunderbares: Waldemars erstarrtes Glücksgefühl wandte sich nicht dem Gefühl großen Unglücks zu. Es wurde in ein Gefühl umgewandelt, das noch viel größer und wunderbarer war als das erstarrte Glücksgefühl. Es war ein unbeschreibliches Gefühl.

Eben ein himmlisches…

Und wie war das noch mit den Sektoren, welche eine der unzähligen Wolken bilden?

<Sehnsucht, Innigkeit, Ehrlichkeit, Besinnlichkeit, Erfüllung und Nähe>.

Sie stehen für die Wolke sieben. Und ihre Anfangsbuchstaben – aneinander gereiht – ergeben das Wort „SIEBEN".

Und nicht etwa:

<Sex – Intimität – Erregung – Begierde – Extase und Numerologie>.

Das eigentliche Wort mit „N" (*Nummernschieben*) möchte ich – aus naheliegenden Gründen - hier vermeiden.

Man weiß ja nie, wer gerade zuhört.

So ist das nun einmal hier oben. Es kommt eben meistens anders, als man denkt. Aber es ist trotzdem ganz toll hier oben. Waldemar und Florentine sind zwar nicht glücklich; aber auch nicht unglücklich. Sie sind eben „himmlisch" und das ist gut so!

Dumbine

"Schneller, schneller, das wird ein neuer Rekord!"
Dumbine schrie aus Leibeskräften. Der "Hölzerne Pfeil" raste mit einer wahnsinnigen Geschwindigkeit auf das Seeufer zu. Dumbine saß in ihrer Holzkiste auf vier Rädern und ihre Haltung glich der des berühmten Rennfahrers Enrico Murrati, den jedes Kind vom Fernsehen kennt; und jeder Erwachsene natürlich auch.

Der Fahrtwind, der in ihre Ohren hinein pfiff, ließ ihre langenblonden Haare, die unter einer Lederkappe hervor quollen, wild umherflattern und nahm ihr fast den Atem. Die Lederkappe war ein Geschenk von Waldi, welcher diese von seinem Vater bekommen hatte, der in seiner Jugend Motorrad gefahren war, und jetzt aber nicht mehr fahren durfte, weil Waldis Mutter dem Vater dieses schon vor vielen Jahren verboten hatte. Es sei einfach zu gefährlich für einen älteren Herrn, so die Begründung der Mutter.

Waldi, der mit richtigem Namen Ewald hieß, und nur von Dumbine so genannt wurde, war von kleinem Wuchs und stattlicher Figur. Böswillige Menschen fanden, er sei viel zu dick. Nicht so Dumbine, sie versicherte Waldi, dass er von stattlichem Wuchs sei, und diese Feststellung war für Ewald das Evangelium. Er empfand die Bezeichnung "Waldi" wie einen Ritterschlag. Überhaupt war er ein glühender Verehrer von Dumbine; ja, er liebte sie mit jeder Faser seines Herzens. Dumbine nahm ihn ernst, was noch nicht einmal seine Eltern wirklich taten. Und für seine Dumbine hätte er alles gemacht; wirklich alles. Waldi war der Chefmechaniker von Dumbine. Seine Hauptaufgabe bestand darin, den Rennwagen zum Start zu bringen, was nichts anderes hieß, als ihn immer wieder den Hang hinauf zu ziehen und beim Start ordentlich anzuschieben.

Waldi, der auch bei diesem Start wieder vollen Einsatz gezeigt hatte, hörte schon lange nicht mehr, was Dumbine rief. Das Herz pochte laut in seinen Ohren und seine Lunge drohte zu zerplatzen. Er stand, tief hinunter nach vorn gebeugt, die Hände auf den Knien aufgestützt, und rang nach Luft. Er keuchte laut vernehmlich wie eine alte, rostige Dampflokomotive und er schaute dabei, voll Bewunderung, hinter Dumbine her, wie er das bei jedem Start machte.

Das Ufer des Sees kam schon bedenklich nahe. Dumbine kümmerte sich nicht weiter darum; schließlich fuhr sie ja nicht zum ersten Mal auf dieser Teststrecke. Außerdem kannte sie ganz genau die Stelle, wo sie am Strick ziehen musste, der mit der Lenkung verbunden war, um nach rechts abbiegen zu können. An dieser besagten Stelle hatte es Dumbine schon oft umgeworfen, weil sie die Kurve zu scharf genommen hatte.

"Jetzt heißt es gut aufpassen", dachte Dumbine still bei sich, *"damit ich den richtigen Augenblick nicht verpasse."* Und dann zog sie kräftig am Seil um den Kurvenvorgang einzuleiten. Doch was war das? Wieso fuhr der "Hölzerne Pfeil" weiter gerade aus? *"Um Gottes Willen"*, durchfuhr es Dumbine, *"das Seil ist gerissen!"*...

All das ging so schnell, dass keine Zeit mehr zum Nachdenken blieb. Mit einem kräftigen "Platsch" und einer riesig aufspritzenden Fontäne flog der "Hölzerne Pfeil "in den See. Aus dem Rennauto war ein Unterseeboot geworden. Der Bolide war im See versunken.

Waldi drohte zu explodieren. Er hatte vor lauter Schreck vergessen weiter zu atmen. Und das, wo er schon von Haus aus nur sehr schwer Luft bekam. Waldi war wie gelähmt. Dumbine saß wie versteinert in ihrem

Rennauto. Der Kopf und ein kleiner Teil ihres Oberkörpers ragten aus dem Wasser, der Rest war nicht mehr zu sehen. Durch den Aufprall auf das Wasser war Dumbine völlig nass ge-spritzt worden, was sie in diesem Augenblick als großes Glück empfand. Denn so konnte niemand die Tränen sehen, die über Dumbines feuerrote Wangen schossen. Es waren Tränen der Enttäuschung und der Wut. Armer Waldi; ein großes Ungemach würde unweigerlich auf ihn zukommen. Er war als Chefmechaniker dafür verantwortlich, dass vor dem Start alle Funktionen des Boliden überprüft werden.

Waldi war so schnell, wie er nur konnte, zur Unglücksstelle gerannt. Dort angekommen, sah er Dumbine, die noch immer unverändert im Wasser saß. Ihren wütenden Blick bemerkte Waldi nicht. vielleicht lag es daran, dass auch seine Augen tränenerfüllt waren. Nur bei ihm war es Ausdruck der Freude darüber, dass Dumbine nicht ernsthaft verletzt war. Außer ihren Haaren, die ihr wie Sauerkraut ins Gesicht hingen, schien alles in Ordnung zu sein. Nur die lederne Rennkappe hatte es Dumbine vom Kopf gerissen. Aber die würde wieder trocknen. Aber die Schmach der Seelandung würde unauslöschlich bleiben; zumindest in Dumbines Augen...

Das Haus von Dumbines Eltern war nicht sehr groß. Es hatte, wie alle Häuser, die am Seeufer lagen, nur ein Stockwerk. Bei einigen Häusern war das Dachgeschoss ausgebaut; so auch bei Dumbines Elternhaus. Die beiden Zimmer unterm Dach waren für die Mädchen gedacht. Das eine für Dumbine und das andere für ihre Cousine Barbara, die immer über die Sommerferien zu Besuch kam. Dumbines Zimmer sah nicht unbedingt aus wie ein typisches Mädchenzimmer ihres Alters: Bett, Schrank, Nachtkästchen, und darüber drei schmale Bretter als Regal für ein paar Bücher. Zwischen den Büchern, von denen Dumbine nur die Umschlagseite kannte, stand ein Bild von Barbara. Vom Lesen hielt Dumbine nicht allzu viel; wozu auch? Sollte sie ihre kostbare Freizeit mit einer Tätigkeit verbringen, welche ihr in der Schule, gezwungener Maßen, schon keine Freude machte? Nein - da gab es, weiß Gott, schönere Dinge. Dumbine hatte ganz andere Interessen. Ihre Begabungen, das war ihre feste Überzeugung, lagen ganz wo anders. Mehr auf technischem Gebiet. Und dementsprechend zweckmäßig war auch ihr Zimmer eingerichtet.

Es war ein langer und steiniger Weg, ihr Zimmer auf den jetzigen Stand zu bringen. Dumbine hatte die Eltern oft an den Rand der Verzweiflung gebracht mit ihren Ideen. Und das wohl darum, weil Dumbine ihre Ideen zunächst in die Tat umsetzte und erst danach um Erlaubnis bat. Ich denke hierbei speziell an die bahnbrechende Erfindung des vollautomatischen Weck- und Alarmsystems, welches Dumbine vor geraumer Zeit installiert hatte:

Zwei Schnüre führten durch kleine Metallringe, die in kurzen Abständen in die Mauer eingeschlagen waren, von oben nach unten. Die eine Schnur begann unten am Treppenaufgang und diente als Wecker. Die Mutter zog in der Früh, wenn Zeit zum Aufstehen war, zweimal daran. Das andere Ende der Schnur führte hinauf in Dumbines Zimmer und bediente ein kleines Glöcklein. Die andere Schnur, die mit einer größeren Glocke verbunden war, die am Ende der Treppe hing, wurde am Abend, wenn alle schlafen gingen, mit Gegenzug an die Haustür angehängt. Sollte also je ein Einbrecher, bzw. ein Dieb in Dumbines Elternhaus einsteigen wollen, so wäre der Unhold schnell entdeckt. Vorausgesetzt natürlich, er käme durch die Tür und nicht durch ein Fenster...

Nun, gegen diese Idee war ja auch grundsätzlich nichts einzuwenden. Wohl eher aber gegen das große Loch in der Wand, das entstanden war, als Dumbine mit Hammer und Meißel ein kleines Loch stemmen wollte, wo die Schnur ins Innere von Dumbines Zimmer ihren Weg finden sollte. Es hatte schon fast die Ausmaße eines kleinen Schalters, wie sie früher bei der Post üblich waren, und wo meist ein Schild hing, auf welchem "geschlossen" stand. Der Vater hatte rechte Mühe, das Loch in der Wand wieder zu schließen und eine ordentliche Strafpredigt blieb Dumbine nicht erspart. Das war jedoch eher wie ein reinigendes Gewitter, welches die reuige Sünderin tapfer über sich ergehen ließ. Und die Hauptsache war ja wohl, dass die Voraussetzung zum Durchführen der beiden Schnüre in ihr Zimmer geschaffen war. Den Vater würde sie schnell wieder in eine gewogene Stimmung bringen; war sie doch sein ausgemachter Liebling.

Die Mutter erlebte alle diese Vorkommnisse mit einem gelassenen Lächeln im Gesicht. Auch sie konnte ihrer Dumbine auf Dauer nicht böse sein; denn Dumbine war, trotz all ihrer Verrücktheiten, ein rundherum wohl geratenes Mädchen. Und was Dumbines geniale Erfindung betraf, so wurde Dumbine jeden Morgen, durch das sanfte Läuten der Glocke, von der Mutter ge-weckt und es verging kein Tag, an dem nicht, am Abend vor dem Schlafen-gehen, die Alarmanlage " scharf" gemacht wurde. Deren Funktionalität konnte jedoch nie nachgewiesen werden, weil es keinen Einbruch gab; leider...

Dumbines Zimmer glich eigentlich mehr einer Werkstatt, als einem Mädchenzimmer. So wie andere Mädchen ihres Alters ihre Puppen, Teddybären oder Puppenhäuser platziert haben, so hatte Dumbine Werkzeuge gesammelt.

Wenn Dumbine Geburtstag hatte, wenn Ostern oder Weihnachten war, dann wünschte sich Dumbine immer nur dasselbe: Werkzeug; und immer wieder Werkzeug. Die Bemühungen der Eltern, Dumbine einmal etwas anderes, etwas eher "Mädchenhaftes" zu schenken, stießen bei Dumbine auf taube Ohren. In diesem Punkt ließ Dumbine nicht mit sich verhandeln. An der Wand, welche Dumbines Bett gegenüber lag, hing eine große Spanplatte, die über und über mit Nägeln gespickt war. Das sah aus, als wäre eine Dampfwalze über einen Igel gefahren. Auf diesen Nägeln hingen die vielen Werkzeuge von Dumbine:

Ein großer und ein kleiner Hammer, zwei Zangen, mehrere, verschieden große Schraubenzieher, Schraubenschlüssel, ein Fuchsschwanz und eine Baumsäge. Letztere hatte sie erst vor einigen Wochen, von ihrem Vater bekommen, weil sich dieser eine neue zugelegt hatte. In einigen Keksdosen und Zigarrenkisten bewahrte Dumbine Nägel und Schrauben in allen Größen und Stärken auf. Dieses Sammelsurium wurde ergänzt von Metermaß, Draht, Schnüren, allerlei Farbtöpfen und sonstigem Kram. Ihren kostbarsten Schatz bewahrte Dumbine an einem ganz besonderen Platz auf: ihre Handbohrmaschine. Sie lag in ihrem Nachtkästchen. Mit diesem Gerät konnte sie Löcher in fast allen Größen bohren, und sie brauchte noch nicht einmal Strom dazu. Ihre Schätze hegte und pflegte Dumbine mit der größten Sorgfalt, so wie man das mit Dingen tut, die man gern hat. Sie liebte ihre Werkzeuge mehr als alle Puppen dieser Welt.

Außen an ihrer Zimmertür hatte Dumbine ein Schild angebracht, auf welchem "Ing. SABINE - Erfinderin" geschrieben stand. Ja, Dumbine hieß mit richtigem Namen Sabine. Aber jeder, außer Sabines Eltern, nannte sie Dumbine. Dazu muss man wissen, wie der Name entstanden ist. Dumbine, also Sabine, verbrachte ihre Freizeit lieber mit Burschen als mit Mädchen. Mit Mädchen konnte man einfach nichts Gescheites anfangen; mit Burschen schon. Auf Bäume klettern, Frösche fangen, Äpfel oder Nüsse stibitzen und vieles anderes mehr. Wenn man Sabine fragte, warum sie nicht mit Puppen spielen wolle, dann sagte sie ein lustiges Sprüchlein auf:

"Fideldum, fideldum, fideldum,
ich sag euch gleich, warum:
Viel schöner ist `s in meinem Reich,
wo Frösche schwimmen in dem Teich,
da kletter ich auf jeden Baum,
und Puppen gibt `s nicht mal im Traum,
die hauen mich nicht um;
fideldum, fideldum, fideldum!"

Und so bekam Sabine mit der Zeit den Namen Dumbine von den anderen Kindern verpasst. Das störte Sabine aber nicht im geringsten; im Gegenteil. Sie legte nur großen Wert darauf, dass Dumbine mit nur einem "m" zu schreiben und zu sagen sei; denn der Wortteil "dum" bei Dumbine bezog sich auf den Kinderreim und auf das Wort "fideldum"! Und zudem; dumm war Sabine keinesfalls. Das war übrigens auch die Meinung von Fräulein Federkiel, Dumbines Lehrerin. Sie meinte nur, dass Sabine zu wenig Interesse am Unterricht bekunde; intelligent sei sie allemal. Aber das könne sich durchaus noch ändern, besonders bei Mädchen...
Von ihrem Fenster aus konnte Dumbine in den Garten hinunter sehen und da-rüber hinaus, bis hin zum

See. Der Garten war, zu den Nachbar hin, durch einen hohen Drahtzaun abgegrenzt. Und diese Nachbarn waren Waldis Eltern, die unglücklicherweise mit Dumbines Eltern im Streit lebten. Genau genommen waren es ja nur die beiden Väter. Und das wegen eines alten Nussbaums, dessen knorrige Äste zum Teil in den Garten von Waldis Eltern hineinragten. Waldis Vater hatte schon des Öfteren damit gedroht die Äste einfach abzusägen; aber die vielen schönen Nüsse, die er auf diesem Weg jedes Jahr kostenlos ernten konnte, hielten ihn immer wieder davon ab. Die beiden Mütter kamen sehr gut miteinander aus. Sie kümmerten sich auch nicht weiter um die bei-den Streithähne. Es kostete sie maximal ein mitleidiges Lächeln, wenn sich die Herren der Schöpfung wieder einmal in der Wolle hatten. Die Frauen pflegten regelmäßig Kontakt, und das meistens bei einer Tasse Kaffee im Garten.

Waldi hatte vor wenigen Wochen eine Schwester bekommen. Sie war ein süßes Baby und hieß Susanne. Nicht jedoch bei Waldi. Er nannte sie "Heulsusi", was wohl auf den Umstand hinwies, dass die kleine Schwester diese Tätigkeit oft und gern ausübte. Da halfen auch nicht die erklärenden Worte der Mutter, warum das so sei, und dass er, in diesem Alter, keinen Deut weniger geweint habe. Waldi hielt an dem "Kosenamen" für Susanne fest und selbst Dumbine konnte daran nichts ändern. Es war ja nicht so, dass Waldi seine neue kleine Schwester nicht mochte. Schließlich war sie nett anzuschauen mit ihren kugelrunden Augen und die Glatze, na ja. Die Mutter war ja, Gott-sei-Dank, so gescheit und hat diesen Makel mit einer Wollhaube verborgen, die sie Susanne aufzog, bevor sie mit ihr das Haus verließ. Aber die Heulerei machte Waldi, trotz aller Sympathie für Susanne, sehr zu schaffen. Und wie auf Kommando, gerade in diesem Augenblick, fing die liebe Schwester wieder damit an. Sie war aufgewacht und wollte auf diesem Weg eine Mahlzeit bei ihrer Mutter bestellen. Und die Mutter reagierte prompt. Sie hatte, durch das offene Küchenfenster die "Bestellung" vernommen und eilte hinaus zu Susanne in den Garten, die in ihrem Kinderwagen lag und dessen vier Räder allesamt abmontiert waren...

In dem Wort Unglück steckt auch das Wörtchen Glück. Und Glück hatte Dumbine bei ihrer Fahrt in den See zweifellos. Der See war nicht vom Ufer aus sofort tief. Man konnte einige Meter weit hineingehen, bevor man den Grund unter den Füßen verlor. Vom "Hölzernen Pfeil" war nichts mehr zu sehen; wohl aber von Dumbine. Sie saß, nach wie vor, regungslos im Wasser. Waldi hatte sich in den See gestürzt um Dumbine zu retten.

"Halte durch, Dumbine", rief er ihr immer wieder zu, *"halte durch! Dein Retter naht!"* Und dabei hüpfte er durch das Wasser, dass es nur so spritzte.

"Verzage nicht, ich bin gleich bei dir! "Ich, Waldi, dein Retter!"
Das war Dumbine doch zu viel. Ihr Kopf flog herum. Er war von roter Farbe und die Augen hatten Normalgröße deutlich überschritten; sie quollen förmlich aus ihren Höhlen.

"Du Versager! Du Quatschkopf!", schrie sie, *"rede nicht so einen Mist!" Du Verbrecher"*, fuhr sie fort, *"was hast du mit dem "Hölzernen Pfeil" bloß angestellt?"*
Waldi, der völlig durchnässt war von seinem selbstlosen Versuch, Dumbine vor dem Ertrinkungstod zu retten, verstand die Welt nicht mehr. Er blieb wie er-starrt stehen, den Mund weit geöffnet. Träumte er oder war das die Wirklichkeit? Er hatte sein Leben eingesetzt um

Dumbine vor dem sicheren Ertrinkungstod zu erretten, und was machte sie? Sie beschimpfte ihn auf die übelste Weise. Sah so ihre Dankbarkeit aus?

"Du willst ein Chefmechaniker sein?", wütete Dumbine weiter, *"du bist höchstens ein Cheftrottel, eine Chefniete!"*

Waldi wollte etwas sagen kam aber nicht dazu.

"Du hättest den "Hölzernen Pfeil" genau durchchecken müssen, vor dem Start, das wäre deine Aufgabe als Chefmechaniker gewesen; und das hast du nicht gemacht. Dieser Unfall geht ganz allein auf dein Konto!"

Waldi, der zwar nicht wusste, was Dumbine mit dem Wort "durchchecken" meinte, wohl aber erahnte, hatte genug gehört. Dumbine wollte ihre Beschimpfungen weiter fortsetzen; aber Waldi war dieses Mal schneller. Er verehrte Dumbine wie keinen zweiten Menschen auf der Welt, ja, man kann sagen, er liebte sie sogar etwas, halt auf seine Art; aber das ging zu weit. Da half auch nicht die Tatsache, dass Dumbine in Aussicht gestellt hatte, Waldi irgendwann zum Ingenieur zu befördern. Die Schmerzgrenze Waldis war deutlich über-schritten und außerdem hatte Dumbine seine Ergebenheit und seine Hilfsbereitschaft mit Füßen getreten. Und zwar mit beiden.

"Was glaubst du eigentlich, wer du bist?", polterte Waldi los, *"wo wärst du ohne mich? Wer besorgt dir immer die Zutaten für deine Erfindungen? Woher ist, nur so zum Beispiel, das Holz für den "Hölzernen Pfeil? Und wer hat die Räder besorgt?"*

Waldi war noch längst nicht fertig mit seinem Vortag, aber das laute Plärren von Susanne ließ ihn innehalten.

"Um Gottes Willen, die Räder!", entfuhr es Waldi.

Waldi war leichenblass geworden. Die Räder für den "Hölzernen Pfeil" waren ja nur eine Leihgabe von Susannes Kinderwagen. Er hatte sie, wie immer, vom Kinderwagen abmontiert und am Rennwagen angebracht.

208

Früher, vor Susannes Geburt, war das ja problemlos; aber jetzt, wo der Kinderwagen wieder gebraucht wurde, musste Waldi eine günstige Gelegenheit abpassen um den Transfer durchzuführen. Eine Gelegenheit, wie heute, wo Susanne mit dem Kinderwagen im Garten stand und ihr tägliches Mittagschläfchen hielt, und das mit einem vollen Bauch und einer geleerter Windel. Beides waren die Garanten dafür, dass Susanne, über mehrere Stunden, tief und fest schlief. Nur heute nicht; ausgerechnet heute...

"Mach, dass du aus der Kiste kommst!", schrie Waldi und seine Stimme überschlug sich.

"Ich brauche sofort die Räder!"

Dumbine erkannte in Waldis Gesicht eine wilde Entschlossenheit, gepaart mit dem Ausdruck nackten Entsetzens. Sie zwängte sich, so schnell und so gut es eben ging, aus dem Unfallwagen und versuchten beide den "Hölzernen Pfeil" aus dem Wasser zu ziehen. Das ging jedoch nicht so einfach, denn die Räder hatten sich tief im schlammigen Boden des Sees eingegraben.

"Zieh, so zieh doch!", schrie Waldi, *"zieh!"*

"Was glaubst du, was ich mache?", schrie Dumbine zurück.

Und dann plötzlich gab es einen Ruck und das Wrack war aus dem Wasser. Herrje, das sah böse aus. Ein Rad fehlte ganz und die anderen drei waren, mehr oder weniger, verbogen.

"Das ist das Ende", dachte Waldi bei sich und er begann im Schlamm herum zu wühlen um das vierte Rad zu finden.

"Ewald, Ewald!"

Das war die Stimme von Waldis Mutter. Sie hatte Susanne schreien hören und war in den Garten hinaus geeilt um nach dem Rechten zu sehen. Was sie da zu

209

sehen bekam, stimmte sie nicht gerade freudig. Ein aufgebockter Kinderwagen ohne Räder und weit und breit kein Ewald, der auf die Schwester aufpassen sollte.

Waldi sah Dumbine an, welche das Rufen ebenfalls gehört hatte. Er konnte in ihrem Gesicht nur Ratlosigkeit erkennen; sonst nichts. Da war kein aufmunternder Blick, kein hoffnungsvolles Lächeln; einfach nur Ratlosigkeit. Enttäuschung machte sich bei Waldi breit. Er sah Dumbine an mit einem Blick, den diese nicht so schnell vergessen sollte. Er legte in diesen Blick alles hinein, was ihm in diesem Augenblick auf die Seele drückte:

"Du bist an allem schuld! Was jetzt kommt, das kannst du nie wieder gut machen! Ich will mit dir nichts mehr zu tun haben!"

Das alles sagte der Blick. Waldi wandte sich ab und dann rannte er in Richtung Garten, direkt in die Arme der wütenden Mutter. Die Mutter hatte Susanne aus dem Wagen gehoben um sie zu beruhigen. Als sie Waldi sah, der so schnell auf sie zu rannte, dass die Wassertropfen nur so von den Kleidern spritzten, verfinsterte sich ihr Blick.

"Was hast du denn gemacht?", fragte sie den Knaben, der, vor Nässe triefend, vor ihr stehen blieb, *"was ist denn passiert?"* Und dann kam die alles entscheidende Frage:

"Wo sind die Räder von Susannes Kinderwagen?"

In diesem Augenblick brach eine Welt für Waldi zusammen. *"So ist das also"*, dachte er sich, *"wenn man dem Nächsten hilft, das ist also der Dank."* Er hatte, in selbstloser Weise, seiner Freundin Dumbine in jeder noch so verzwickten Lage geholfen. Er hatte ihr immer alles besorgt, was sie für ihre Erfindungen benötigt hat. Und das war nicht immer einfach. Er hatte das wirklich ernst genommen mit der Nächstenliebe; ganz so, wie das

Fräulein Federkiel im Religionsunterricht erklärt hatte. Und wohin hatte ihn das gebracht?

"Ich warte!", unterbrach die Mutter Waldis Gedanken. Und dann begann Waldi eine umfassende Beichte abzulegen. Er tat dies unter heftigem Weinen, was ihm bisweilen die Worte im Hals stecken bleiben ließ. Durch einen dichten Tränenschleier sah er zur Mutter, deren finsterer Blick keine Veränderung-erkennen ließ und dann sah er zu seiner Schwester, und mit allergrößtem Entsetzen glaubte er zu erkennen, dass diese ein leichtes Grinsen aufgesetzt hatte. Und als er dann noch seinen Blick auf den jämmerlich daliegenden, räderlosen Kinderwagen richtete und als die Mutter mit sorgenvoller Miene sagte: *"Was wird wohl Vater dazu sagen?"*, brach Waldi innerlich zusammen...

Dumbine stand noch immer neben dem "Hölzernen Pfeil". Sie war am Boden zerstört und sie ließ das Geschehene noch einmal vor ihren Augen vorüber ziehen. Sie sah, wie der See auf sie zukam, wie sie an der Lenkschnur zog, und wie das Fahrzeug weiter geradeaus fuhr.

Sie erkannte, dass das eigentliche Verschulden an diesem Unfall schon in der Konstruktion zu finden war. Das heißt, der wirkliche Verursacher dieses Desasters war sie und nicht Waldi. Sie hätte, aus Gründen der Sicherheit, eine zweite Schnur in die Lenkung einbauen müssen. So wäre dieses folgenschwere Unglück nie passiert und Waldi befände sich jetzt nicht in dieser äußerst schwierigen Lage. Dumbine dachte daran, wie sie mit Waldi umgesprungen war. Die "feine englische Art" war das nicht gerade. Sie hatte ihn angebrüllt, ihn böse beschimpft, sie hatte ihm sogar die Qualifikation als Chefmechaniker abgesprochen, was für Waldi wohl das Schlimmste gewesen sein muss. Nun ja, sie stand unter Schock; aber wirklich entschuldigen kann das ihren Wutausbruch nicht. Und dann noch die Geschichte mit den Rädern. Waldis Vater war streng, ja sogar sehr streng. Die Vorstellung, was er wohl mit Waldi anstellen würde, erfüllte Dumbine mit großer Sorge und sie machte sich die größten Vorwürfe. Erst jetzt wurde ihr in vollem Umfang bewusst, wie kostbar und wie wertvoll für sie die Freundschaft mit Waldi war. Nicht nur wegen seines großen Organisationstalents, und nicht nur, weil auf ihn hundertprozentig Verlass war; nein, weil er immer zu ihr hielt, auch bei anderen Gelegenheiten, wie zum Beispiel in der Schule. Er deckte sie bei jedem Blödsinn, den sie machte, und das war nicht gerade wenig.

Die Gedanken, welche Dumbine in diesem Augenblick beschäftigten, lagen ihr schwer auf der Seele. Sie spürte einen eisernen Ring, der sich um ihre Brust legte und ihre Kehle wurde langsam zugeschnürt. Sie dachte noch einmal ganz fest an Waldi, den besten, nein, den allerbesten Chefmechaniker auf dieser Welt, und dann zog sie den ramponierten "Hölzernen Pfeil" hinter sich her nach Hause. Sie stellte ihn in den Schuppen, neben dem Haus. Dann ging sie sich umziehen und hängte die nassen Kleider zum Trocknen auf die Leine. Heute war ein warmer, sonniger Tag, und bis die Mutter am Abend heimkäme, wären ihre Sachen sicher schon längst getrocknet.

Dumbine lag schon längst in ihrem Bett, als es an der Haustür läutete. Es war Herr Dünnbaum, Waldis Vater, der Dumbines Vater sprechen wollte. Dumbine war aus ihrem Zimmer geschlichen, um die Unterhaltung der beiden Männer besser verstehen zu können. Über das "Thema" der "Unterhaltung" gab es ja keinerlei Zweifel. Dumbine hatte es tunlichst unterlassen ihren Eltern von dem nachmittäglichen Vorfall zu berichten. Und so war es auch nicht verwunderlich, dass es Dumbines Vater wie ein Blitz traf, als Waldis Vater loslegte:

"Ihre Tochter ist eine einzige Gefahr die ganze Menschheit", schrie er, *"sie gehört in einen Käfig gesperrt mit einem großen Vorhängeschloss und auf eine unbewohnten Insel ausgesetzt! Sie ist ein Albtraum, eine Unruhestifterin, eine Apokalypse und ihr Hirn ist eine Schlangengrube, in welcher abstruse und verrückte Ideen herumwirbeln wie giftige Nattern. Ihre Tochter..."*

Weiter kam Herr Dünnbaum nicht. Dumbines Vater hatte beide Hände um den Hals von Waldis Vater gelegt und dann schüttelte er den ,außer Rand und Band geratenen, Nachbarn wie einen reifen Zwetschgenbaum; nur dass von selbigem keine Zwetschgen fielen, wohl aber seine Brille. Dumbines Mutter bekam einen hysterischen Schreikrampf.

"Auseinander!", schrie sie, *"seid ihr von allen guten Geistern verlassen? Was ist denn in euch gefahren? Was, um alles in der Welt, ist denn passiert?"*

Dumbine, die zwar nicht alles verstanden hatte - die Worte "Apokalypse" und "abstrus" hatten sie im Deutschunterricht noch nicht gelernt - war begeistert. Sie hätte am liebsten in die Hände geklatscht. Die Nummer mit dem Zwetschgenbaum und der Auftritt der Mutter, das war spitzenmäßig. Das war ein Auftritt, so ganz nach ihrem Geschmack. Der Auslöser für diese Begegnung bremste jedoch schnell wieder ihre Euphorie.

"Das wissen Sie nicht?", fragte Herr Dünnbaum fassungslos Dumbines Mutter, und er sah sie dabei mit großen Augen an. Er litt, deutlich erkennbar, noch an Atemnot und die 'Würgemale an seinem Hals begannen sich schon leicht einzufärben. Und dann erzählte Herr Dünnbaum in gemäßigtem Ton – die Attacke von

Dumbines Vater hatten ihn schaumgebremst - von den Aktivitäten ihrer beider Kinder. Es machte ihm sichtlich großes Vergnügen den ahnungslosen Eltern die Augen zu öffnen und ihnen zu zeigen, was für ein Monster in ihrem Mauern weilte. Er verabsäumte auch nicht zu betonen, dass Dumbine in eine Erziehungsanstalt gehöre, da ihre Eltern offensichtlich nicht imstande wären, das Kind ordentlich zu erziehen. Dumbines Vater hatte zugehört und jedes der Worte traf ihn wie einen Keulenschlag. Waldis Vater bewegte sich bei seinen Ausführungen auf einem extrem schmalen Grad; aber Dumbines Vater war gebrochen und außerstande erneut die Hände um den Hals von Waldis Vater zu legen.

Dumbines Hände waren schweißnass und ihr Mund war wie aus-getrocknet. So hatte sie den Vater noch nie gesehen. Für ihn musste eine Welt eingestürzt sein, als er den Schilderungen von Waldis Vater ausgesetzt war, und auch die Mutter brach nicht gerade in Verzückung aus. Dumbine hörte Waldis Vater noch von Schadensersatzforderung für die Kinderwagenräder sprechen, dann schlich sie auf Zehenspitzen zurück in ihr Zimmer, kroch in ihr Bett und zog die Decke über ihren Kopf.

Die Unterhaltung der beiden Väter, wenn man das Geschrei überhaupt so nennen kann, ging bald zu Ende. Waldis Vater, welcher nach dem Würgegriff dem Untergang schon ganz nahe schien, hatte wie-der deutlich die Oberhand gewonnen. Als er, erhobenen Hauptes, das Haus verließ, ging er als Sieger. Dumbine, die nicht wusste, was die nächsten Minuten bringen würden, lag noch immer unter der Decke, und ihr Atem ging sehr schwer. Angst vor Schläge hatte sie keine; ihre Eltern hatten sie noch nie geschlagen. Aber irgendetwas musste ja geschehen. Als sie hörte, wie der Vater sagte. *"Jetzt ist Schluss mit der Bastlerei und dem ganzen Firlefanz!"*, wusste sie, was es geschlagen hatte. Das war schlimmer als richtige Schläge. Und dass der Vater ihre bisherigen, genialen Tätigkeiten einfach nur als "Firlefanz" abtat, das traf sie besonders schwer. Und seine zusätzliche Bemerkung, sie solle sich künftig mehr um die Schule kümmern, fand sie auch überzogen. Sie war zwar keine Musterschülerin; aber sie war bisher noch nie sitzen geblieben. Eines war jedoch für Dumbine sonnenklar: Sie würde äußerst traurigen Zeiten entgegen gehen...

Einige Zeit war vergangen und über den Vorfall mit dem "Hölzernen Pfeil" war inzwischen Gras gewachsen. Dumbine nahm sich mehr Zeit für die Schule und ihre Tätigkeit auf dem Gebiet der Forschung und der Erfindung nahm nur im kleinen, bescheidenen Teil ihrer Freizeit in Anspruch. Gerade einmal so viel, dass es die Schmerzgrenze des Vaters nicht überschritt. Dass sie überhaupt wieder auf diesem Gebiet tätig sein konnte, verdankte Dumbine der Mutter, die beim Vater fürgesprochen hatte und der Tatsache, dass der Notenspiegel in den schulischen Leistungen langsam, aber stetig nach oben stieg.

Dumbines Leidenschaft, die sie noch bis vor kurzem im Geheimen lebte, war inzwischen wieder an das Licht der Öffentlichkeit getreten. Sie hatte einige Ideen zu Papier gebracht und sie hatte auch schon mit Waldi darüber gesprochen. Die beiden waren zwischenzeitlich wieder versöhnt. Am Anfang ging Waldi ihr ja noch aus dem Weg; denn sein Vater hatte Waldi damals ordentlich verdroschen. Zum ersten Mal - so Waldis Schilderung - als er am Abend des schicksalhaften Tages die "Kinderwagenrädergeschichte" beichtete und ein zweites Mal, als der malträtierte, frisch Gewürgte von Dumbines Vater nach Hause kehrte. Diese Doppelration Prügel hatten die Liebe zu Dumbine nicht gerade neu entflammen lassen. Aber Dumbine hatte nicht locker gelassen. Immer, wenn Waldi sein liebes Schwesterlein Susanne mit dem neuen Kinderwagen spazieren fahren "durfte", hat ihn Dumbine begleitet. Das machte die Sache für Waldi etwas erträglicher. Der neue Kinderwagen war übrigens eine Gabe von Dumbines Eltern. Die beiden Mütter hatten auch wesentlichen Anteil daran, dass sich die Streithähne wieder grüßten. Sie brachten auch zuwege, dass die beiden an einem Tisch saßen, anlässlich eines sonntäglichen Grillnachmittags. Aber selbst da ergaben sich Reibepunkte. Es wollte jeder besser wissen, wie man am besten auf dem Griller Feuer macht, und was das Grillen an sich betrifft, da gingen die Meinungen total auseinander. Aber was soll `s? Freunde würden die beiden ja so wie so nie werden.

Wichtiger war da schon, dass Waldi und Dumbine wieder ein Herz und eine Seele waren. Und die Krönung der Versöhnung und der Erneuerung des freundschaftlichen Bundes war die Ernennung von Waldi vom Chefmechaniker zum Ingenieur. Dumbine hatte sich zuvor noch schnell zur Oberingenieurin befördert. Ein kleiner Unterschied musste ja schließlich sein.

Eine Idee war besonders toll und diese ließ Dumbine auch nicht wieder los: der Bau eines Flugapparates. Sogar ein Name war dafür schon vorhanden: "Der fliegende Pfeil".
Waldi war sofort von der Idee begeistert, hatte jedoch Bedenken, ob es mit der Umsetzung klappen würde. Das Flugzeug war zwar schon längst erfunden worden; aber eines, das ohne Benzin fliegen konnte, das gab es noch nicht. Und genau ein solches Fluggerät wollten die beiden bauen, Oberingenieurin Dumbine und ihr Assistent, Ingenieur Waldi.

Dumbine verbrachte den größten Teil ihrer Freizeit mit der Planung des Flugzeugs und dem Zeichnen der Baupläne. Ihr Zimmer glich einem Konstruktionszimmer der weltberühmten Flugzeugbauerfirma "Himmelsstürmer & Söhne". An der noch freien Wand ihres Zimmers hatte Dumbine Zeichnungen aufgehängt, welche den "Fliegenden Pfeil" von allen Seiten zeigte: von der Seite, von oben, von unten, im Ganzen und auch in Teilzeichnungen. Die Form des Flugapparates glich den schon bekannten Flugmodellen, wie man sie täglich sehen kann; nur der Antrieb, das war die große Neuerung und auch das Rettungssystem. Beides war sensationell und strengstens geheim.

Waldi, das Multiorganisationstalent, war schon die ganze Zeit über wieder äußerst fleißig gewesen. Er hatte Unmengen Holz besorgt, denn Holz war der Hauptbestandteil der Konstruktion. Er ging jeden Tag auf den Müllplatz, wo er das eine oder andere, verwertbare Teil zu finden hoffte. Ein paar Dinge hatte er schon zusammengetragen, unter anderem auch ein altes Herrenfahrrad. Das war wohl der bisher wertvollste Fund. Schritt um Schritt gingen die bei-den nun daran den "Fliegenden Pfeil" zusammen zu bauen.

Die Ferien waren schon angebrochen und Cousine Barbara sollte am Samstag mit ihren Eltern zu Besuch kommen. Die Eltern wollten bis Sonntag bleiben, Barbara jedoch bis Ferienende. Dumbine freute sich schon sehr auf ihre Cousine. Die beiden Mädchen verstanden sich sehr gut und sie hatten schon so manches Abenteuer zusammen erlebt. Barbara war ein Mädchen, mit dem man Pferde stehlen konnte. Auch Waldi mochte sie gut leiden und so war es auch nicht weiter erstaunlich, dass die drei den größten Teil der Ferien gemeinsam verbrachten.

217

Barbaras Eltern hatten einen wunderschönen Papagei. Er hieß Napoleon und er konnte sogar sprechen. Er plapperte zwar immer nur dasselbe; aber man muss je jedes Mal wieder darüber lachen. Sein Standartsatz laute-te: "Napoleon, Mama, Papa, Liebling, Holzkopf, Mist-vieh - Amen!" Die letzen drei Worte hatte ihm Barbara beigebracht. Die ersten vier waren das Ergebnis vieler Stunden, in denen Barbaras Mutter sich bemüht hatte dem Vogel etwas "Gescheites" beizubringen. Napoleon war von Haus aus ein äußerst faules Wesen. Von allein hatte der noch nie etwas gesagt. Man musste ihn immer erst anschubsen, damit er etwas sagte. Da genügte aller-dings schon eines der magischen sieben Worte, und schon plapperte er munter drauf los. Ansonsten saß Napoleon in seinem Käfig und hielt seinen Kopf unter einem seiner Flügel versteckt. Weil niemand da war, der den Vogel in ihrer Abwesenheit hätte füttern können, nahmen ihn Barbaras Eltern überall mit hin. Und so war Napoleon auch mit von der Partie, als Barbaras Eltern am Wochenende kamen.

Dumbine freute sich, Napoleon wieder einmal zu sehen und sie ging auch so-fort daran das Sprachgenie zu testen, was jedoch ohne Erfolg blieb. Entweder war Napoleon zu erschöpft von der langen Autofahrt oder er hatte ganz ein-fach keine Lust. So sehr sich Dumbine und auch Barbara bemühten, der Vogel sagte kein einzi-ges Wort.

"Komm mit, Babsi!", sagte Dumbine, *"wir holen Waldi ab und gehen dann hinunter zum See."*

Barbaras Eltern hatten auf der Terrasse Platz genom-men und warteten auf den Kaffee, der sich, wohl duf-tend aus der Küche, verheißungsvoll ankündigte. Der frisch gebackene Kuchen stand bereits auf dem Tisch.

Waldi und Barbara begrüßten sich überschwänglich. Sie umarmten sich wie ein altes Liebespaar und sie hüpften dabei herum, als hätte sie eine ganze Kompanie Flöhe gebissen.

"Du bist noch viel schöner als beim letzten Mal, liebe Babsi!", sülzte Waldi und während er solches sagte, verfärbten sich die Ränder seiner Ohren dunkelrot. Waldi konnte jetzt, im Nachhinein, gar nicht fassen, wie ihm diese Worte über die Lippen gerutscht waren. Aber nun war es zu spät; gesagt war nun einmal gesagt. Gottlob war Barbara nicht böse darüber; im Gegenteil. Sie quittierte das liebevolle Kompliment des jungen Kavaliers mit einem zärtlichen Blick und einem Lächeln. Dumbine, die für solchen Schnickschnack nichts übrig hatte, war schon zum See voraus geeilt. Babsi hatte Waldis Hand ergriffen und dann rannten sie, juchzend und laut lachend, ebenfalls zum See hinunter, wo Dumbine schon voller Ungeduld auf sie wartete.

Am Abend hatte Dumbines Vater den Holzkohlengrill angezündet. Sie wollten Würstchen und Schweinebauch grillen. Für die, die weniger Deftiges wollten, gab es Hühnerkeulen. Die Mutter hatte eine Bowle angesetzt von frischen Erdbeeren und sie war auch zu Waldis Eltern hinüber gegangen um diese einzuladen. Waldis Mutter sagte spontan zu, der Vater lehnte jedoch dankend ab. Er meinte, er sei zu müde und er wolle zeitig zu Bett gehen. Außerdem müsse ja auch jemand auf Susanne aufpassen. Es war natürlich völlig klar, dass das eine faule Ausrede war. In Wirklichkeit wollte der alte Sturschädel nur nicht mit Dumbines Vater an einem Tisch sitzen. Dumbines Vater, der dieses inbrünstig erhofft hatte, setzte ein kleines, aber feines Lächeln der Genugtuung auf. Es ist sehr stimmungsvoll und einfach schön, wenn Holzkohlen auf dem Grill glühen, und wenn diese mit einem lauten Krachen auseinanderplatzen, dass die Funken nur so fliegen. Und ein Würstchen oder ein Stück Fleisch, so etwas schmeckt einfach besser vom Grill als aus der Pfanne oder aus dem Topf. Und dann kommt noch die unverwechselbare Stimmung, wenn man draußen sitzt, wenn die Nacht die Kulisse bestimmt und wenn man beim Grillen das Grillen der Grillen hört. Holla, das ist ja das reinste Grillfest...

Die Kinder bekamen ebenfalls von der guten Erdbeerbowle. Ihre wurde jedoch mit Mineralwasser gestreckt, damit ihnen der Alkohol keinen Streich spielen konnte. Schmecken tat sie aber dennoch und sie fand bei den Kindern regen Zuspruch. Es war wirklich ein wunderschöner Abend. Es war einer von denen, der einen für die Dauer des Abends vergessen lässt, dass man den einen oder anderen unerfüllten Wunsch hat oder dass es irgendein Problem gibt, das auf Lösung wartet. Solche Abende gibt es leider viel zu wenige...

Die Kinder saßen noch draußen, als die Erwachsenen schon ins Hausinnere gegangen waren, weil ihnen kühl geworden war. Dumbine und Waldi erzählten Barbara von ihrem kühnen Plan ein Flugzeug zu bauen. Barbara hörte gespannt zu, und man konnte in diesem Augenblick nicht sagen, was stärker glühte: die Holzkohlen auf dem Grill oder die Wangen von den drei Freunden vor lauter Aufregung und Begeisterung...

"Heute machen wir ein Experiment!"
Mit diesen Worten begrüßte Dumbine ihren Mitkonstrukteur Waldi, der gleich nach dem Frühstück zu den beiden Mädels herüber gekommen war.

"Was soll denn das für ein Experiment sein?", fragte Waldi.

"Wir wollen das Verhalten der Spezies <Tier> unter Alkoholeinfluss testen", antwortete Dumbine.

"Schadet das dem Tier auch nicht?", äußerte Barbara zaghaft ihre leichten Bedenken. Es ging ja doch um ein Familienmitglied, denn der Proband sollte kein anders Tier sein, als Napoleon.

"Keineswegs", beruhigte Dumbine die Cousine, *"wir nehmen ja keinen reinen Alkohol; das wäre viel zu gefährlich. Wir nehmen Eierlikör, der enthält sogar wichtige Nährstoffe und ist überdies sehr gesund. Du siehst, wir wollen nur sein Bestes".*

Mit diesen Worten wollte Dumbine auch die letzten Bedenken ausräumen und aus Gründen der Sicherheit legte sie noch einen oben drauf: *"Vielleicht können wir Napoleon, unter dem entspannenden Einfluss von gesundem Alkohol, noch ein paar neue Worte beibringen."*

Das war genug an Überzeugungsarbeit. Barbara nickte zustimmend und Waldi hatte sich so wie so aus dieser Diskussion heraus gehalten. Er wollte sich nicht zwischen die beiden Frauen stellen und außerdem wusste er nur zu genau, dass er Dumbines Wortkunst hoffnungslos unterlegen war. Das hatte er schon oft genug erleben dürfen.

Dumbine hatte aus dem Barschrank ihres Vaters die Flasche mit dem Eierlikör geholt und Napoleon saß in seinem Käfig und ahnte nicht, was auf ihn zukommen würde. Dumbine füllte den Deckel einer Bonbondose randvoll mit dem gelben Saft und stellte ihn Napoleon in den Käfig. Die drei Wissenschaftler standen in erwartungsvoller Angespanntheit davor und harrten der Dinge, die da kommen sollten. Aber es passierte nichts; absolut gar nichts...

Napoleon hockte nach guten zehn Minuten noch immer auf seiner Stange und machte keinerlei Anstalten den angestrebten Test durchzuführen. Die drei Freunde wollten schon aufgeben, als Bewegung in die Sache kam. Napoleon wurde unruhig. Der wohlfeile Duft des köstlichen Getränks musste inzwischen in die Höhe gestiegen sein um sich allmählich Napoleons Nase zu nähern. Er hob den Kopf, drehte ihn erst nach rechts, und dann nach links, streckte ihn nach oben, dann nach unten, und dann hatte er die gelbe Flüssigkeit entdeckt. Er stieg von seiner Stange herab und tauchte seinen krummen Schnabel vor-sichtig in den Eierlikör ein. Er nahm erst eine kleine Portion zum Probieren, überzeugte sich von dem Wohlgeschmack des Getränks, um dann, in haltlosem Gehabe, den ganzen Bonbondeckel auf einen Sitz leer zu schlabbern.

Die Wissenschaftler waren fassungslos. Dass der Zuspruch Napoleons so groß sein würde, hatten sie nicht erwartet. Aber jetzt hieß es den zweiten Teil der Studie voran zu treiben. Sie animierten den Vogel neue Worte nachzusprechen, was dieser einfach nicht machen wollte. Selbst die alten, ihm wohl vertrauten Worte kamen ihm nicht über den Schnabel. Napoleon hatte den Kopf unter seinen Flügel gesteckt und saß regungslos auf der Stange.

"Liebe Kollegen, das Experiment ist misslungen!", stellte Dumbine lapidar fest. *"Entweder die Menge Alkohol war zu wenig oder wir haben die falsche Sorte genommen. Morgen wiederholen wir das Experiment mit einem Zwetschkenbrand!"*

Mit diesem Vorschlag war man allgemein einverstanden, weil ja ein "Zwetschkerner" zum einen reine Natur war und zum anderen auch wesentlich stärker als so ein Eierlikör. Barbara brachte den Probanden zurück ins Wohnzimmer und dann ging sie mit Dumbine und Waldi hinaus in den Garten, wo sie die Zeit bis zum Mittagessen mit Spielen verbringen wollten.

"Kinder, essen kommen!" Das war Dumbines Mutter. Die drei gingen hinein und Waldi verabschiedete sich von

222

Barbaras Eltern, die nach dem Mittagessen die Heimreise antreten wollten.

Die Erwachsenen saßen schon alle am Tisch, als die Kinder ins Wohnzimmer eintraten. Genau in diesem Augenblick erklang ein Krächzen, das einem durch Mark und Bein ging. Es kam eindeutig von Napoleon. Er saß in seinem Käfig, wiegte seinen Körper hin und her, wobei er den Kopf völlig schief hielt. Seine Augen waren feuerrot, was nicht der sonst üblichen Augenfarbe entsprach. Und dann war es wieder zu hören, dieses fürchterliche Krächzen. So etwas hatte Napoleon in seinem ganzen Leben noch nicht gemacht. Und dann geschah das Unfassbare: Napoleon sprach.

Er sprach von ganz alleine. Er sprach und sprach und er wollte gar nicht mehr aufhören. Barbaras Mutter bewegte sich am Rande einer Ohnmacht und der Mund von Barbaras Vater stand sperrangelweit offen. Das lag vermutlich an Napoleons gesprochenem Text:

"Papa Holzkopf, Barbara Liebling, Napoleon Liebling, Mama Mistvieh, Amen!" und wieder und immer wieder:

"Papa Holzkopf, Barbara Liebling, Napoleon Liebling, Mama Mistvieh, Amen!"

Dumbines Eltern hörten voll Erstaunen zu und die drei Wissenschaftler hüpften vor lauter Begeisterung wild herum. Das Experiment hatte funktioniert, wenn auch mit Verspätung.

"Das Vieh ist total übergeschnappt!", entfuhr es der aufgewühlten Mutter von Barbara.

"Nein, nein", versuchte der Vater abzuschwächen, *"das Tier ist krank, es hat eine dicke Eiterkruste um den Schnabel!"*

Er konnte ja nicht wissen, dass der vermeintliche Eiter in Wirklichkeit die Restspur des napoleonischen Alkoholexzesses war. Dumbine erkannte die drohende Gefahr, die auf sie zukommen würde, wenn das Tier in die fachkundigen Hände eines Tierarztes käme. Dieser würde unweigerlich den wahren Sachverhalt aufdecken und dann stünde es schlecht um das Wohlbefinden der drei Forscher. Denn dass die Erwachsenen das nötige Verständnis für ihre Aktion aufbringen würden, war zumindest höchst fraglich.

"Das ist eindeutig die Hitze!", sprudelte es aus Dumbine heraus, *"ganz eindeutig die Hitze! Der Papagei von Fräulein Federkiel hat genau die gleichen Symptome gehabt wie Napoleon. Da hilft nur kaltes Wasser; viel kaltes Wasser!"*

Dann nahm Dumbine den überfröhlichen Vogel aus seinem Käfig heraus und eilte mit ihm aus dem Zimmer. Dass das Fräulein Federkiel gar keinen Papagei hat, das wussten nur die Kinder. Einen Vogel hat sie wohl, die alte Schachtel, aber keinen aus Fleisch und Blut.

"Wir müssen Napoleon unbedingt herunter kühlen", dachte sich Dumbine und kalter Angstschweiß benetzte ihre Stirn. Dumbines Mutter leistete in diesem Moment unbewusst Schützenhilfe für die Tochter, indem sie Barbaras Eltern mit den Worten: *"Dumbine macht sicher das Richtige; sie ist ja sehr tierlieb!"*, zu beruhigen versuchte. Ob das, was nun folgte, für den armen Napoleon so unbedingt richtig war, weiß niemand; geholfen hat es allemal.

Dumbine war mit Napoleon zum See gerannt, wo sie das arme Tier immer wieder unter Wasser tauchte. Sie ließ ihn dazwischen kurz Luft holen, aber nie lang genug, dass dieser sich hätte beschweren können. Diese Rosskur verabreichte Dumbine dem armen Alkoholopfer so lange, bis dieser keinen Ton mehr von sich gab. Napoleon schluckte bei dieser Prozedur eine mehrfache Menge Wasser von der davor konsumierten Menge Eierlikör. Hatte er am Anfang der Ausnüchterung noch mit lautem Krächzen protestiert, so gab er sich jetzt gottergeben seinem Schicksal.

Dumbine setzte Napoleon auf seine Stange. Mein Gott, was hatte sie aus dem einst so stolzen Vogel gemacht? Ein vor Nässe triefendes und schlotterndes Etwas, welches ein Bild des Jammers abgab. Napoleons Gefieder stellte sich auf wie die Haare eines überalterten Straßenbesens. Armer, armer Napoleon.

Der einst so fröhliche Vogel hat von Stunde an nie mehr gesprochen. Und immer, wenn eines der Kinder auch nur in seine Nähe kam, fing Napoleon laut an zu krächzen und er schlug mit seinen Flügele wild um sich. Und kein Mensch verstand, warum das Tier so heftig auf Kinder reagierte...

Das Grundgestell des "Fliegenden Pfeils" bestand zum größten Teil aus dem ausgeschlachteten "Hölzernen Pfeil", welcher jetzt die Pilotenkanzel bildete. Dumbine vertrat die Ansicht, man solle zunächst einmal ein Fluggerät für eine Person bauen. Sollten die Testflüge erfolgreich verlaufen, so wolle man dazu übergehen eine mehrsitzige Maschine zu konstruieren. Diese Argumentation überzeugte Waldi total und außerdem bewunderte er Dumbine, dass sie sein Leben nicht gefährden wollte, indem sie selbst die Testflüge durchführen würde. Ja, seine Dumbine war von edler Gesinnung und ihre Gedanken waren von vollkommener Reinheit durchwoben...

Das vierte Rad des "Hölzernen Pfeils" hatten sie damals, trotz intensiver Suche im Schlamm, nicht mehr gefunden. Das störte jedoch nicht, denn für ein Flugzeug genügten drei Räder allemal. Zwei vorne und eines hinten. Die Pilotenkanzel, also der alte "Hölzerne Pfeil" wurde mit Brettern nach hinten verlängert, welche spitz zuliefen. So entstand die Form einer Zigarre, eine „Havanna auf drei Rädern" quasi. Die drei Freunde bastelten unermüdlich an ihrem Projekt. Oberingenieur

Dumbine war mehr das leitende und überwachende Mitglied der Projektgruppe "Fliegender Pfeil", Ingenieur Waldi bildete die Arbeitskolonne und Cousine Babsi war der Magazinverwalter. Sie ging Waldi zur Hand, reichte ihm das Werkzeug, hielt die Bretter beim Zuschneiden und außerdem war sie verantwortlich, dass am Abend, wenn sie mit der Arbeit fertig waren, alles aufgeräumt wurde und dass alles sauber war.

Babsi erledigte ihre Arbeit ohne jedwedes Murren und sie empfand es auch nicht als ungerecht, dass sie die Drecksarbeit allein machen musste. Nein, sie machte das gern und außerdem war es ja auch für Waldi, den sie in ihrem Herzen eingenistet hatte, und von dem sie wusste, dass sie ihm auch nicht ganz gleichgültig war.

Waldi kämpfte oft mit sich, ob er nicht doch der lieben Babsi bei ihrer abendlichen Aufräumarbeit helfen sollte; aber das ging ja nicht. Er war schließlich Ingenieur und kein Hilfsarbeiter. Und außerdem sind solche Arbeiten doch wohl eher Frauensache und nicht Männersache.

Waldi war einfach ein Genie. Er hatte die Spürnase eines Polizeihundes, wenn es darum ging, ganz spezielle Dinge aufzutreiben. Und so war es auch nicht weiter verwunderlich, dass er eines Tages mit zwei großen, alten Ventilatoren-kästen auftauchte. Das Eiscafé "Schleckato" in der Stadt wurde gerade umgebaut und im Zuge dessen wurde auch die Belüftung neu hergerichtet. Auf diese Weise kam Waldi zu den beiden Kästen und bewahrte sie so vor dem Müll. Die Kosten sparende Entsorgung war dem Besitzer des Eiscafés außerdem noch eine große Portion Eis wert.

Als die beiden Mädchen Waldis Mitbringsel sahen, fragten sie ihn ganz erstaunt, was er mit diesem Zeugs wolle. Ein Flugzeug brauche schließlich keine Lüftungs-

226

anlage, denn die hätte es automatisch, sobald es sich in der Luft befände. Waldi sagte nichts. Er schüttelte nur seinen Kopf und nahm dann das Fliegengitter ab, welches über das Loch gezogen war.

"Wusch!", sagte Dumbine und Babsi steuerte ein *"Suuuper!"* bei, um ihr Er-staunen zu dokumentieren, denn beide erkannten in diesem Augenblick einmal mehr Waldis Genie.

"Ein Propeller, ein richtiger Propeller!", rief Dumbine total begeistert aus.

"Nein, zwei Propeller!", entgegnete Waldi, *"denn in jeder dieser zwei Kisten ist so ein Ding drin."*

Mit "Ding" meinte Waldi die beiden Ventilatoren, die ja durchaus eine gewisse Ähnlichkeit mit einem Flugzeugpropeller hatten. Waldi strahlte mit stolzgeschwellter Brust, denn er hatte mit einem Schlag ein Problem gelöst, das noch vor kurzem unlösbar schien. Denn das nötige Geld für richtige Propeller hätten sie niemals zusammen bekommen; selbst dann nicht, wenn alle drei ihr gesamtes Taschengeld für die Restjugendzeit auf einmal ausbezahlt bekommen hätten. Ingenieur Ewald wurde von den restlichen Mitgliedern der "Fliegenden Pfeil" - Konstruktionsgruppe zu seinem genialen Coup beglückwünscht und das genoss er sehr…

Draußen goss es in Strömen. Das schlechte Wetter hielt nun schon einige Tage an, und weil unsere drei Konstrukteure nur im Freien arbeiten konnten, mussten sie ihre Tätigkeit für unbestimmte Zeit unterbrechen. So gerne sie auch an ihrer Flugmaschine weiter gebaut hätten, so willkommen war ihnen auch die-se kleine Unterbrechung. Außerdem hatte Dumbines Vater versprochen mit ihnen ins Kino zu gehen und hinterher noch auf ein Eis in das inzwischen fertig renovierte Eiscafé „Schleckato". Sie hatten mit Waldi ausgemacht, dass er zu ihnen kommen solle, um dann gemeinsam mit Dumbines Vater in die Stadt zu fahren.

Dumbines nimmermüdes Hirn hatte eine Idee, wie man Waldi einen kleinen Streich spielen könnte. Babsi, die anfänglich dagegen war, wurde von ihr kurzerhand zur Mithilfe überredet.

Über Dumbines Zimmertür war innen ein lackiertes Brett angebracht, auf welchem kleine Teller standen, die in bunten Farben irgendwelche Städte dar-stellten. Dumbine hatte sie über viele Jahre gesammelt. Wann immer sie mit ihren Eltern in Urlaub war, durfte sie sich einen solchen hübschen Teller als Souvenir kaufen. Dieses Hobby hatte sie schon lange abgelegt; die Teller aber gab es immer noch. Und weil Platz Mangelware war in ihrem Zimmer, hatte sie die Idee mit dem Holzbord über der Tür.

Auf dieses Bord, von welchem Dumbine und Babsi die Teller herunter genommen hatten, stellte Dumbine jetzt die runde Schüssel aus Plastik, in welcher die Mutter sonst den Salat wusch. Diese verband sie – mittels einer Schnur – mit der Türklinke ihres Zimmers. Die Plastikschüssel hatte sie zuvor halb mit Wasser angefüllt, damit diese nicht zu schwer wäre. Das hätte sonst den Vorgang des Kippens eventuell gefährdet. Nun ist das ja nicht unbedingt der große Knaller. Dumbine hatte aber noch ein Trumpfass im Ärmel. Sie nannte dieses „Schreck in Serie".

Zu diesem Zweck hatte sie einen Luftballon bis kurz vor dem Zerplatzen aufgeblasen und sein dickes Ende mit Kleber, auf der Unterseite des Holzbords, angeheftet. Das Ende der Schnur, mit welchem der Luftballon zugebunden war, spannte sie hinunter zur Türklinke. Auf das obere Eck der Tür hatte sie einen Reisnagel geklebt. Die Kunst bestand nun darin, die Spannung der

Schnur – zwischen Luftballon und Türklinke - so zu dosieren, dass der Reisnagel den Ballon zwar berührte, aber nicht zum Platzen brachte.

Dieser Vorgang sollte durch das Öffnen der Tür ausgelöst werden. Und erst danach sollte der Kippvorgang der Plastikschüssel einsetzen. Das einzige Problem sah Dumbine darin, dass kein Probelauf gestartet werden konnte. Das bedeutete, dass das Gelingen nicht wirklich absehbar war. Aber die Ungewissheit ist nun mal ein wesentlicher Bestandteil solcher Vorhaben und sie übt ja auch einen gewissen Reiz aus.

Nun saßen sie da, die beiden „Attentäter" und ihr Herzen schlugen hinauf bis zum Hals. Sie saßen auf Dumbines Bett, mit angespannter Mine, und harrten der Dinge, die da kommen sollten. Dumbines Eltern waren beide außer Haus; denn sonst hätte die ganze Sache ja nicht stattfinden können. Die Haustür war nur angelehnt, um den erwarteten Besucher zu animieren, das Haus unaufgefordert zu betreten. So war der Plan und so sollte er auch funktionieren. Und tatsächlich; in diesem Augenblick hörte man von unten herauf ein zaghaftes Klopfen und kurz darauf wurde die Haustür geöffnet.

Teil eins des Planes hatte schon einmal geklappt. Es dauerte auch nicht lange und die Tritte auf der Treppe – hinauf in Richtung Dumbines Zimmer – verhießen den totalen Erfolg. Dumbine und Babsi hielten sich die Hände vor den Mund, um nicht durch lautes Lachen alles zu verraten. Sie starrten gebannt in Richtung Türklinke, die sich in diesem Augenblick langsam, ja fast zaghaft, nach unten bewegte. Sie konnten es nur hören, aber nicht sehen. Zum einen, weil es schon Abend war und zum anderen, weil sie das Licht ausgeschaltet hatten, um die Wirkung noch zu verstärken. Es herrschte völlige Stille. Nur das leise Quietschen der Türklinke war zu hören…

Und dann kam der große, laute Knall! Der Luftballon war zerplatzt und jetzt überschlugen sich die Ereignisse.

Die Tür ging weiter auf und in den Entsetzensschrei von Waldi drang das Platschen des Wassers, welches aus der gekippten Plastikschüssel gestürzt war. Oder war es gar umgekehrt? Das ist im Nachhinein nur schwer rekonstruierbar, weil ja nicht nur das Opfer wild schrie und herumfuchtelte, sondern auch die beiden Täter. Diese waren nämlich genau so erschrocken.

Was nun folgte, war ein schallendes Lachen der beiden Mädchen, welches ihnen jedoch im Hals stecken blieb, nachdem Babsi den Lichtschalter betätigt hatte...

Vor ihnen stand, nass wie ein begossener Pudel, das Opfer des gelungenen Attentats. Und das war weder männlichen Geschlechts, noch hieß es Ewald!
Das nasse Etwas, welches schlotternd und schluchzend vor ihnen stand, die Plastikschüssel auf dem Kopf tragend wie der Herr Feuerwehrkommandant Lämmerwein seinen silbernen Helm, war weiblich, um einiges größer und älter als Ewald und hieß Margarete. Genauer gesagt: Margarete Federkiel, Lehrerin an der hiesigen Schule…

„Du großer Gott, du Allmächtiger, Herr im Himmel! Was hatten sie getan…"
Das liebe Fräulein Federkiel, die liebe, gütige, für alles Verständnis habende, gute Seele stand nun vor ihnen, pitschnass, einer Ohnmacht nahe und von, gar nicht enden wollenden, Weinkrämpfen heftig gebeutelt. Das wollten sie nicht. Ewald sollte das Opfer sein und nicht das Fräulein Federkiel; sie auf gar keinen Fall. Aber wieso stand sie jetzt vor ihnen und nicht Waldi? Wo war

Waldi und was wollte Fräulein Federkeil überhaupt von ihnen? Fragen über Fragen; aber keine Antworten.

Das Fräulein Federkiel hatte sich zwischenzeitlich etwas beruhigt und ihre Kontenance einigermaßen wieder erlangt. Sie löste sich aus ihrer starren Haltung und rannte, mit weit geöffneten Armen, auf Dumbines Mutter zu, die gerade nach Hause gekommen und die Treppen herauf gestürmt war, angelockt von dem lautstarken Spektakulum.

„*Oh, diese Kinder!*", rief sie der Mutter zu, „*was haben sie mit mir gemacht? Ich sterbe, mein Gott, ich sterbe!*" Und wieder befiel sie ein heftiger Wein-krampf, sodass ihr das Weitersprechen fast unmöglich war. „*Das überlebe ich nicht! Ich bin am Ende…*"

„*So beruhigen Sie sich doch erst einmal, Fräulein Federkiel!*", versuchte Dumbines Mutter die arme Seele zu beruhigen und dabei drückt sie die schmächtige Lehrerin fest an ihre Brust und strich ihr mit guter Wirkung liebevoll über das Haar.

„*Sie kommen jetzt mit mir hinunter in die Küche und da koche ich Ihnen einen Baldriantee zur Beruhigung. Sie werden sehen; alles wird wieder gut!*" Und dann führte sie das völlig aufgewühlte Fräulein, das sich an die Mutter klammerte, wie ein kleines Äffchen, die Treppe hinunter, in die Küche.

Dumbine und Barbara war das Lachen längst vergangen. Sie standen, wie vom Blitz getroffen, im Zimmer und starrten auf die Spuren ihrer Untat. Der kleine Teppich, vor Dumbines Bett, war nass, der zerfetzte Luftballon hing vom Holzbord herab und die Plastikschüssel lag auf dem Boden. Und am Boden zerstört waren auch die beiden Mädchen. Das hatten sie wirklich nicht gewollt; mit so etwas war auch nicht zu rechnen. Sie hatten alles wohl durchdacht. So glaubten sie zumindest.

Ewald hätte zwar zunächst geschimpft; dann aber sicher mit ihnen gelacht. Denn ein Spielverderber war Ewald nicht. Und außer-dem macht er schon auch mal gern einen Unfug. Zugegeben, bestimmt nicht so weit reichend wie Dumbine; aber doch. Und von den Eltern ging auch keine Gefahr aus, denn die waren ja außer Haus. Und zudem kam die Mutter eher nicht in Dumbines Zimmer. Sie läutete, mittels Dumbines „Hausanlage" oder sie rief nach Dumbine, wenn sie etwas von ihr wollte. Aber wer konnte schon damit rechnen, dass ausgerechnet Fräulein Federkiel zu Besuch kommen würde. Natürlich kam sie auch schon einmal zu Besuch; aber nie ohne sich vorher anzumelden.

Was heute vorgefallen war, passte Dumbine überhaupt nicht. Fräulein Federkiel war mit Abstand die letzte Person, dir für ein solches Attentat in Frage gekommen wäre. Nicht dass sie fehlerfrei wäre, wer ist das schon. Aber die Schüler haben sie viel zu gern, um irgendeinen Schabernack mit ihr zu treiben. Und Dumbine mochte sie auch. Aber geschehen ist nun einmal geschehen und der Himmel weiß, was daraus werden soll…

„*Ist das sauber genug?*", fragte Dumbine ihre Cousine Babsi, die sich heftig bemühte das Bücherregal ordentlich abzustauben. Dumbine fragte deshalb, weil sie schon geraume Zeit mit einem Fensterleder die Fensterscheibe bearbeitete und dieses einfach nicht richtig schön werden wollte. Das war einfach nicht Dumbines Welt und entsprechend schwer tat sie sich damit.

„*Ich denke schon, dass es genug ist*", antwortete Babsi „*und von der Staubwischerei habe ich jetzt auch genug.*"

Dumbine und Babsi hatten Stubenarrest seit jenem unglücklichen Vorkommnis mit dem Fräulein Federkiel. Die Strafe war recht glimpflich ausgefallen, ge-messen an der Schwere ihres Vergehens. Viel schlimmer war die

232

Tatsache, dass die geplante Fahrt in die Stadt, mit Kino-
besuch und anschließendem Eis essen, ausfiel. Zumindest für Dumbine und Babsi; denn der Vater ist trotzdem gefahren. Er hat Dumbines Mutter mitgenommen.
Die wollte zwar anfänglich nicht so recht, hat aber
schließlich dem Bitten des Vaters nachgegeben. Den
beiden Mädchen trug er vorher auf, ihr Zimmer gründlich zu putzen und aufzuräumen.

Das Rätsel, warum das Fräulein Federkiel gekommen
war und nicht Waldi, hatte sich inzwischen auch geklärt.
Ewald war mit seinem Vater in die Stadt ge-fahren und
erst spät zurückgekommen. Und Dumbines Lehrerin
war nur vorbei gekommen, um Dumbine das Rollenheft
zu bringen, damit diese schon mit dem Lernen anfangen
konnte. Dumbine hatte nämlich eine wichtige Rolle in
dem Theaterstück zu spielen, welches die Schule – anlässlich der Pensionierung des Herrn Schuldirektors –
aufführen wollte. Die dafür bestellten Rollenhefte waren späterer gekommen, als Fräulein Federkiel erwartet
hatte und sie dachte, es wäre eine gute Idee, die Hefte
den beteiligten Schülern, so schnell wie möglich zukommen zu lassen, damit diese die Restzeit der Ferien
zum Lernen ihrer Rollen nützen könnten. Und um keine
Zeit zu verlieren, brachte sie das Schauspielmaterial
umgehend den Schülern nach Hause. Zwei der Adressa-
ten waren Dumbine und Ewald.

Das Stück hieß „Freiheit, dir weih ich mein Leben!"
und war das Erstlingswerk des Herrn Pfarrers. Es war
ein sehr blutiges Stück und spielte zur Zeit des Ritter-
tums. Der Autor hatte nicht weniger als fünf Tote unter
den Akteuren vorgesehen, abgesehen von den unzähligen Toten auf dem Schlachtfeld.

Ewald hatte das sehr schnell herausgefunden, denn
schließlich war er einer der Betroffenen.

Die Aufführung rückte unaufhaltsam näher und die Damen und Herren Schauspieler mussten sich mächtig ins Zeug legen, um ihre Rollen zu lernen. Ewald tat sich besonders schwer. Er hatte nicht viele Einsätze, aber die wenigen, die er hatte, die hatten es in sich. Jeder seiner Auftritte hatte eine Unmenge an Text. Die anderen Kollegen hatten mehr Auftritte als er, mussten aber immer nur kurze Sätze aufsagen. Besonders eine Stelle machte ihm mächtig zu schaffen. Es war die Stelle, wo er vor das Volk hintritt und in einer flammenden Rede zum Kampf aufruft. Der Text war folgendermaßen:

Das Vaterland bedroht der Feind,
er zeigt auf uns mit seinen Waffen;
drum Brüder, mutig mir vereint,
wer mit mir will den Feind bestrafen.
In Rüstung uns entgegen schmeißen
dem Feind; soll unser Wille sein.
So ist der Sieg uns bald verheißen
und Friede kehret wieder ein.

Ewald lernte diesen Teil seiner Rolle immer und immer wieder; doch es brachte ihn nicht weiter. Es war ihm noch nicht ein einziges Mal geglückt diese Rede fehlerfrei wieder zu geben. Auch wenn Fräulein Federkiel, die Regisseurin des Stückes ihm immer wieder Mut zusprachen, und wenn Dumbine und Barbara nicht den geringsten Hauch eines Zweifels aufkommen ließen, dass Ewald diese Rede fehlerfrei halten würde, wenn die Zeit reif dafür sei, so vermochte dies alles nicht, die Zweifel des armen Waldis zu zerstreuen. Selbst die Bemühungen des Autors, des hochwürdigen Herrn Pfarrer Schäfer, halfen nicht wirklich, und das, obwohl er für Ewald den Beistand des Herrn vom Himmel herab erflehte.

Aber es waren ja noch ein paar Wochen bis zur Aufführung und irgendwie würde das schon klappen.

Die Kinder trafen sich zweimal die Woche, um zu proben. Dumbine und Ewald gingen immer zusammen. Barbara durfte natürlich auch mitkommen. Sie hätte gern selbst mitgespielt; aber das ging nicht, denn sie gehörte ja zu einer anderen Schule. Zuhause lernte sie mit den beiden und half ihnen auf die Sprünge, wenn einer im Text hängen blieb. Bei Dumbine war das nie nötig und bei Ewald auch nicht. Nur an der besagten Stelle, da klemmte es jedes Mal. Ewald bekam regelrecht Schweißausbruch, wenn er nur in die Nähe der Stelle kam. Babsi litt mit ihm, sagte aber nichts. Sie wollte ihren Ewald nicht noch nervöser machen, als dieser eh schon war…

Der Stubenarrest war nur von kurzer Dauer gewesen. Schon ein paar Tage später, als die Eltern, von Besorgungen in der Stadt, zurückkamen, brachten sie die erlösende Botschaft mit. Sie hatten zufällig das Fräulein Federkiel ge-troffen und diese spontan auf ein Eis eingeladen. Und wie bei einem leckeren „Coup speziale grande" das Eis schmolz, schmolz auch der Restärger über die Untat der beiden Mädels. Vergeben und vergessen — so lautete die frohe Kun-de. Als Draufgabe hatten Dumbines Eltern für die beiden Mädchen ein Eis mitgebracht. Und der Stubenarrest wurde auch mit sofortiger Wirkung aufgehoben. Dumbine und Barbara fiel ein riesengroßer Stein von der Seele und die beiden schliefen in dieser Nacht besonders tief und fest…

Babsi war inzwischen schon wieder zuhause. Ihre Eltern hatten sie zu Ferien-ende wieder abgeholt. Dieses Mal verlief der Zweitagebesuch ohne Zwischen-fälle, und das, obwohl Napoleon dabei war.

Ewald hatte sich in dieser Zeit nicht ein einziges Mal blicken lassen.

Babsi war etwas traurig beim Abschied. Sie hätte zu gern den ersten Start des Fliegenden Pfeils miterlebt; aber dieser war leider noch nicht ganz fertig gebaut. Und von Ewald hätte sie sich auch gern verabschiedet. Aber Ewald war nirgendwo zu sehen. So bat sie Dumbine, sie möge Ewald einen ganz lieben Gruß von ihr bestellen.

„Das mache ich gern, liebe Cousine", sagte Dumbine *„und einen dicken, fetten Kuss gebe ich ihm auch in deinem Namen!"* Und während sie dieses genüsslich sagte, schmatzte sie wie ein Ferkel bei der Nahrungsaufnahme.

„Du bist schrecklich, Dumbine!", sagte Barbara, die natürlich wusste, dass Dumbine das nicht böse meinte. Die beiden umarmten sich innig und sie mussten höllisch aufpassen, dass ihnen keine Träne auskam. Das fehlte noch; nur nichts zugeben…

Das Auto war schon losgefahren, als Dumbine ihrer Cousine noch nachrief: *„ich werde dir vom Start des Hölzernen Pfeils schriftlich berichten; versprochen!"* Langsam entschwand das Auto in der Ferne. Zurück blieben Dumbine, der jetzt doch ein paar Tränen die Wangen hinunter rollten, ihre Eltern und Ewald, der hinter dem Vorhang seines Zimmerfensters stand und seiner Babsi nach schaute. Und in seinen Augen war ein seltsamer Glanz zu erkennen. Nein, nein, Tränen waren das ganz sicher nicht; denn ein richtiger Mann weint nicht…

Der große Tag für die Schauspieler war endlich da. In der Aula der Schule war festlich geschmückt worden und der Saal war voll besetzt. Sogar die Fensterbänke dienten als Sitzplätze für einige Schüler. Das war normalerweise strengstens verboten; aber heute wurde es geduldet. Schließlich wurde ja heute der Herr Schuldirektor in den wohlverdienten Ruhestand verabschiedet.

Zu Beginn der Veranstaltung wurden ungezählte Reden geschwungen. Für meinen Geschmack hatten viel zu viele wenig Gescheites zu sagen. Es wurde gelobhudelt auf „Teufel komm heraus" und alle bekränzten den Schnabel des Herrn Direktor mit piksüßem Honig. Es tönte gar lieblich, wie: *„Die Schule erleidet einen unersetzbaren Verlust durch die Pensionierung des Herrn Direktor".* Das ist nicht gerade ein Kompliment für seinen Nachfolger. Oder: *„Er war für die Schüler wie ein Vater."* Na, vielen Dank! Ich weiß nicht; wenn ich da, nur so zum Vergleich, an meinen Vater denke, dann ist dieser ein Juwel, im Verhältnis zum Herrn Direktor. Den möchte ich noch nicht einmal mit roter Bauchbinde und Blumen im Haar zum Vater haben. Also, mit einem Wort, es sagten mehr oder weniger alle das gleiche. Es hätte also genügt, wenn nur einer geredet hätte.

Dann gab es Präsente für den verdienten Ruheständler. Und das waren nicht wenige. Beim Anblick dieser Geschenkflut überlegt man sich, ob Schuldirektor nicht ein erstrebenswerter Beruf wäre. Jetzt war der Schulchor an der Reihe. Er trug mit seinem ausgewählten Liedgut wesentlich zur Erbauung der festlich Versammelten bei.

Dann erklang ein Läuten. Das Licht im Saal wurde abgedunkelt und Scheinwerfer erhellten die Bühne, auf der sich in diesem Augenblick der Vorhang öffnete. Die Bühne sah toll aus. Das war in erster Linie das Verdienst von Herrn Dr. Strich, dem Zeichenlehrer der Schule. Was dieser mit Pappe und Farbe gezaubert hatte, war im höchsten Maße bewundernswert. Und bewundernswert war auch, dass nun die Aufführung eines Stückes bevorstand, das der Herr Pfarrer verfasst hatte, und das so Anklang beim Verlag gefunden hatte, dass es von diesem gedruckt und veröffentlicht worden war. Eine große Ehre für die ganze Gemeinde und heute speziell auch für den Herrn Schuldirektor im Ruhestand.

Gleich zu Anbeginn des Stückes hatte Dumbine ihren ersten Auftritt. Sie sah wunderschön aus. Ihr Überkleid war aus dunkelblauem Samt mit goldenen Besätzen. Und darunter trug sie ein Unterkleid aus leuchtend rotem gewirktem Stoff. Das ganze Gewand reichte bis auf den Boden. Bei ihrem Auftritt ging ein Raunen durch den ganzen Saal. Dumbines Gesicht zog ein leichtes Röten auf, was aber niemand im Saal bemerkte. Auch die anderen Mitwirkenden machten eine sehr gute Figur und Ritter Ewald in seiner schweren, eisernen Rüstung, die in Wirklichkeit aus Pappe war, sah richtig toll darin aus.

Die Aufführung klappte vorzüglich und das Publikum war begeistert. Immer wieder aufkommender Szenenapplaus machte das überdeutlich. Die Kinder machten ihre Sache wirklich prima und nicht einer blieb stecken. Fräulein Federkiel, die in ihrem Souffleurkasten vor lauter Aufregung Schweißperlen auf ihrer Stirn hatte, war völlig arbeitslos. Trotzdem blieb sie hochkonzentriert; denn der dritte Akt lag ja noch vor ihnen...

Ewald stand hinter der Kulisse und wartete auf seinen großen Auftritt. Er hatte in den letzen Proben vor der Aufführung keinen Hänger mehr, was ihn sehr zuversichtlich machte. Und das Fräulein Federkiel und seine Mitspieler taten alles, um ihn in seiner Zuversicht zu bestärken. Aber Probe und Aufführung waren nun einmal zwei Paar Stiefel. Und das wussten alle; und vor allem Ewald. Er stand nun hinter den Kulissen und dachte an seinen großen Monolog:

Das Vaterland bedroht der Feind,
…er zeigt auf uns mit seinen Waffen;
…drum Brüder, mutig mir vereint,
…wer mit mir will den Feind bestrafen.
…In Rüstung uns entgegen schmeißen
…dem Feind; soll unser Wille sein.
…So ist der Sieg uns bald verheißen
…und Friede kehret wieder ein.

Dann kam das Stichwort für Ewald. Er schritt auf die Bühne, hob sein Schwert in die Höhe und wollte mit dem Aufruf an das Volk beginnen. Ewald atmete tief ein, öffnete seinen Mund und wollte mit mächtigen Worten sein Schauspieldebüt auf der Bühne geben. Aber nichts tat sich. Als Ewald in die vielen erwartungsvollen Gesichter im Publikum sah, versagte ihm die Stimme. Seine Knie wurden weich und seine Rüstung aus Pappmachee wog zentnerschwer. Er drehte den Kopf zur Seite und sah Hilfe heischend zu Dumbine, die seitlich in der Kulisse stand. Dumbine sah Ewald ins Gesicht mit ihrem unverwechselbaren Lächeln und ihre Augen strahlten Zuversicht und Stärke aus. Beides schickte sie mit einem Kopfnicken zu Ewald und dieser drehte seinen Kopf in Richtung Publikum und dann begann er seinen wunderbaren flammenden Monolog zu dem bedrohten Volk:

Das Vaterland bedroht der Feind,
er zeigt auf uns mit seinen Affen;
drum Brüder, mutig mir vereint,
wer mit mir will den Feind verschlafen.
Wir wollen in die Rüstung scheißen
und damit auf die Feinde schmeißen…

Weiter kam Ewald nicht. Das Publikum raste vor Begeisterung. Schallendes Gelächter erfüllte den festlichen Saal. Alle klopfen sich auf ihre Schenkel und bogen sich vor Lachen; selbst der Herr Schuldirektor und der Herr Autor des Stückes, Hochwürden, Pfr. Hammel.

Nur der arme Ewald konnte nicht lachen. Und seine allerbeste Freundin Dumbine auch nicht; und auch nicht das Fräulein Federkiel. Sie saß, in sich zusammengesunken, in ihrem Souffleurkasten und weinte. *„Was für eine Blamage für die Kunst, was für ein Desaster für die Schauspieltruppe und welch ein großes Unglück für die ganze Schule…"*

Ewald, der dies wohl erkannt hatte, hatte nur noch einen Wunsch: Nichts wie weg und so schnell, wie nur irgend möglich, die Bretter, die seinen Untergang bedeutet haben, verlassen!

Ewald stürzte in Richtung seitliche Kulisse, als das nächste Unglück passierte. Das Visier seines Helmes klappte herunter und plötzlich war finstere Nacht. Dies führte unweigerlich dazu, dass die Sicht für Ewald verwehrt war und die Folge davon wiederum war, dass er das Hindernis nicht sah, über welches er jetzt stolperte und das ihn zu Fall brachte. Das liebe Publikum nahm diese zusätzliche Darbietung dankbar entgegen und das vergnügliche Gewiehere entbrannt erneut und noch viel stärker als zuvor.

Ewald wünschte sich in diesem Augenblick, er wäre eine kleine Maus und könnte sich in ein Loch verkriechen. Nein; viel lieber noch wäre er jetzt tot – ganz arg tot…

Die Theateraufführung war für die nachfolgenden Wochen das Tagesgespräch in aller Munde. Es sorgte auch weiterhin für gute Laune im Volk. Einer, der zwar bei der Aufführung herzlich lachte (richtigerweise sollte man vielleicht eher „schallend" sagen und nicht „herzlich"), war der Herr Pfarrer. Die Haltung des „geistlichen Herrn" hatte sich jedoch hinterher gründlich geändert.

Vielleicht nahm er Ewald übel, dass dieser nicht weiter gespielt hat und somit die Aufführung des Werkes vom lieben Herrn Pfarrer ein jähes Ende nahm. Man darf ja nicht außer Acht lassen, dass Pfarrer auch nur Menschen sind und der lässlichen Sünde der Eitelkeit unterliegen…

Ewald machte seit jenem Tag einen großen Bogen um den Herrn Pfarrer und er mied die Öffentlichkeit, wo es nur möglich war. Viele meinen ja, er hätte damals einfach weiter spielen sollen. Nicht so jedoch Ewald. Keine himmlischen Mächte, wie der Herr Pfarrer oder weltliche Gewalten, wie Ewalds Eltern oder das Fräulein Federkiel hätten ihn dazu bringen können das Spiel fortzusetzen. Da nützte weder bitten, noch flehen; weder schimpfen, noch fluchen. Selbst das Androhen einer Tracht Prügel von Ewalds Vater blieb ohne Wirkung.

Als Ewald damals wieder klar denken konnte, überfiel ihn eine unendlich große Scham. Er hielt es nicht mehr aus unter den vielen Menschen und darum rannte er hinaus ins Freie und weit, weit weg. Er wollte so schnell wie möglich Ab-stand gewinnen zu den Menschen und zu dem schrecklichen Geschehnis.

Fräulein Federkiel war vor den Vorhang getreten, um sich zu entschuldigen.

Man konnte sie nur schwer verstehen, weil der Tumult im Saal so groß war und weil das Lachen noch immer kein Ende gefunden hatte. Fräulein Federkiel bedauerte den Zwischenfall, bat die Leute um Verständnis und versprach eine erneute Aufführung des Stückes zu einem späteren Zeitpunkt. Die Rolle des Ritters würde neu besetzt werden und die neue Aufführung würde dann ganz sicher, ohne irgendwelche Zwischenfälle, über die Bühne gehen.

Das war in den Augen Dumbines und wahrscheinlich auch noch manch anderer Zuschauer starker Tobak. Es war verständlich, dass der Herr Pfarrer verärgert war und das Fräulein Federkiel enttäuscht darüber, dass Ewald so einfach davon gerannt war. Aber Ewald einfach abservieren, noch bevor man mit ihm darüber gesprochen hatte, das war hart; sehr hart.

Dumbine hatte zu Ewalds Eltern hingesehen und erkannt, dass sich diese in Grund und Boden schämten und Dumbine war sonnenklar, was mit Ewald passieren würde, wenn Herr Dünnbaum Ewald in seine Finger bekäme.

Dumbine war dermaßen verärgert über das schäbige Verhalten von Fräulein Federkiel, dass sie im Nachhinein ein tiefe Freude und eine ebensolche Genugtuung empfand für die „Schrecken in Serie", die sie und ihre Cousine Babsi diesem Drachen zugefügt hatten. Warum nur war ihre Lehrerin so gemein und hat das vom Umbesetzen der Theaterrolle gesagt? Das war so in dieser Situation sicherlich nicht nötig. Ewald war so wie so schon gestraft genug; ganz ab-gesehen davon, was ihn zuhause noch erwartete…

Dumbine, die sich große Sorgen machte, war ebenfalls hinausgegangen, um nach Ewald zu sehen. Sie hatte eine Ahnung, wo er sein konnte und so fand sie ihn auch sehr schnell. Er war in ihrem gemeinsamen Versteck am See. Beim Näherkommen hörte sie Ewald so sehr schluchzen, dass es ihr fast das Herz zerriss. So sehr sie ihn auch hielt und drückte, etwas, was sie zuvor noch bei keinem Menschen gemacht hatte, sie konnte ihren Freund einfach nicht beruhigen. Dumbine wiegte Waldi, wie die Mutter ihr Kind wiegt, und die gewünschte Wirkung blieb nicht aus. Allmählich kehrte Ruhe in die wunde Seele Waldis ein, seine Tränen wurden weniger und seine totale Verzweiflung wich behutsam einem wohligen Gefühl der Geborgenheit. Etwas unbeschreiblich Schönes voll-zog sich in diesem Augenblick. Zwei kleine, kindliche Seelen bildeten eine Allianz des Vertrauens und er Zuneigung. Und der vom Schicksal so hart geschlagene Ewald fand auf fast himmlische Weise zurück ins Leben, das bis vor wenigen Augenblicken noch vollkommen wertlos schien…

Die Arbeit am Fliegenden Pfeil hatte Fortschritte gemacht.

Die Flügel waren schon anmontiert und sie gaben der Konstruktion ein würdiges Aussehen. Dumbine und Ewald hatten die Tragflächen zum Rumpf hin mit Rohren abgestützt, die sie aus dem alten Fahrradrahmen ausgeschnitten hat-ten. Die Pedale dienten als Antrieb für die Propeller. Ein schier unüberwindbares Problem war die Übersetzung. Und fast wäre das ganze Projekt daran ge-scheitert. Dumbines Vater erwies sich – Gott sei Dank – als rettender Engel. Er hatte das Problem mittels Zahnräder gelöst und so konnte der Antrieb aus der Längsachse des Rumpfes in die Querachse der beiden Flügel gelenkt werden.

Der Rest war dann ein Kinderspiel. Als Waldi dann zum ersten Mal in die Pedale trat und sich die beiden Propeller wie wild drehten, da herrschte eitel Freude und Sonnenschein unter den beiden Konstrukteuren. Sie hatten sogar an das Höhenruder gedacht. So heißt das auch bei echten Flugzeugen. Mit Scharnieren hatten sie schmale Bretter an die Längsseite der Flügel angebracht, damit man sie nach oben und nach unten abknicken konnte. Auf die langen Bretter hatten sie lange Stifte mit Ösen angebracht. Von den schmalen Brettern führte nun eine

Schnur auf und unter diesen durch die Ösen unter-halb und oberhalb der großen Bretter in Richtung eines Handrades, welches seitlich, außen am Rumpf, ange-bracht war. Die Schnur war in sich geschlossen und auf Spannung gebracht. Drehte man nun das Handrad nach vorwärts, dann ging das Höhenruder nach oben und drehte man es nach rückwärts, dann senkte sich das Höhenruder. Dieses Handrad war wiederum durch eine Querstange mit einem zweiten Rad auf der Vis-à-vis-Seite verbunden und es war ebenfalls mit den hintern Flügelbrettern schnurmäßig verspannt. Man benötigt dieses Ruder zur Trimmung.

Das Seitenruder indessen war senkrecht mit einem Scharnier montiert und es konnte nach rechts oder links bewegt werden. Verbunden war es mit Schnüren in beide Seiten der Pilotenkanzel. Dort befanden sich zwei Hebel, einer rechts und einer links. Drückte man den rechten Hebel nach vorne, dann wurde das Seitenruder nach rechts bewegt und drückte man den linken Hebel nach vorn, dann drehte sich das Ruder nach links. Auf diese Art wurde dem Flugzeug die Flugrichtung vorge-geben.

Um die soeben geschilderte Funktion dieser genialen Konstruktion zu verstehen, ist ein hohes technisches Verständnis von Nöten. Nicht jeder Leser wird ein sol-ches sein Eigen nennen können; also bleibt ihm nur der Glaube an das Geschilderte...

Dumbines Idee mit dem Antrieb der Flugmaschine konnte man durchaus als genial bezeichnen. Man konn-te ohne Benzin fliegen und daher war die Reich-weite unbegrenzt. Das heißt, eine kleine Einschränkung gab es schon. Man konnte nur so weit, bzw. so lange fliegen, wie die Muskelkraft und die Ausdauer des Piloten aus-reichten...

Einen Großteil ihrer geistigen Investition hatte Dumbine auf das Sicherheits- und Rettungssystem verwendet. Die Schnüre für die Trimmung und die Lenkung waren dreifach gezogen und verspannt. Aber Dumbine hatte noch weiter gedacht.

Frage: Was würde z.B. passieren, wenn den Piloten urplötzlich die Kräfte verlassen sollten, solange er sich in der Luft befindet?

Frage: Was würde z.B. passieren, wenn der Pilot, unvorhergesehener Weise, auf dem Wasser landen müsste?

Antwort: Nichts würde passieren! Dumbine hatte für beide Eventualfälle Vor-sorge getroffen.

Rund um die Pilotenkanzel hatten die beiden Regenschirme angebracht, deren Griffe mit einem kurzen Stück Schnur fest mit dem Flugzeug verbunden waren. Sollte der Pilot bemerken, dass ihm die Kräfte oder die Puste ausgehen, noch bevor er einen passenden Landeplatz in Sicht hätte, so bräuchte er nur die Schirme aufspannen, und zwar einer nach dem anderen und natürlich in völliger Ruhe. Das Flugzeug würde dann, wie ein Vogel, sanft zur Erde gleiten. Sollten jedoch den Piloten Kraft und Puste verlassen in einem Augenblick, wo nur Wasser unter seinem Fluggerät wäre, so konnte er ebenfalls, völlig angst-frei darauf landen. Dumbine und Ewald hatten nämlich den ganzen Rumpf mit einer Kunststofffolie überzogen. Genauer gesagt, mit großen, schwarzen Müllsäcken, wie man sie in jedem Baumarkt erwerben kann. Damit war das Flugzeug wasserdicht und unsinkbar. Und optisch wurde es auch aufgewertet. Auf die schwarze Folie hatten sie, beiderseits des Rumpfes, mit weißer Farbe, einen Pfeil gemalt. Doch was nützt es dem Piloten, wenn er auf dem Wasser gelandet ist und wenn das Flugzeug wasserdicht ist, wenn er aber keinen Antrieb mehr hat?

Gar nichts! Das ist richtig!

Aber nicht so beim Fliegenden Pfeil!

Rechts und links in der Pilotenkanzel waren Paddel festgebunden und mit diesen könnte man, in aller Seelenruhe natürlich, bei einem Notfall ans Ufer rudern. Aber das würde ja niemals nötig sein; dessen war man sich gewiss.

„Das ist das perfekte „Sicherheits- und Rettungssystem", bemerkte Ewald irgendwann einmal, und Dumbine stimmte ihm freudig zu.

Inzwischen war es Herbst geworden, aber es war noch immer sommerlich warm. Ewald kleine Schwester war schon ordentlich gewachsen und sie hatte ihre ersten Gehversuche schon hinter sich. Jetzt war nichts mehr sicher vor ihr. Alles, was sie mit ihren kleinen Griffeln erreichen konnte, war dem Untergang geweiht. Und je mehr es krachte, wenn einmal wieder etwas zu Bruch ging, umso mehr quietschte Susanne vor Vergnügen.

Ewalds Mutter nützte die schönen Herbsttage und wann immer es ging, setzte sie sich mit Susanne in den Garten.

Die kleine Susi saß dann auf einer Decke, welche die Mutter im Gras ausgebreitet hatte und die Mutter saß in einem bequemen Gartenstuhl und strickte für Susi eine Wollmütze für den Winter. Und so war es auch heute…

Ewald und Dumbine waren mit ihren Rädern unterwegs. Sie fuhren jeden Tag eine Stunde, meistens bergauf, um Kraft für die Waden zu bekommen. Das nannte man in Fachkreisen „Konditionstraining". Ihnen war bewusst, dass sie ohne die nötige Kraft in den Beinen den Fliegenden Pfeil gar nicht erst zu starten brauchten. Genau genommen, war dieses harte Spezialtraining für

Ewald gedacht, denn er war als Pilot für den Erstflug vorgesehen. Ewald war vollkommen überrascht, als Dumbine ihm die frohe Botschaft mitteilte. Er zierte sich erst ein wenig, war dann aber Feuer und Flamme. Dumbine bestand darauf, weil Ewald der Kräftigere von ihnen beiden war, weil er wesentlichen Anteil am Bau des Fliegenden Pfeils hatte und vor allen Dingen, weil er – nach dem katastrophalen Theatererlebnis – dringend ein Erfolgserlebnis brauchte. Und dass der Flug des Hölzernen Pfeils ein Megaerfolgserlebnis werden würde, daran herrschte nicht der geringste Zweifel.

Ewald und Dumbine hatten ihr Tagestrainingspensum hinter sich und befanden sich auf dem Rückweg. Sie fuhren gemütlich nebeneinander her und unterhielten sich. Sie sahen von weitem ihr Elternhaus und sie sahen auch Susanne und die Mutter, die gerade ins Haus hinein ging.

Die beiden Radfahrer waren recht zufrieden. Das Trainingsprogramm war absolut erfolgreich. Ewalds Waden hatten sich prächtig entwickelt und den Start ihres Flugzeugs konnten sie schon bald ins Auge fassen.

Ewalds Mutter befand sich noch immer im Haus, als die kleine Susi aufstand und zur Gartentüre marschierte. Der niedere Zaun und die Türe bildeten die Abgrenzung zum See. Von dort war es nur ein kurzer Weg zum Steg. Irgend-jemand hatte die Tür nicht ordentlich verschlossen und so stellte sie auch kein echtes Hindernis für Waldis Schwester dar. Die kleine unternehmungslustige Susi öffnete die Tür und marschierte Richtung Steg.

„*Susi, Susi!*" Ewald und Dumbine schrien aus Leibeskräften, sie klingelten mit ihren Fahrradglocken, sie fuchtelten mit ihren Händen herum; aber alles ohne den gewünschten Erfolg. Susanne marschierte schnurstracks

247

weiter. Sie fiel zwar immer wieder hin, stand aber sofort wieder auf, um ihr angestrebtes Ziel zu erreichen und sie war dem Steg auch schon bedenklich nahe gekommen. Ewald und Dumbine radelten um ihr Leben. Dumbine etwas schneller, weil sie die längeren Beine hatte und weil Ewald schon sehr müde vom Training war.

Susanne war inzwischen beim Steg angekommen und bis ganz vorne gelaufen. Sie hatte sich niedergekniet um ins Wasser schauen zu können. Als sie dort ihr Spiegelbild erblickte, wollte sie danach greifen und bückte sich hinunter zum Wasser. Das Unvermeidliche geschah; Susanne kippte kopfüber in den See.

„Susi, Susi!" Ewalds Stimme überschlug sich, als er voller Verzweiflung den Namen seiner kleinen Schwester schrie. Dumbine war am Steg angelangt. Sie ließ das Rad fallen und eilte die letzen Meter auf den Steg, bis zu der Stelle, wo Susi ins Wasser gefallen war. Sie schaute ins Wasser, konnte Susi aber nirgendwo erblicken. Zum Überlegen blieb jetzt keine Zeit mehr. Dumbine war ins Wasser gesprungen und untergetaucht. Dabei war sie gegen etwas gestoßen; das musste Susi sein.

„Lieber Gott, bitte lass es Susi sein!", durchfuhr es Dumbine. Sie griff nach dem Etwas, hielt es fest und strampelte damit an die Oberfläche. Das Wasser war an dieser Stelle gut zwei bis drei Meter tief. Und der liebe Gott musste Dumbines Bitte gehört haben; denn es war die kleine Susi, die Dumbine mit festem Griff nach oben brachte. Dumbine klammerte sich an einen der Holzpfähle im Wasser, auf denen die Bretter des Stegs lagen. Ihre Kraft hätte nicht ausgereicht sich und Susanne ans Ufer zu bringen. Aber inzwischen waren Ewald und auch die Mutter zur Stelle und gemeinsam zogen sie erst Susanne auf den Steg und danach Dumbine.

Es grenzte fast schon an ein Wunder. Susanne hatte bei dieser Aktion entweder kein oder nur wenig Wasser geschluckt. Ja, sie musste noch nicht einmal husten. Sie weinte nur ganz arg und klammerte sich mit aller Kraft an die Mutter. Diese weinte mit ihrem Kind und es waren Tränen der Erleichterung und der Dankbarkeit. Auch Ewald konnte nicht dagegen an; es war stärker als er. Nur Dumbine weinte nicht, weil es ganz einfach nicht möglich war. Sie war viel zu sehr damit beschäftigt ihre Atmung ruhig zu stellen. Im Gegensatz zu Susanne hatte sie ordentlich Wasser geschluckt und nun hustete sie wie der ärgste Kettenraucher und sie konnte sich gar nicht beruhigen. Dumbine, Ewald und seine Mutter sahen einander ins Gesicht, sie unterhielten sich ohne Worte, und es war wohl allen klar, dass die kleine Susi einen riesengroßen Schutzengel gehabt haben muss…

Zwei Wochen später fuhren Dumbine und Ewald in die Stadt. Ihre beiden Väter und Dumbines Mutter begleiteten sie. Jawohl, beide Väter fuhren mit und das in einem Auto! Man sagt ja, Unglück verbindet, und das wurde hier auf eindrucksvolle Weise demonstriert.

Ewalds Vater war am Abend des glücklich ausgegangenen Unglücks herüber gekommen, um sich bei Dumbine für die beherzte Tat zu bedanken. Bei dieser Gelegenheit hatten sich die beiden Streithähne wieder versöhnt. Es brauchte zwar noch einige Stamperln vom „Zwetschkernen", bis auch das letzte Eis gebrochen war, aber dann verlief der Versöhnung umso herzlicher. Es war ein schöner Anblick, al sich die beiden Väter die Hand gaben…

Für heute nun war Dumbine ins Rathaus eingeladen worden. Der Herr Bürgermeister hatte Dumbines Eltern geschrieben, dass ihre Tochter geehrt werden sollte und dass sie aus diesem Grund ins Rathaus eingeladen wären. Ewald und seine Eltern waren ebenfalls eingeladen worden. Die Mutter zog es jedoch vor mit Susi zuhause zu bleiben. Sie wollte eine kleine Feier für die Rückkehr vorbereiten und sie hatte Sorge, dass der Trubel für ihre Susanne nicht gut sein könnte. Seit jenem Vorfall war Susanne etwas ängstlich und schreckhaft. Das größte Problem war das Baden. Wenn die Mutter mit Susi nur in die Nähe der Badewanne kam, fing Susi hysterisch an zu schreien und es brauchte sehr viel Kraft und Geduld das Kind dem gewünschten Reinigungsprozess zuzuführen.

Der Herr Bürgermeister und die Damen und Herren des Stadtrates waren alle versammelt, als die zu Ehrenden mit ihrer Begleitung in den Festsaal des Rathauses eintraten. Der Herr Bürgermeister begrüßte alle recht freundlich und dann hielt er eine lange Rede über Bürgerpflicht, Zivilcourage, Vorbildwirkung, Jugend und anderes mehr. Interessanter als seine Rede war jedoch die tolle Urkunde, die er dann Dumbine überreichte. Auf der stand nämlich ihr Name in großen Buchstaben und dass sie eine Lebensretterin sein. Und diese wunderschöne Urkunde befand sich in einem wunderschönen Rahmen aus Gold. Und ebenfalls aus Gold war auch die Münze, die Dumbine überreicht bekam, als Dank für ihre heldenhafte Tat. Und dann musste sie viele Hände schütteln: die des Herrn Bürgermeisters, der Damen und Herren Stadträte und natürlich die Hände ihrer Eltern, von Ewald und dessen Vater. Die Hände der restliche Anwesenden musste sie nicht schütteln. Von denen bekam sie Applaus, was auch sehr schön war. Und zum Schluss wurde noch fotografiert. Ein Reporter der Tageszeitung macht sie für die nächste Ausgabe seiner Zeitung.

Dumbine war jetzt eine Berühmtheit. In ihren Ohren rauschte es, wie wenn im Oktober der Wind durch die laubverhangenen Bäume pfeift. Ihre Schläfen pochten vor Aufregung und ihre Augen glänzten vor Freude. Und in den Herzen ihrer Lieben verbreitete sich ein Gefühl der Dankbarkeit und des Stolzes.

Als sie nach Hause kamen, hatte Ewalds Mutter eine festliche Tafel hergerichtet. Sie hatte ein weißes Tischtuch aufgelegt und Kerzen angezündet. Die kleine Susi saß in ihrem Hochstuhl und sah recht zufrieden drein. Ewalds Mutter umarmte Dumbine und gratulierte ihr ebenfalls ganz herzlich zu ihrer Auszeichnung. Auch sie hatte eine Auszeichnung für Dumbine; aber das wusste niemand außer ihr. Dumbine würde immer einen ganz besonderen Platz im Herzen von Susis Mutter einnehmen.

Diese Heldentat von Dumbine hatte weit reichende Folgen. Es hatte sich natürlich blitzartig herumgesprochen und in der Zeitung stand es ja auch zu lesen. Alle waren begeistert und alle wollten plötzlich Dumbine nicht mehr „Dumbine" nennen, und das mit der Begründung, dieser Name passe nun einmal nicht zu einer großen Heldin. So sehr sich Dumbine dagegen wehrte, es half nicht. Aus „Dumbine" wurde „Sabine" und damit Punktum!

Etwas traurig machte das Dumbine, Verzeihung, ich meine Sabine, schon. Sie empfand den Namen „Dumbine" als Auszeichnung, als etwas Besonderes; vielleicht so wie einen Künstlernamen. Aber als Lebensretterin und als geehrte Heldin steht man nun einmal im Mittelpunkt der Öffentlichkeit und geht damit Verpflichtungen ein, denen man nachkommen muss. Und außerdem bringt es Veränderungen mit sich. Man wird ein anderer Mensch; man wird reifer…

Was für ein Tag! Die Krönung eines langen Schaffens! Der Höhepunkt im Leben zweier Menschen!

Heute sollte der Start des Fliegenden Pfeils sein. Alle dafür nötigen Vorbereitungen waren getroffen. Sabine und Ewald hatten die alte Teststrecke dafür ausgewählt. Zum einen war es eine lange, gerade, abschüssige Bahn und zum anderen waren keine Bäume in der Nähe. Der Start sollte auf die offene See hinaus erfolgen. Ewald sollte einige Schleifen fliegen und dann wieder auf der Startbahn landen. So würde er, durch das Ansteigen der Landebahn, eher zum Stehen kommen.

Ewald und Sabine waren schon sehr aufgeregt. Ewald hatte sich in die Piloten-kanzel hineingezwängt und die Motoren warm laufen lassen. Das heißt natürlich, dass er schon kräftig in die Pedale getreten hatte, um die Propeller zum Rotieren zu bringen. Oberingenieurin Sabine gab ihrem Ingenieur und Testpilot Ewald letzte Anweisungen:

„Wenn ich „jetzt" sage, dann betätige das Höhenruder, damit du abheben kannst. Aber vorsichtig und nicht zu viel auf einmal. Und fürs erste Mal nur ein paar Schleifen in niedere Höhe!. Viel Glück und viel Erfolg!"

Und in Verbindung mit den letzen Worten gab sie Ewald einen dicken Kuss.

Dann zog sie die Startklötze von den Rädern weg und der Fliegende Pfeil begann zu rollen. Erst langsam und dann immer schneller. Sabine schob anfänglich noch an, blieb aber bald stehen und sah ihrem „König der Lüfte" voll Bewunderung hinterher. Der Fliegende Pfeil rollte wie ein Blitz in Richtung See und gleich würde er abheben und majestätisch wie ein Vogel in die untergehende Sonne schweben.

„Jetzt!" rief Sabine und starrte gebannt auf das, was da kommen würde.

Ewald hatte das Rad für die Trimmung nach vor gedreht, genau wie sie es immer wieder einstudiert hatten, und schon hob der Fliegende Pfeil seine Nase sanft in die Höhe. Jetzt konnte er endlich das Gefühl von Freiheit und Schwerelosigkeit genießen, von dem er so lange geträumt hatte. Der Wind würde ihm den Atem nehmen, unter ihm zögen Wiesen und Felder dahin und über ihm wären nur noch der blaue Himmel und die Sonne…

So oder ähnlich war das Unternehmen „Fliegender Pfeil" gedacht, geplant, gehofft, gewollt. Aber wie so oft im Leben, klafften in diesem Augenblick Theorie und Wirklichkeit auf grausamste Weise auseinander.

Der „Nichtfliegende Pfeil" raste unentwegt, unvermindert schnell und noch immer mit der Erde fest verbunden auf den See zu.

Ewald sah sich schon in den See platschen wie seinerzeit Sabine, als sie noch Dumbine hieß. Aber es kam ganz anders. Das Schicksal des Hölzernen Pfeil blieb dem Fliegenden Pfeil erspart. Ein wohlwollendes Schicksal hat entweder einen großen Stein in den Weg gelegt oder ein kleines Loch gegraben. Im Nachhinein war es nicht mehr festzustellen. Tatsache war, dass dieses Hindernis den Flugapparat daran hinderte, weiter gerade aus zu sausen. Die Flugmaschine wurde mit Wucht herumgewirbelt, „flog" quasi einmal um die eigene Achse und überschlug sich dann. Danach herrschte Stille…

„*Mein Gott!*" Sabine, die das alles aus der Ferne beobachtet hatte, war leichenblass.

„*Ewald, Ewald!*" Sie rannte, so schnell sie nur konnte zur Unglücksstelle.

„*Vielleicht ist er tot? Nein, nur das nicht! Lieber Gott, lass es bitte, bitte nicht zu!*"

Der Fliegende Pfeil sah schlimm aus; aber das war nicht schlimm. Schlimm war nur die Angst, was mit Ewald ist.

Ewald hing, den Kopf nach unten, aus der Pilotenkanzel. An seinem Kopf war Blut.

„Ewald ist tot!", schoss es Sabine durch den Kopf.

„Und ich bin schuld…"

Sabine wurde schwindelig im Kopf und ihr Magen war im Begriff sich umzustülpen, als sie – einer Erlösung gleich – Ewalds Stimme vernahm:

„Scheißkiste, Missgeburt, hätte diese Honigschleuder nicht in den See plumpsen können? Dann hätten wir wenigstens das Rettungssystem ausprobieren können!"

Diese Worte waren wie Musik in Sabines Ohren; wunderschöne, süße Musik.

„Ewald lebt", dachte sie still bei sich, *„er lebt. Lieber Gott, ich danke dir, dass du mein Gebet erhört hast!"*

Ewald lag im städtischen Krankenhaus. Er hatte sich einige Prellungen und Schürfwunden zugezogen und eine leichte Gehirnerschütterung.

Sabine war seit jenem denkwürdigen Tag um Jahre gealtert. Nicht, dass sie jetzt weiße Haare hatte. Nein; so nicht. Aber sie hätte beinahe mit ansehen müssen, dass ihr Ewald, ein Pionier des Fortschritts, sein Leben gegeben hätte. Und das hatte sie doch sehr getroffen. Sabine beschloss in jenen Tagen ihren Forscherdrang künftig in ruhigere Bahnen zu lenken.

Als Ewald nach ein paar Wochen das Krankenhaus wieder verlassen durfte, zeigte Sabine ihm, voll Freude, Stolz und Genugtuung das neue Schild, das an Ihrer Zimmertür prangte und auf welchem stand:

Sabine - Ex-Erfinderin und
Forscherin für Fauna und Flora

Zwiegespräch

Hallo, du!

Wer ist da?

Ich bin `s.

Wer ist „Ich"?

Erkennst du mich nicht?

Sollte ich?

Ich denke schon…

Wie soll ich wissen, wer du bist, wenn ich dich gar nicht sehen kann?

Sehen nicht; aber fühlen…

Tut mir Leid; funktioniert leider nicht!

Das enttäuscht mich ein wenig.

Weshalb?

Wir waren uns einmal sehr nah.

Ach so?

Ja, sehr sogar.

Ich sag dir jetzt etwas; dieses Spiel gefällt mir gar nicht. Entweder sagst du mir jetzt, wer du bist, oder ich betrachte unser Gespräch hiermit für beendet!

Sachte, sachte; warum gleich so aggressiv?

Ist doch wahr; also sag schon, wer bist du?

Ich bin die Liebe…

Wer sagst du, willst du sein, die Liebe? In hundert Jahren nicht. Wenn du die Liebe wärst, dann hätte ich dich doch erkennen müssen.

Sollte man meinen; hast du aber nicht…

Also du willst die Liebe sein; nun gut. Dann sage mir doch, was du von mir weißt.

Ich weiß, dass du mir nie verziehen hast, dass ich von dir gegangen bin, als unsere Zeit abgelaufen war. Du bist mir noch immer böse…

Sollte ich vielleicht fröhlich darüber sein? Und überhaupt, was heißt das „als unsere Zeit abgelaufen war"?

Das heißt, dass das Schicksal uns Wege und Zeitabläufe vorgibt, nach denen wir uns richten sollen. Wir können uns danach richten; müssen aber nicht.

Was heißt das nun schon wieder?

Das heißt, wenn wir uns danach richten, und zwar aus freien Stücken, dann tun wir uns wesentlich leichter damit. Wenn wir uns dagegen auflehnen, dann kann das sehr wehtun...

Das wird ja immer besser! Das Schicksal bestraft uns, und wir sollen uns dafür noch bedanken?

Nein, so ist das natürlich nicht gemeint.

Wie denn; ich verstehe diesen Unsinn nicht!

Das ist kein Unsinn. Ich will versuchen dir das anhand von uns beiden zu erklären.

Da bin ich aber neugierig; aber bitte, ich höre dir zu.

Danke, das ist sehr freundlich von dir.

So bin ich nun einmal...

Also pass auf: Wir beide haben eine gewisse Zeit miteinander verbracht, und in dieser Zeit verschiedene Stadien durchlebt.

Das kann man wohl sagen!

Werde bitte nicht zynisch, und höre mir weiter zu. Wir waren anfänglich sehr glücklich miteinander, wie das in der Natur der Sache liegt.

Ich kann mich vage daran erinnern...

In dieser Zeit haben wir uns beide umeinander bemüht; aber irgendwann haben wir das Steuer aus der Hand gegeben und auf „Autopilot" umgeschaltet.

Was war daran falsch?

Das will ich dir sagen. Liebe, das ist nicht nur Vergnügen, das ist harte Arbeit.

Das wird ja immer besser! Liebe soll Arbeit sein? Nein Danke!

Arbeit ist doch nichts Schlechtes – ganz im Gegenteil! Das kann ich nicht so sehen!

Leider, das ist ja das Problem…

Was verstehst du überhaupt darunter „Liebe ist harte Arbeit"?

Nun, „Arbeit" ist vielleicht nicht das richtige Wort dafür. Ich möchte es durch „Pflege" oder „Hege" ersetzen.

Sind wir jetzt im Wald bei Hasen und Rehen?

Sei bitte nicht albern; dafür ist das Thema viel zu ernst und zu wichtig!

Genau das ist dein Problem! Du nimmst alles viel zu ernst. Wo bleibt die spielerische Komponente der Liebe, wo bleibt der Spaß bei der ganzen Geschichte?

Da kommen wir jetzt auf einen sehr wichtigen Punkt! Wir verwechseln immer wieder fröhlich mit lustig und Freude mit Spaß.

Das ist doch dasselbe!

Nein, das ist noch nicht einmal das Gleiche! Lustig und Spaß, das sind oberflächliche Gefühle; fröhlich und Freude, das geht bis tief hinein in die Seele! Aber bitte, jetzt nicht falsch verstehen: alle vier haben ihre Daseinsberechtigung und stehen einander in nichts nach!

Was jetzt, erst sagst du, lustig sein und Spaß haben, seien von oberflächlicher Natur, dann wieder, sie seien in Ordnung. Wie soll ich das verstehen?

Ganz einfach, alle diese Dinge sind Bestandteile unseres Lebens, sie machen den Menschen aus. Man braucht sie alle. Irgendwann, irgendwo, die einen mehr, die anderen weniger.

Das klingt alles recht kompliziert. Doch lass uns zurückkommen auf „Hege und Pflege Was meintest du damit?

Liebe ist zu Beginn eine starke Pflanze mit der ganzen Kraft ihrer Jugend. Sie ist belastbar und scheinbar unbesiegbar. Aber es liegt in der Natur allen Seins, dass alles, was beginnt zu leben, im selben Augenblick dazu bestimmt ist zu altern und irgendwann zu sterben. Das klingt im ersten Augenblick schrecklich, ist es aber nicht.

Na danke; toll klingt das aber auch nicht…

Schau, du weißt doch, dass der Mensch geboren wird, dass er die ihm vorbestimmte Zeit zu leben, lebt, und dann stirbt. Das ist mit allen Lebewesen so; auch mit Bäumen, Sträucher, Pflanzen.

Was willst du damit sagen?

Ich will dir damit sagen, dass es unabänderliche Fakten gibt, und dieses ist ein solches Faktum.

Das weiß ich ja auch; aber bitte komm endlich zum Wesentlichen!

Das Wesentliche ist, dass wir die Möglichkeit haben auf diese Entwicklung Einfluss nehmen zu können.

Willst du mir ernsthaft weiß machen, dass wir bestimmen können, wie alt Lebewesen, inklusive Bäume, Sträucher und Pflanzen, werden können?

Aber ja; das solltest du schon wissen!

Kommt jetzt die Sache mit der falschen Ernährung und mit der Umweltverschmutzung?

Nein, natürlich nicht! Ich rede doch von der Pflanze „Liebe"!

Ach so…

Ihren Alterungsprozess kann man klarer Weise nicht stoppen, auch wenn viele frisch Verliebte, vor lauter

Glückseligkeit, manchmal gern die Zeit anhalten möchten. Aber verlangsamen kann man ihn sehr wohl.

Und wie soll das gehen?

Indem wir uns täglich darum bemühen. Indem wir gewisse Dinge beachten, gewisse Regeln einhalten.

Das klingt mir zu sehr nach Konstrukt!

Ist aber durchaus sinnvoll!

Was sollen das für Regeln sein?

Da gibt es keinen Katalog; das muss jeder für sich finden. Ich kann dir aber gern ein paar Beispiele nennen: Aufmerksamkeit, Interesse, Höflichkeit, Geduld, Verständnis, Fürsorge, Toleranz, Freundlichkeit, und anderes mehr…

Das ist ja doch ein Katalog!

Nun ja, vielleicht ein kleiner Auszug daraus. Es gäbe sicherlich noch mehr aufzuzählen.

Und das ist das Patentrezept; so funktioniert das?

Es gibt kein Patentrezept. Was man braucht, ist lediglich viel guter Wille. Und das auf beiden Seiten.

Und der hat mir gefehlt…

Ich weiß es nicht; finde es selbst heraus!

Und warum bist du damals von mir gegangen?

Weil unsere Zeit um war.

Es tut mir Leid; ich versteh das alles nicht.

Das ist nicht schlimm; lass dir die Zeit, die du brauchst. Wenn du es wirklich verstehen willst, dann wirst du es eines Tages auch verstehen.

Wenn du meinst…

Ja; das meine ich!

Aber was willst du denn hier? Warum bist du gekommen?

Ich bin zu dir gekommen, weil ich dich um etwas bitten möchte.

Und um was?

Lass mich ziehen; gib mir bitte meine Freiheit!

Deine Freiheit; die hast du dir doch selbst genommen! Nein, so ist das nicht. Die kann ich mir nicht selbst nehmen. Ich kann zwar gehen, bleibe aber so lange mir dir verbunden, wie du mich fest hältst…

Ich soll dich festhalten? Dass ich nicht lache. Ich hatte dich, bis vor wenigen Augenblicken, schon längst vergessen…

Jetzt belügst du dich selbst. Etwas, auf das man böse ist, hat man nicht vergessen. Das steckt noch tief drinnen in einem fest!

Gesetzt den Fall, also nur einmal angenommen, es stimmt, was du sagst, warum sollte ich dich loslassen? Warum sollte ich dir die Freiheit geben?

Damit wir beide frei sind! Damit dein Herz wieder frei ist für eine neue Liebe und damit ich in ein anderes Herz einziehen kann…

Ich will dich doch aber nicht hergeben; ich kann dich einfach nicht vergessen…

Das sollst du auch nicht; ich bleibe ein Teil von dir. Das geht gar nicht anders. Nur sperre mich nicht in einen finsteren Winkel deines Herzens; das habe ich nicht verdient…

Du hast ja so Recht, bitte verzeih mir! Lass uns Freunde sein und in lieben Gedanken für immer einander verbunden.

Gern, von Herzen gern!

Und was geschieht jetzt?

Jetzt sagen wir einander endgültig Lebewohl und wir trennen uns leichten Herzens. Siehst du, so ist die Leichtigkeit des Seins. Um wie viel leichter könnte sich der Mensch tun, wenn er das begreifen würde. Aber ich bin glücklich, dass du es verstanden hast. Lebe Wohl, mein guter Freund und die Liebe sei mir dir!

Auch dir ein herzliches Lebewohl, geliebte Freundin, und Gott sei mit dir!

Im Lande der Ohalis

Im fernen Indoha, der Heimat der Ohalis, lebte und regierte einst ein weit über die Grenzen seines Reichs hinaus bekannter König mit Namen "Mioc".

König Mioc war so sehr beliebt bei seinem Volk, dass diese ihm den Beinahmen "der Gütige" gegeben hatten. Der Herrscher über Indoha war in Wirklichkeit gar kein richtiger Herrscher; denn es gab keine Herren und es gab keine Diener. Alle waren sie - Männlein wie Weiblein - Freunde und keiner machte dem anderen irgendwelche Vorschriften. Ihr Gesetzbuch war die Bibel und hier im speziellen die Zehn Gebote. Auf Indoha wurde niemand bestohlen, niemand beschimpft und schon gar niemand getötet. Alle liebten einander und das Leben der Ohalis konnte durchaus als paradiesisch bezeichnet werden.

Das Land selbst war reich an Bodenschätzen und über die Maßen fruchtbar. Es wuchsen dort die köstlichsten Früchte und die schönsten Blumen und Sträucher. Alle Bewohner waren gesund; denn wo niemand sich ärgert, wird auch niemand krank. Die klimatischen Verhältnisse waren äußerst angenehm und wohltuend für alle Lebewesen auf Indoha. Eine milde Sonne schien den ganzen Tag hernieder (wohlgemerkt sie schien und sie brannte nicht!!!) und in der Nacht fiel sanfter Regen. So konnte alles wachsen und gedeihen. Und weil es immer nur in der Nacht regnete, wenn alle Ohalis längst schliefen, brauchte man auf Indoha keinen Regenschirm und keine Regenbekleidung. Desgleichen benötigte man weder Mantel noch Hut und ebenso keine Winterbekleidung. Man könnte sagen, auf Indoha war das ganze Jahr Somling. Das heißt. die Witterung entsprach einer Mischung aus Sommer und Frühling.

Das Leben auf Indoha war sorglos und schön. Alle Bewohner waren freundlich und friedfertig. Und weil es keine bösen Ohalis gab, brauchte man auch keine Polizei und keine Gefängnisse. Es gab auch keine Soldaten und kein Finanzamt. Und Geld kannten die Ohalis ebenso wenig wie Banken. Jeder machte jedem Geschenke und man teilte alles, was man besaß. Es gab zwar ein Schulwesen, aber dieses war mit keiner anderen Schule auf der Welt vergleichbar. Die Grundrechenarten, das Schreiben und das Lesen waren Nebenfächer; Hauptfächer hingegen waren die Nächstenliebe, das Verständnis, die Fürsorge, die Hilfe und das Mitgefühl.

Indoha war eben ein von der Zivilisation unberührtes Stück Land, mitten im Meer gelegen, an einer Stelle, wo nie ein Schiff vorbeikam. Die Insel war auch auf keiner Karte eingezeichnet, denn keine Menschenseele wusste von seiner Existenz.

Die Ohalis waren fleißige und tüchtige Geschöpfe. Sie bestellten das Land und sie halfen sich untereinander. Das Zusammenleben von Alt und Jung verlief ohne jegliche Probleme. Die Alten gaben ihr Wissen an die Jungen weiter und diese waren dankbar und erfüllt von tiefer Achtung den Alten gegenüber. Alt und Jung lebte in Harmonie zusammen und man feierte so manches Fest miteinander. Es gab Zeiten der Arbeit und es gab Zeiten des Feierns und beide wurden ausgiebig genützt.

Die liebliche Insel hatte ein großes Geheimnis. Es bestand in einem Vermächtnis. welches der Urvater der Ohalis, Deligo, den Inselbewohnern hinterlassen hatte. Alle lebenden und alle künftige Generationen Ohalis waren verpflichtet für die Kinder der ganzen Welt Ostereier zu fertigen und zu liefern.

Das klingt so ungeheuerlich, dass es beinahe unglaublich scheint. Und doch war es so.

Auf der Insel Indoha lebte nämlich Dugol. Dugol war eine lebende Ostereierlegemaschine. Man kann ihn nur schwer beschreiben. Er sah ungefähr wie ein Hahn aus, jedoch mit vier Beinen und mit der Größe eines Elefanten.

Dugol produzierte Tag und Nacht Ostereier und das dreihundertfünfundsechzig Tage im Jahr. Dugol brauchte keinen Schlaf und die Mahlzeiten, die allerdings riesig waren, verdrückte er während der Arbeit.

Die Aufgabe der Ohalis bestand nun darin, diese Eier bunt zu bemalen. Sogar König "Mioc der Gütige" half dabei, denn es war für ihn selbstverständlich, die gleiche Arbeit wie sein Volk zu verrichten. Und außerdem bedeutete Arbeit ja nicht das, was es für die meisten Menschen bedeutet. Arbeit machte den Ohalis einfach Vergnügen, weil sie sinnvoll und nützlich war.

Es gab vier Farben, mit denen die Eier bemalt wurden. Die Farben wurden alle aus der Natur gewonnen. Das Rot aus dem Saft der Feuerbeere, die überdies köstlich mundete und eine der Lieblingsspeisen der Ohalis war. Pudding und Feuerbeeren waren übrigens die Leib- und Seelspeise des Königs. Das Blau gewann man aus den Blüten des Azuranders, das Grün aus der Rinde der Oliveria und das Gelb aus den Blättern des Okerbusches.

Die Arbeit wurde genau aufgeteilt. Die eine Gruppe Ohalis rührte die Farben an, die andere bemalte die Eier damit und eine weiter Gruppe verpackte die fertigen Eier in Körbe, welche aus Zweigen der Oliveria gefertigt wurden. Das raffinierteste bei dieser Geschichte war zweifelsohne der Transport der Ostereier in alle Welt, bis hin zu den Kindern.

Da manche Lieferungen, die in die entferntesten Winkel unserer Erde gingen, sehr lange unterwegs waren, mussten die Eier ja gekühlt gehalten werden. Dieses Problem wurde auf geniale Weise gelöst. Zunächst muss man wissen, dass zwei Arten der Beförderung zur Verfügung standen. Eine zu Wasser und eine in der Luft. Genauer gesagt, unter Wasser; denn in den Tiefen des Meeres herrschte ebenso eine natürliche Kühlung wie hoch oben in den Wolken. Das machten sich die Ohalis zunutze.

Der größte Teil der lieferfertigen Eier wurde in die Bäuche riesiger Wale verfrachtet, die sodann auf die Reise geschickt wurden. Diese schwammen dann - in der zur Kühlung notwendigen Tiefe - bis zu ihren Bestimmungsorten. Ein kleinerer Teil der Eier wurde mittels Luftpost verschickt. Dies geschah mit Hilfe großer Pelikanschwärme, mit deren Schnabelsäcken man ebenfalls entsprechenden Frachtraum zur Verfügung hatte. Beide Transportunternehmungen funktionierten zur vollsten Zufriedenheit und keine Menschenseele konnte so feststellen, von wo die Wale, bzw. die Pelikane herkamen. Am jeweiligen Bestimmungsort angelangt, wurden die Eier den dort ortsansässigen Osterhasen übergeben, die dann die Endauslieferung übernahmen. Diese brachten dann rechtzeitig zum Ostersonntag die schönen bunten Ostereier zu den noch nicht schulpflichtigen Kindern und versteckten die Eier im Garten.

Und so wäre es wohl heute noch, wenn nicht ein charakterschwacher, bedauernswerter Ohali namens Neotopa das Schicksal der Insel Indoha, samt seiner liebenswerten Bewohner gar bös herausgefordert hätte. Das Vermächtnis des großen Deligo besagte nämlich auch, dass die Insel und ihre Bewohner dem Untergang geweiht wären, wenn je eines fremden Menschen Fuß die Insel betreten würde. Besagter Neotopa missachtete jedoch die mahnenden Worte des Deligo, indem er auf seinen Teil der Eier eine Lageskizze der Insel malte, anstatt sie mit Farbe zu versehen. Er wollte halt zu gern wissen, wie es in der restlichen Welt zugeht, wie es dort aussieht und wie man dort lebt. Er dachte sich bei Gott nichts Böses dabei, als er solches tat und er machte ja auch nichts Verbotenes; denn es gab ja auf der Insel keinerlei Verbote. Aber ohne es zu wissen, beschwor der derart ein großes, unabwendbares Schicksal für alle Ohalis herauf.

Es dauerte auch nur eine geraume Zeit, bis die ersten Schiffe am Horizont sichtbar wurden. Aus aller Welt kamen die Menschen angereist, um die Ohalis zu besuchen. König "Mioc der Gütige" war mit Trauer erfüllt und er weinte, so viel er nur konnte und mit ihm alle Ohalis. Der Schuldige aber, der seine Missetat erkannt und auch zugegeben hatte, erging sich in heftige Selbstvorwürfe und er riss sich vor lauter Unglück fast die Seele aus dem Leib. Doch das nützte jetzt alles nichts mehr, es war zu spät.

Nach einer angemessenen Trauerzeit von einer Stunde bat der König alle seine Inselmitbewohnern zu einem letzten gemeinsamen Fest. Und so wurde ein Fest ausgerichtet, wie es zuvor noch kein Ohali je erlebt hatte.

Obwohl sie alle wussten, was nun bald geschehen würde, aßen, tranken, tanzten, sangen und scherzten die Ohalis, als wäre nichts geschehen. Sie waren voll Dankbarkeit für all die schönen Dinge, die sie im Laufe ihres Lebens erlebt hatten, dass es im höchsten Maße undankbar gewesen wäre, dem Schicksal zu hadern.

Die Menschen auf den Schiffen hörten schon von Ferne die lustigen Klänge der Musik und sie freuten sich schon sehr darauf die Ohalis kennen zu lernen. Doch soweit ist es nie gekommen...

Als sie auf der Insel gelandet waren, fanden sie kein einziges Lebewesen vor. Es schien, als seien sie auf einer unbewohnten Insel. Was die Menschen jedoch nicht wissen konnten, war die Tatsache, dass alle Ohalis zu Stein geworden waren und sogleich zerfielen. Nur die Königsfamilie war nicht zerfallen. Noch heute kann man die steinernen Zeugen aus jener Zeit vorfinden, die einst Strafe waren für unbeherrschte Neugierde. Die Menschen haben die Insel später die "Osterinsel" genannt und alljährlich kommen viele Besucher dorthin, um die Steinfiguren zu bewundern.

Was die Tradition der Ostereier betrifft, so haben die Menschen diese in den meisten Ländern der Erde weitergeführt. Sie verwenden dazu die Eier von Hühnern. Diese sind jedoch kleiner als die Eier des Dugol und sie schmecken auch nicht so gut. Und die Farben sind nicht annähernd so schön. Doch die Kinder freuen sich nach wie vor jedes Jahr auf die Osterzeit und die vielen bunten Ostereier. Aber fast niemand kennt die Geschichte der Ohalis und keiner weiß, wie es einst zuging auf Indoha, einem Paradies, mitten im Pazifik gelegen, etwa 110° westlicher Länge...

Advent, Advent...

Advent, Advent, ein Lichtlein brennt; erst eins, dann zwei, dann drei, dann vier, dann steht das Christkind vor der Tür...

Heute war der zweite Adventsonntag und die Familie saß andächtig in der Küche beisammen. Das Feuer im Herd bescherte eine gemütliche Wärme. Man konnte das Holz krachen hören; es waren lauter kleine Explosionen und manchmal waren sie so laut, dass man hätte erschrecken können. Das Wasserschiff an der Schmalseite des Herdes summte gleichmäßig vor sich hin. Viele werden diese sinnvolle Einrichtung gar nicht mehr kennen. Es war ein in den Herd integriertes Behältnis, in welchem sich stets warmes Wasser befand - vorausgesetzt natürlich, der Herd war eingeheizt. Dieses Behältnis hatte wohl die verschiedensten Bezeichnungen. Unseres hieß schlicht und einfach "Wasserschiff".

Pauli saß neben dem besagten Schiff. Es war dies sein Stammplatz, den ihm auch niemand streitig machte. Das lag wohl nicht so sehr an der ohne Zweifel in reichem Maße vorhandenen Autorität, die von dem lebensbejahenden, reifen Neunjährigen ausging, als vielmehr an der Tatsache, dass von der Seitenfront des treulich dienenden und stets verlässlichen Heizgerätes eine teuflische Hitze ausging, welche niemand außer Pauli zu ertragen imstande war. Die vis-a-vis-Seite des kleinen Küchentisches war das Refugium von Paulis Mutter, deren vornehmste Pflicht die Verwaltung des Familienbestecks war, welches sich in der Schublade befand, die unter dem Tisch angebracht war und die nur von ihrer Seite zu öffnen ging.

Rechts von Mutter saß Tante Wilhelmine. Sie war die Köchin, der Heizungsingenieur, das Hirn und der Verwalter der Familie. Und ihr gegenüber war der Platz für die Kurzfristigen. Das waren Personen, die nie über einen sehr langen Zeitraum anwesend waren. Der Häufigkeit nach gemessen war dies an erster Stelle wohl der Bruder von Pauli, der viel zu alt war, als dass man mit ihm hätte etwas Gescheites anfangen können. Dann kam Onkel Friedrich, der Lieblingsonkel von Pauli und nebenbei noch der Bruder von Mutter und Tante Wilhelmine.

Onkel Friedrich war ein Volltreffer. Er sah aus wie Clark Gable und es gab nichts, was er nicht konnte. Pauli vergötterte ihn. Die restlichen Benützer dieses Platzes waren irgendwelche weitschichtigen Verwandten oder gelegentliche Besucher. Paulis Vater gab es nicht; aber für ihn wäre eh kein Platz mehr gewesen, denn der Tisch war ein echter "Viersitzer".

Mutter hatte Pauli erzählt, dass der Vater im Krieg geblieben wäre und damit war dieses Thema zur Genüge behandelt. Nun saßen sie also in der Küche: Pauli, die Mutter und Tante Wilhelmine und es war zweiter Advent und bis Weihnachten waren es noch volle fünfzehn Tage und fünfzehn schlaflose Nächte.

Pauli war in einer äußerst desolaten Gemütsverfassung. Zum einen plagte ihn die Neugier auf die hoffentlich zahlreich anfallenden Weihnachtsgeschenke und zum anderen schleppte er ein Geheimnis mit sich herum, das ihn von innen heraus begann mit Haut und Haaren aufzufressen. Was Ersteres betraf, so hatte er den Samen für eine reiche Ernte gelegt. Seit Anfang November überschlug sich Pauli förmlich im Ausüben von Mutter-, Onkel- und Tanten-gefälligem Benehmen. Er befleißigte sich bei jeder nur sich anbietenden Gelegenheit zu glänzen und der Titel des bravsten und wohlerzogensten Knaben auf Landesebene war ihm wohl kaum noch zu nehmen.

Es war Pauli voll bewusst, dass das anstehende Weihnachtsfest wohl im höchsten Maße - was die Anzahl der Geschenke betraf - rekordverdächtig war. Aber das alles war kein Trost für die schrecklich nagende Neugier. Er beobachtete schon geraume Zeit den Kreis der potentiellen Gabenlieferanten mit aller gebotenen Vorsicht und Diskretion, aber nicht einer hätte sich auf irgendeine Weise verdächtig gemacht.

Wenn er bedachte, dass er seinerseits seine Geschenke schon seit Anfang Oktober komplett zusammen hatte, so musste ihn die Tatsache einfach stutzig machen, dass noch keiner der lieben Verwandten bisher etwas nach Hause gebracht hatte, was nur annähernd die Ausmaße oder die unverwechselbare Verpackungsart besaß, die nur auf das eine hätten schließen lassen.

Sollte er sich bei seiner Selbsteinschätzung etwa geirrt haben? Hatte er vielleicht einmal irgendeiner Bitte erwachsenerseits nicht entsprochen? Oder war er gar keck mit einer Antwort und es war ihm nur nicht aufgefallen? Um Gottes willen - nicht auszudenken! Jetzt, wo er darüber nach dachte, fiel ihm auf, dass Onkel Friedrich in letzter Zeit etwas wortkarg ihm gegenüber war. Da musste etwas vorgefallen sein. Und Tante Wilhelmine drückte ihn auch viel weniger als sonst. Und Mutter? Nein, nein, mit Mutter war soweit alles in Ordnung...

"Pauli", "Pauli!"
Pauli hörte weit weg irgendjemanden seinen Namen rufen.

"Wo bist du denn mit deinen Gedanken?"
Es war die Mutter.

"Es ist alles in Ordnung", stammelte Pauli und er setzte das verbindlichste Lächeln auf, welches er auf die Schnelle erhaschen konnte.

"Dann ist es ja gut", fuhr die Mutter fort.

"Hole mir bitte die Zither aus dem Schlafzimmer."

"Ja Mutter."

Pauli eilte in das Schlafzimmer der Mutter, bückte sich nieder, schlug die Bettdecke hinauf und griff nach Mutters Zither. Mutter war der Musikant in der Familie. Sie hatte als junges Mädel Zitherunterricht bei einer gewissen "Zitherbabette" genommen, welche Pauli nur dem Namen nach kannte. Vielleicht hatte die Gute schon längst das Zeitliche gesegnet. Pauli hatte sie zumindest noch nie im Dorf gesehen und im Dorf kannte schließlich jeder jeden.

Der Knabe trug das alte Instrument in die Küche und Mutter baute es auf dem Tisch auf. Sie nahm es behutsam aus dem alten Pappbehältnis und legte es vorsichtig hin. Dann stülpte sie sich den Ring über den Daumen der rechten Hand, nahm den Stimmschlüssel aus der dafür vorgesehen Ecke der Schachtel und dann begann sie mit viel Sachkenntnis das alte, kostbare Instrument zu stimmen.

Die restlichen Anwesenden, das waren Pauli und Tante Wilhelmine, sahen ehrfurchtsvoll und mucksmäuschenstill dabei zu. Es galt die Künstlerin in ihrer Konzentration jetzt nicht zu stören. Als das Stimmen der Zither vorüber war, nahm die Mutter das Notenbuch in die Hand, schlug es auf und suchte im Anhang den Teil für die Feste, welche sich über das Jahr verteilten: Ostern, Pfingsten, Erntedank und Weihnachten.

Tante Wilhelmine hatte aus der versperrten Wohnzimmerkredenz eine Handvoll von den selbstgebackenen Weihnachtskeksen geholt und der Tee stand schon

271

aufgebrüht auf dem Tisch. Der Adventskranz erstrahlte im Licht seiner zwei Kerzen und die ganze Küche duftete nach Tannennadeln. Tante Wilhelmine hatte einige Zweigerln Tannenreisig aufs Feuer gegeben und daraus entwickelte sich ein üppiger, süßer Duft, welcher sich im ganzen Raum verbreitete.

Dann war es so weit. Mutter griff in die Saiten. Die linke Hand spielte die Melodie und die rechte begleitete. Die linke Hand lief wie geschmiert, aber die rechte machte doch erhebliche Schwierigkeiten. Es lag wohl daran, dass die linke Hand nur jeweils eine der Seiten bedienen musste, während dessen sich die rechte Hand einer Riesenauswahl von Saiten gegenüber sah und da war die Gefahr schon beträchtlich, dass man vor lauter Bäumen den Wald nicht sah. Aber Mutter meisterte diese Hürde mit Bravour.

Mit der linken spielte sie den ersten Ton des Stückes und der Chor - Pauli, Tante und auch die Mutter selbst - sangen inbrünstig die Silbe oder auch das ganze Wort, das mit diesem Ton in Zusammenhang stand, mit. Inzwischen suchten die Finger der rechten Hand wieselflink nach den Saiten, welche den Begleitakkord bilden sollten. Sobald sie fündig geworden waren, ließen die Finger der Mutter ebendiesen Akkord virtuos erklingen. Und im selben Augenblick hatte der Finger der linken Hand auch schon mutig den nächsten Ton ergriffen und der Chor war zeitgleich mit eingefallen.

Wenn man dieser musikalischen Darbietung aufmerksam zuhörte, so musste sich einem unweigerlich eine Bewunderung aufdrängen für das feine Gespür aller Beteiligten. Sie bildeten eine homogene Zweckgemeinschaft, die es meisterlich verstand - auch ohne Proben während des Jahres - im entscheidenden Augenblick Großes zu leisten.

Die kleine musikalische Gemeinschaft hatte sich zwischenzeitlich warmgespielt und warmgesungen und sie war im Begriff sich höchsten Anforderungen zu stellen. Vielleicht war es auch der hochprozentige Rum, der zur Veredelung des Teegenusses beitrug, welcher den Beteiligten Mut einflößte; auf jeden Fall legte die Mutter *"Kommet ihr Hirten"* auf. Wer dieser musikalischen Literatur kundig ist, der weiß, dass dieses Opus höchste Anforderung an den Künstler stellt.

Hatten sich die bisherigen Stücke auf einem Niveau von C-dur bis F-dur bewegt, so schauten der Mutter jetzt sage–und-schreibe fünf Kreuzzeichen mit herausforderndem Blick aus dem Notenblatt entgegen. Hinzu kam noch das ständige Auf und Ab der Noten in zum Teil als monströs zu bezeichnenden Sprüngen. Aber was half `s? Es war nun einmal Mutters Leib- und Magenstück.

Mit diesem Weihnachtslied kämpfte sie seit Anbeginn ihrer Zitherkarriere. An diesem Stück biss sie sich Jahr – für - Jahr ihre Zähne aus, aber sie ließ nicht ab.

Das Spiel wäre ja noch gegangen, wenn man einmal davon absieht, dass fünf Kreuze einfach zu viel sind für das menschliche Gehirn und dass die linke Hand keine wesentliche Schuld trifft, aber die Pausen von einem richtigen Ton zum nächsten richtigen Ton waren teilweise so groß, dass der Chor unüberwindliche Schwierigkeiten hatte, der musikalischen Begleitung der Mutter zu folgen. Und so hatte der Chor, was Pauli und Tante Wilhelmine betraf, schon längst aufgegeben, als die Mutter noch immer den aussichtslosen Kampf mit ihrem musikalischen Erzfeind führte und eine weitere Niederlage sich immer mehr abzeichnete.

Pauli und Tante Wilhelmine taten sich derweil bei den Weihnachtskeksen gütlich und ihre ganze Bewunderung galt der Mutter, deren Zitherspiel der alljährliche Höhepunkt jedes Adventsonntages war und ohne den die Adventzeit um vieles ärmer gewesen wäre.

Weihnachten rückte schon bedenklich nahe und Pauli litt zusehends. Seine gelegentlichen Vorstöße in Sachen Weihnachtsgeschenke fielen immer auf fruchtlosen Boden. Mit lapidaren Bemerkungen in Richtung Mutter und Tante wie *"...in diesem Jahr bringt das Christkind aber etwas ganz Schönes..."* oder auch *"...wenn ihr es gar nicht mehr aushaltet, dann zeig ich euch es gern..."* biss Pauli auf Granit.

Die uneinsichtigen Erwachsenen konterten ebenso lapidar mit *"...da freuen wir uns schon sehr auf Weihnachten..."* oder auch *"...wir halten es schon aus bis dahin..."* brachten sie Pauli fast an den Rand der Verzweiflung. Aber einer der mit am stärksten ausgeprägten Charakterzüge des lieben Knaben bestand darin in kritischen Situationen eine ungeheuer große Portion Geduld und Beharrlichkeit an den Tag zu legen und zwar so lange, bis das Opfer mürbe war und letzte Reste von Widerstand sich in Wohlgefallen auflösten.

Das Geheimnis lag jedoch in der Dosierung. Zuwenig bewirkte nichts und zu viel konnte alles zerstören. Und Pauli war ein Meister der Dosierung. So war es dann auch nicht verwunderlich, daß die Mutter und Tante Wilhelmine schlussendlich kapitulierten und nach einem *"...dann zeig uns schon endlich, was das Christkind uns bringt!"* eilte Pauli wie ein geölter Blitz zum Versteck seiner Geschenke und brachte sie in die Küche. Sein Herz schlug wie wild und vorsichtig und mit leicht zittrigen Händen wickelte er seine Schätze aus dem Seidenpapier.

Was er nicht sah, das waren die Augen seiner beiden Geschenkempfänger. Die Mutter und die Tante lächelten aus einem Gefühl der Freude, der Liebe und des

Stolzes heraus; denn ihr beider Pauli war wohlgeraten und so ganz nach ihrem Geschmack.

Und dann sahen sie die vorgezogene Bescherung. Auf dem Küchentisch standen nun zwei wunderschöne Sammeltassen, eine in hellgelb und die andere in zartblau. Und für die Mutter gab `s noch ein Extrapackerl. Ein kleiner Karton mit einer Flasche "Echt Kölnisch Wasser" und einem duftenden Stück Seife. Weil Pauli jedoch beide gleichermaßen lieb hatte, bekam Tante Wilhelmine auch noch ein Extrapackerl. Wohl etwas kleiner als das der Mutter, aber nicht weniger von Herzen. Ein Stück Lübecker Marzipan, Tantes Lieblingsnascherei.

Nun war es vollbracht. Pauli verspürte eine ungeheure Erleichterung in sich. Ihm war, als hätte man ihm eine zentnerschwere Steinplatte von der Brust genommen. Er schaute erwartungsvoll in die Gesichter seiner beiden Lieben und er erkannte eine hundertprozentige Zustimmung, was die Auswahl seiner Geschenke betraf. Da gab es keinen Zweifel. Er hatte - wie in jedem Jahr - auch heuer wieder optimal gewählt. Die Mutter und die Tante Wilhelmine bestaunten und bewunderten all die herrlichen Geschenke und dann wickelten sie dieselben wieder in das Seidenpapier und hießen Pauli die Geschenke schnell wieder zu verstecken, was dieser dann auch umgehend machte.

"Man muss das Eisen schmieden, solange es noch warm ist", dachte Pauli still bei sich und er machte einen zarten Versuch, andeutungsweise Informationen über seine zu erwartende Geschenke zu erhaschen. Diese Kalkulation sollte jedoch nicht aufgehen. So freigiebig Pauli war, so zugeknöpft gaben sich Mutter und Tante. Und obwohl sich dieses vorweihnachtliche Spielchen Jahr um Jahr

wiederholte - das Prozedere änderte sich nie. Pauli fügte sich; er hatte es zumindest probiert.

Was ihm jedoch nach wie vor Sorge bereitete, war die Tatsache, dass er auch in den vergangenen Tagen keinerlei Lieferantentätigkeiten bemerkte. Er hatte aufgepasst wie ein Haftelmacher, aber ohne jeglichen Erfolg. Einerseits war er sich ziemlich sicher, daß ihm das Christkind auf alle Fälle etwas bringen würde; aber andererseits...

Paulis Ungewissheit wurde schon einige Tage danach vollkommen zerschlagen. Es war später Nachmittag und Pauli war gerade mit seinen Schulaufgaben fertig geworden. Die Mutter war noch nicht von der Arbeit nach Hause gekommen und Tante Wilhelmine stand beim Herd und kochte das Nachtmahl. Plötzlich ging sie ins Schlafzimmer und kam kurz darauf mit einem Nylonsackerl wieder heraus.

"Du machst jetzt die Augen zu und du machst sie erst wieder auf, wenn ich es dir sage!"
Pauli schloss seine Augen und sperrte die Ohren auf. Er hörte das Rascheln des Nylonsackerls und kurz darauf das Klimpern von Stricknadeln.

"Aha", dachte Pauli still bei sich, *"die liebe Tante hat wieder etwas für mich gestrickt..."*
"Sitz gerade", sagte die Tante *"und halte die Arme seitwärts gestreckt."*
Dann spürte Pauli, wie die Tante etwas an seinen Rücken und an die Arme hielt. Was er nicht wusste, weil er es weder sehen noch hören konnte, war die Tatsache, dass die Tante sich eifrig Notizen machte. Dann hörte er ein erneutes Rascheln und die Tante sagte: *"Jetzt kannst du die Augen wieder aufmachen"*. Danach brachte sie das Sackerl wortlos ins Schlafzimmer zurück und ging dann wieder ihrer Kocherei nach.

Das Ganze hatte nur kurz gedauert und Pauli hatte kein einziges Wort von sich gegeben. Er hatte so seine Ahnung und das genügte ihm. Zumindest wusste er jetzt, daß unter dem Weihnachtsbaum ein Geschenk für ihn liegen würde. Dass es sogar mindestens zwei sein würden, das erfuhr er noch am selben Abend.

Onkel Friedrich kam gegen acht Uhr nach Hause und er steckte seinen Kopf nur kurz bei der Küchentür herein, bevor er hinauf in den ersten Stock ging, wo er sein Zimmer hatte. Zuvor bat er jedoch die Tante kurz vor die Tür zu kommen, denn er hätte etwas mit ihr zu bereden. Der kurze Augenblick, in welchem der Onkel bei der Küchentür hereingeschaut hatte, hatte Pauli vollkommen genügt um eine äußerst interessante Beobachtung zu machen.

Der Onkel hielt unter seinem linken Arm einen länglichen Karton. Er hatte die Ausmaße von zwei der Länge nach angeordneten Schuhkartons. In Paulis Hirn wurde sofort Großalarm ausgelöst. Das konnte nur für ihn sein, das war das Weihnachtgeschenk von Onkel Friedrich. Pauli setzte sich einen völlig unbeteiligten Gesichtsausdruck auf und schaute gänzlich unverdächtig in der Küche umher. Seine Ohren wurden lang und länger und es gelang ihm tatsächlich das Gespräch der beiden zu belauschen.

Man muss dazu sagen, dass Pauli ein Ausbund an Leichtgläubigkeit und Naivität war, und dass ihm jedwedes hinterfotziges Denken und Handeln völlig fremd war. Was er dort draußen vor dem Tor vernahm, traf ihn wie ein Peitschenschlag. Auf die Frage von Tante Wilhelmine, was sich denn in der Schachtel befände, hörte Pauli den Onkel leise, aber für Pauli gerade noch vernehmlich, antworten: *"Eine Puppe..."*

277

Pauli fühlte, wie sich alles in ihm zusammenkrampfte, er fühlte, wie seine in den Augen mühsamst zurückgehaltenen Tränen in den Schlund hinunter wanderten, und er fühlte eine tiefe Traurigkeit in seinem Herzen. Er verstand nicht, warum Onkel Friedrich, den er anhimmelte und vergötterte, ihm solchen Schmerz zufügen konnte. Hatten sie nicht viele schöne gemeinsame Stunden miteinander verbracht, waren sie nicht wie zwei Brüder? Das alles zählte wohl nicht mehr...

Pauli fühlte sich verraten und verlassen. Was ihn noch vor wenigen Augenblicken mit freudiger Erwartung erfüllt hatte, wurde jetzt zum Alptraum: Weihnachten...

Die Mutter, die bei Pauli am Küchentisch saß, bemerkte die Veränderung bei ihrem Sohn ebenso wie Tante Wilhelmine, die inzwischen wieder in die Küche zurückgekehrt war. Sie fragte Pauli, was er denn habe. Pauli wollte *"nichts"* sagen, war aber dazu nicht fähig. Eine eisenstarke Hand hielt seinen Hals fest umklammert und es war ihm unmöglich auch nur ein Wort heraus zu bringen.

Das Dumme war jetzt, daß die umgeleiteten Tränen in einen Stau gekommen sein mussten, denn sie verließen nun auf dem eigentlich dafür vorgesehen Weg Paulis Körper. Dick und heiß rannen sie über Paulis Wangen und in unvorhersehbaren Mengen.

Die beiden Frauen konnten dieses nicht mit ansehen und sie bemühten sich mit allen Mitteln Pauli zu trösten. Nach einigen glücklosen Versuchen gelang es Pauli dann doch den Grund seines großen Schmerzes zu artikulieren und unter Zuhilfenahme von maßloser Enttäuschung brachte er das erlösende *"ich will keine Puppe"* heraus.

Tante Wilhelmine, der wohl bewusst war, dass in dem Karton alles, nur keine Puppe war, wollte Hoffnung bei Pauli erwecken, indem sie diesem bedeutete, daß der Onkel mit seiner Äußerung sicher nur einen Scherz gemacht hätte. Der Respekt vor dem älteren Bruder gebot beiden Frauen um keinen Preis die völlige Wahrheit zu sagen, denn das hätte böse Folgen für sie gehabt.

Als Paulis Großvater im Krieg gefallen war, hatte Onkel Wilhelm so etwas wie Vaterstelle an Mutter und Tante eingenommen, obwohl in niemand dazu aufgefordert hatte. Aber damals war die Zeit wohl danach. Und vielleicht war es der Großmutter sogar recht; wer weiß.

Die Bemühungen der beiden Frauen waren völlig umsonst, denn je mehr sie sich befleißigten Pauli die Puppe auszureden, umso mehr war Pauli von der Puppe überzeugt. Und erschwerend kam noch hinzu, daß die Ausmaße des Kartons eindeutig auf ein Puppenbehältnis hinwiesen. Da gab es überhaupt keinen Zweifel.

Was noch vor kurzem endlos zu sein schien, das verging jetzt viel zu schnell: die Tage bis Weihnachten. Paulis Gemütszustand blieb unverändert und er gab der Mutter und Tante Wilhelmine ernsthaften Grund zur Sorge. Die Sonne in der Goethestraße 13 war untergegangen. Pauli lachte nicht mehr, seine Augen hatten ihren schelmischen Glanz verloren und im ganzen Haus war es gespenstisch ruhig.

Onkel Friedrich, der von Berufs wegen schon einige Tage vor Weihnachten aus dem Haus gegangen war und der erst Anfang des neuen Jahres zurückerwartet wurde, konnte das Geheimnis ja nicht lüften und die beiden Schwestern trauten sich nicht. So blieb nur die Hoffnung, daß Pauli nicht noch krank werden würde vor lauter Kummer. Und dann war er da, der „Heilige Abend" und Pauli war Gottseidank gesund geblieben.

Nach dem Kirchgang wurde gegessen. Aber in diesem Jahr wurde nicht so viel Zeit verwendet wie sonst. Tante Wilhelmine war bemüht die Zusammenkunft von Christkind und Pauli so rasch wie möglich voran zu treiben. Sie konnte es nicht mehr länger mit ansehen, wie das Kind litt und so eilte sie ins Wohnzimmer, läutete die Glocke und bat alle in die gute Stube.

Pauli, in all den Jahren davor ungeschlagener Sieger in der Disziplin "Wohnzimmer stürmen" ging als letzter. Dann standen sie alle vor dem Lichterbaum, sangen die obligatorischen Weihnachtslieder, mehr pflichterfüllt als freudentrunken und dann wurde Pauli angehalten seine Weihnachtspäckchen auszupacken. Pauli machte gute Miene zum bösen Spiel und begann mit der Arbeit.

Er hatte das große längliche Paket wohl bemerkt, übersah es jedoch geflissentlich. Er packte den Pullover aus, den die Tante gestrickt hatte, die Unterhosen, die Leiberln, die Fäustlinge und den "Lederstrumpf". Als er das Buch in den Händen hielt, glitt ihm ein kleines Lächeln über sein Gesicht und er bedankte sich artig. Er setzte sich zum Tisch, nahm sich ein paar Kekse auf den Teller und begann in seinem Buch zu blättern.

"Du hast ein Päckchen vergessen", erinnerte ihn in diesem Augenblick die Mutter. Pauli gab sich ganz in sein Buch vertieft, konnte sich jedoch einer wiederholten Erinnerung an das vergessene Päckchen nicht entziehen. Also stand er auf, wankte in Richtung Puppenkarton, so als ginge er zum Schafott und hob das unglückselige Päckchen vom Boden auf. Die schreckliche Gewissheit schwer auf seinen Schultern lastend, schleppte er seinen schmächtigen Körper zurück zum Tisch und begann - nicht gerade lusterfüllt - das Päckchen zu öffnen.

Pauli bemerkte, wie sich eine Tränenflut anschickte seinen Kummer zu untermalen und er kämpfte tapfer dagegen an. Endlich hatte er das Geschenkpapier sorgfältig entfernt und fein ordentlich zusammengefaltet, was sonst beileibe nicht Paulis Art war, und dann hob er vorsichtig den Deckel ab, gerade so, als wolle man einen Sarg öffnen.

Das nackte Entsetzen schlug sich in Paulis Gesicht und biss sich drinnen fest. Er erstarrte in völliger Bewegungslosigkeit, als hätte ihn der Blitz getroffen, und es konnte nur mehr Sekunden dauern, bis er danieder sinken würde. Dieser Eindruck musste sich dem Betrachter unweigerlich aufdrängen. Doch ach wie so trügerisch war der Ausdruck in Paulis Gesicht. Der bis gerade eben noch andauernden Bewegungslosigkeit des Knaben folgte ein Luftsprung und ein lauter Schrei, dass der Christbaum beinahe umfiel und die Sonne im Haus Nr. 13 erstrahlte im neuen Glanze, wie nie zuvor.

In dem Karton, in dem mit Sicherheit die ganze Zeit über eine Puppe gelegen hatte, lag auf einmal ein funkelnagelneues, knallrotes, riesengroßes Feuerwehrauto mit einer ausziehbaren Drehleiter und mit Schlauch. Pauli war nun nicht mehr zu bändigen. Er hüpfte wie einst wohl Rumpelstilzchen auf einem Bein umher, er busselte alle ab, und er jauchzte, daß die Englein im Himmel hätten Unterricht bei ihm nehmen können. Und aller Groll gegen den lieben, lieben Onkel Friedrich war mit einem Schlag vergeben und vergessen.

Oder hatte vielleicht das Christkind doch die Hand im Spiel? War am Ende doch eine Puppe im Karton und das Christkind hatte sie gegen ein Feuerwehrauto ausgetauscht? Das wird wohl nie eines Menschen Seele erfahren, denn Onkel Friedrich beteuerte bis zu seinem Tode, er habe in damaliger Zeit eine Puppe gekauft und kein Feuerwehrauto....

Doch gleichwohl, wie es auch gewesen sein mag, für den lieben Knaben Pauli war dies das aufregendste Weihnachtsfest seines Lebens und wird es wohl bleiben bis in alle Zeit...

Das Weihnachtsessen

Es duftet nach verbrannten Tannenzweigen und ihr Knistern klingt wie Wehklagen. Im Gegensatz dazu hören sich die vielen lauten Explosionen der trockenen Holzscheite wie Frohlocken an. Und die Schatten der flackernden Kerzen des Adventskranzes zaubern bizarre Bilder tanzender Derwische an die Wand der kleinen Küche.

Es ist Heiligabend. Einer von denen, bald nach Kriegsende, der noch fern jeder Hektik gefeiert wird. Einer von denen, wo man noch fähig ist so banale Dinge wie das Knistern des Holzes im Küchenherd wahr zu nehmen oder sich an Schattenspielen von Adventskranzkerzen zu erfreuen. Ein Heiliger Abend, dessen Untergang schon begonnen hat, weil sich eine neue Zeit ankündet, die Wohlstand verspricht und somit auch das Ende jeglicher „Heiligkeit".

In der kleinen Küche sitzen zwei Knaben am Tisch und warten auf das Christkind. Genauer gesagt, sie warten auf die Geschenke, die das Christkind bringen soll. Der Neun- und der Siebzehnjährige haben den kindlichen Glauben an das Christkind schon längst abgelegt und gegen das fundamentale Wissen der Erwachsenwelt eingetauscht. Sie wissen natürlich, dass ihr Christkind von früh bis spät in einer Fabrik arbeitet, und das manchmal auch an Sonntagen. Jede Stunde Arbeit bringt Geld ins Haus, und das braucht eine allein stehende Frau nun einmal, um zwei Kinder ernähren und kleiden zu können. Die beiden Jungen haben ihre Feiertagskleider an und ihr Blick wandert immer wieder zur Uhr, die in die Küchenkredenz eingebaut ist. Auch die Mutter sieht immer wieder nach der Uhr. Sie wirkt unruhig, ja leicht nervös. Nach einiger Zeit geht sie voraus

ins Wohnzimmer um die Kerzen am Christbaum anzuzünden. Dann ruft sie die beiden Kinder, und gemeinsam stehen sie nun vor dem schön geschmückten Baum
und singen Weihnachtslieder. Der Blick der Kinder gilt
mehr den kleinen Päckchen als dem Baum. Obwohl die
Verpackung aus Seidenpapier keinen Aufschluss auf
deren Inhalt zulässt, können sie dennoch den Blick
nicht abwenden. Aber das nützt nichts; denn erst wird
gegessen.

Zu diesem Zweck geht die Mutter hinaus in die Küche. Sie hat Fisch besorgt und brät diesen nun in einer
schweren, gusseisernen Pfanne. Dann trägt sie das Essen auf. Es gibt Fisch mit gekochten Erdäpfeln und
Wintersalat. Die beiden Buben greifen tüchtig zu, denn
sie befinden sich mitten im Wachstum, und ihr Appetit
ist dementsprechend. Dem älteren der beiden fällt auf,
dass auf dem Teller der Mutter nur gekochte Erdäpfel
sind. Er fragt die Mutter, warum sie denn keinen Fisch
isst. Diese antwortet, dass sie beim Kochen schon so
viel davon gegessen habe, dass sie jetzt keinen mehr
möchte. Diese Antwort befriedigt den Knaben. Alle
essen brav auf, und dann folgt die Bescherung.

Die Geschenke gleichen denen vom Vorjahr: selbst
gestrickte Socken für die Füße, selbst gestrickte Fäustlinge für die Hände, selbst gestrickte Haube für den
Kopf, und aus dem Kaufhaus eine Garnitur lange Un-
terwäsche. Und für jeden noch ein Buch. Für den Älteren ein Bildband mit technischen Abbildungen; denn da
liegt sein großes Interesse, und für den Jüngeren ein
Abenteuerroman von J.J. Cooper, den „Lederstrumpf".

Und während die Mutter den Abwasch in der Küche
erledigt, dringen die Beschenkten ein in eine Welt des
Staunens. Der Ältere studiert die Daten aus Forschung

und Technik und der Jüngere kämpft an der Seite von Falkenauge und Wildtöter für Recht und Freiheit.

Welchen Kampf die Mutter in jener Zeit kämpft, erfahren die beiden Söhne erst viele Jahre später. Den oft schwierigen Kampf um das tägliche Brot, der an manchen Tagen auch verloren geht.

Für jenen Heiligen Abend hatte eine Arbeitskollegin der Mutter noch mehr Fisch versprochen, dieses Versprechen aber nicht einhalten können. So hat die Mutter ganz auf ihren Fisch verzichtet, damit den Kindern genügend bleibt.

Das war wohl das größte Geschenk, das ein Mensch machen kann. Liebe, unendlich viel Liebe, und Verzicht zum Wohle eines anderen. Auch wenn Geschenke in dieser Form heute nicht mehr alltäglich sind, so sind sie immer noch das größte Geschenk. Nur dass es heutzutage an Wert verloren hat; vielleicht weil es uns einfach zu gut geht…

Die Lichtmöpse

Es war Heilig Abend und wohl in den meisten Stuben des Tales herrschte freudige und erwartungsvolle Stimmung auf das Christkind. Nicht so jedoch auf dem Hornbergerhof. Der Hornbergerhof lag hoch droben über dem kleinen Bergdorf und seine Bewohner fristeten ein eher karges und entbehrungsreiches Leben.

Nicht dass es ihnen an materiellen Dingen fehlte, die Hornberger waren genügsam und was sie für ihr täglich Leben brauchten, das erarbeiteten sie sich durch ihrer Hände Fleiß. Aber das ganze Jahr hoch droben, abgeschieden von der restlichen Welt, das war manchmal schon recht hart. Umso mehr freute man sich auf die gelegentlichen Ausflüge ins Tal, die sich zu kirchlichen Festtagen ergaben oder anlässlich irgendwelcher Besorgungen für den Hof.

Besucher verirrten sich kaum herauf, nur hie und da ein paar Holzfäller, so sie in der Gegend arbeiteten. Die Hornberger waren einst eine große Familie, doch seit dem Tod der Großmutter im vergangenen Winter waren sie nur noch zu dritt. Vater, Mutter und Mareike, die zwölfjährige Tochter der Hornberger. Mareike ging unten im Dorf zur Schule. Das heißt, zumindest im Frühjahr und im Herbst. Im Sommer waren Ferien und außerdem wurde sie da auch zur Einbringung der Ernte dringend benötigt, und im Winter kam es darauf an, wie viel Schnee Mutter Natur dem Hornbergerhof bescherte.

Es gab schon Winter, da erstickten sie förmlich im Schnee und da war beim besten Willen an einen Schulbesuch überhaupt nicht zu denken. Und einen solchen Winter hatten sie auch in diesem Jahr. Das wäre ja an sich nichts Schlimmes, aber hinzu kam, dass der Vater vom Hansel schwer verletzt worden war. Der Hansel war bisher das bravste Ross, das man sich überhaupt vorstellen kann und es war vollkommen unverständlich, was wohl in ihn gefahren war, als er nach dem Vater ausgetreten hat.

Der Vater hat ihn auch nicht bestraft, denn es war ihm klar, ebenso wie der Mutter und Mareike, dass es keinesfalls aus Böswilligkeit geschehen war. Aber was nützte das? Der Hansel hatte den Vater mitten aufs Knie getroffen und der Zustand der Wunde wurde zusehends schlechter. Nicht nur, dass der Vater das Knie nicht mehr bewegen konnte, es wurden die Schmerzen auch immer stärker und selbst die schmerzlindernden Tabletten versagten ihre Wirkung.

Die Hornberger waren in einer üblen Lage, denn sie hatten ja kein Telefon und der einzige Weg ins Tal lag unter unwegsamen Schneemassen begraben. Aber es half nichts, der Vater bedurfte dringend ärztlicher Behandlung. Die Mutter machte zwar Kräuterumschläge, die sie stündlich wechselte, aber diese brachten nur geringe Linderung. Der Vater beklagte sich mit keinem Wort, das brachte das harte Leben in der Natur mit sich, aber der Ausdruck in seinem Gesicht ließ starke Schmerzen erkennen.

Die Mutter hatte am Vormittag ein kleines Bäumchen aufgeputzt. Was all die Jahre davor mit Freude und Gesang verbunden war, das vollzog sich in diesem Jahr in sorgenvoller Stille. Vaters Zustand war schlechter geworden. Zu seinen Schmerzen hatte sich Fieber hinzugesellt und man konnte ihn im Fieber jammern und stöhnen hören. Mareike bedrängte die Mutter zum wiederholten Male, sie möge ihr doch endlich die Erlaubnis geben, ins Tal hinunter zu steigen, um den Arzt zu holen. Die Mutter hatte sich bisher beharrlich geweigert, diesem mehr als gefährlichen Vorhaben ihren Segen zu geben. Es lag viel zu viel Schnee und die Wolken sahen auch nicht gerade vertrauenserweckend drein.

Mareikes Mutter hatte Tränen in den Augen, als sie endlich schweren Herzens ihr Einverständnis gab. Die Sorge, die sie um den geliebten Gatten hatte wurde nun noch vermehrt durch die Angst, dass ihrer Mareike etwas zustoßen könnte. Sie machte dem herzensguten Kind das Kreuzzeichen auf die Stirn und dann sah sie ihr nach, bis die dichten Schneeflocken Mareike verschlungen hatten.

Jetzt gab es kein Zurückhalten mehr. Ein heftiger Weinkrampf befiel die Mutter und die Tränen rannen ihr über das Gesicht. Sie kniete nieder vor dem kleinen Holzkreuz an der Wand und sie betete inbrünstig zu ihrem Herrgott, er möge das Kind beschützen.

Mareike stapfte durch den tiefen Schnee, dick vermummt, in der einen Hand einen Stock und in der anderen eine Petroleumlampe. Durch das dichte Schneetreiben wurde es den ganzen Tag schon nicht richtig hell und außerdem würde es zumindest Dämmerung werden, bis sie das Tal erreichte. Sie kam recht gut voran und sie dachte fortwährend an den Vater, wie sehr dieser leiden musste.

Vater war kein sehr wortreicher Mensch, er ging stets seiner Arbeit nach und er sprach nur das Allernotwendigste. Die Mutter war gerade das Gegenteil. Sie schwatzte dem Teufel die Ohren ab und der Vater flüchtete hin und wieder, indem er irgendetwas brummelte, wie: *"Ich muss einmal nach den Viechern schauen..."* und schon war er draußen bei der Tür.

Mareike verstand sich mit beiden Eltern gut. Sie fühlte sich jedoch stark zu ihrem Vater hingezogen, denn sie war ihm in der Art sehr ähnlich.

"Liebes Jesuskind, ich bitt dich, bewahr mir den Vater, gib, dass er wieder gesund wird und gib mir die Kraft, dass ich bald im Tal bin, um Hilfe zu holen!"

Mareike sagte diese Worte voll Inbrunst, während sie sich durch den immer tiefer werdenden Schnee kämpfte, den Blick zu Boden gesenkt und die Sicht behindert durch einen feinen Tränenschleier.

Obwohl ihr der Gedanke, Hilfe holen zu müssen, Kraft gab, wurden die Schritte von Mareike zusehends kleiner und immer langsamer. Eine bleierne Müdigkeit schlich sich in ihre Beine und der Wunsch, sich nur ein wenig auszurasten, wurde immer größer. Sie verwehrte sich jedoch das Ausrasten, denn sie wusste, dass jede Minute, die sie früher im Tal sein würde, dem Vater Schmerzen ersparte. Also stapfte sie weiter, Schritt um Schritt, ein schier unmögliches Ziel vor Augen.

Es war inzwischen schon dunkler geworden, was Mareike erstaunte. Was sie nicht wusste, war die Tatsache, dass es schon viel später in der Zeit war, als sie sich vorstellte. Sie hatte keine Uhr und das war auch gut so. Vielleicht hätte sie eine Art Mutlosigkeit befallen, hätte sie gewusst, dass es nur schon so spät war, weil sie nicht schnell genug vorwärts kam. Ihre Bewegungen waren schon unkontrolliert und hölzern. Ihr kleiner Körper war erschöpft und schon an den Grenzen seiner Leistungsfähigkeit angelangt.

Und plötzlich passierte es. Mareike stolperte über eine durch den Schnee verborgene Wurzel und fiel in den weichen Schnee. Sie wäre sicherlich auch gestolpert, wenn kein Schnee gelegen wäre. Sie war so müde, dass ein achtsames Gehen unmöglich war. Beim Hinfallen war ihr die Petroleumlampe aus der Hand geglitten und die Flamme wurde durch den Schnee erstickt. Da lag sie nun in einem Bett aus weißen Daunen, um sie herum war alles dunkel und der Schlaf lockte sie mit süßem Gesang.

Mareike schloss ihre müden Augen und sie fühlte sich so wohl, wie schon lange nicht mehr. Sie spürte weder Kälte noch Angst, sie dachte nicht an den verletzten Vater und an die sorgenvoll wartende Mutter, sie wollte nur noch schlafen. Und sie wäre auch sicherlich eingetaucht in einen ewigen Schlaf, aus welchem es kein Erwachen gegeben hätte, wäre nicht etwas Eigenartiges geschehen...

Sie glaubte zu träumen, als sie plötzlich ein noch nie zuvor gehörtes Singen vernahm. Es waren so schöne Töne, dass es unbeschreiblich war und diese Töne erfüllten Mareikes Ohren und Herz mit größter Freude. Hinzu kam eine Wärme, die sich vor Allem im Gesicht stark spüren ließ. Es war so ähnlich, wie wenn ihr die Mutter beim Schlafengehen auf beide Augen einen langen Kuss gibt und ihr einen schönen Traum wünscht.

Mareike konnte nicht anders, sie musste ganz einfach die Augen öffnen. Aber kaum hatte sie diese geöffnet, da machte sie sie auch schon wieder zu. Mareike war zutiefst erschrocken. Aber die Neugier war doch ein wenig größer als die Furcht und so machte Mareike die Augen auch nur ein wenig auf, um sich zu vergewissern, dass sie sich nicht geirrt hat.

Und sie sah das Gleiche wieder wie beim ersten Mal. Der ganze Wald war hell erleuchtet. Rund herum auf den Bäumen saßen Lichtwesen, die so groß waren wie die Obstschale aus Ton, die zu Hause auf dem Tisch stand. Sie sahen aus, wie die Sonne, von Kinderhand gezeichnet: rund, mit Augen, Nase und Mund und eingesäumt von kurzen Strahlen. Sie leuchteten so hell, dass es keinen Schatten gab und man konnte ihnen ins

Gesicht schauen, ohne dass man davon geblendet wurde.

Mareike, die sich zuerst erschreckt hatte, fasste nun ein Zutrauen zu diesen Lichtwesen und jedwede Angst war gewichen. So müde sie eben noch gewesen war, so kräftig fühlte sie sich jetzt. Sie stand auf, nahm ihren Stock und ihre Petroleumlampe, die sie eigentlich gar nicht mehr brauchte, obwohl diese inzwischen wieder brannte, und setzte ihren Weg fort. All ihre Müdigkeit war gewichen, ebenso wie ihre Angst und ihre Sorge. Sie spürte eine solche Zuversicht in ihrem Herzen und eine solche Freude, dass sie mit weit ausholenden Schritten über den Schnee hinweg marschierte, als gäbe es diesen gar nicht. Sie summte mit den Lichtwesen deren Melodie mit und die Lichtwesen tanzten um sie herum und sie schwebten rechts und links zu ihrer Seite um ihr so den Weg zu weisen.

Es dauerte nicht lange und Mareike sah die Lichter der ersten Häuser. Kaum hatte sie diese erreicht, da umtanzten die Lichtwesen Mareike ein letztes Mal und dann entschwanden sie hinauf gen Himmel. Mareike winkte ihnen voll Dankbarkeit noch einmal zu und dann eilte sie ins Haus des Dorfarztes. Die Frau des Dorfarztes zog Mareike die nassen Kleider aus und hieß sie dann sich bei der alten Rosemarie niederzusetzen und einen Teller heiße Suppe zu essen.

Die alte Rosemarie hatte große Ähnlichkeit mit Mareikes Großmutter. Sie hatte ein von tiefen Furchen durchzogenes Gesicht, welches voll Wärme und Güte war. Sie war schon im Hause des Doktors, als dessen Eltern noch gelebt hatten und der Doktor war inzwischen auch schon ein älterer Herr. Niemand wusste genau, wie alt die Rosemarie wirklich war, nicht einmal sie selber.

291

Nachdem Mareike ihre Suppe gegessen hatte, schaute ihr die alte Rosemarie lange in die Augen. Mareike glaubte zu spüren, dass diese alte Frau ihr bis auf den Grund ihres Herzens sehen konnte und so war sie auch nicht wirklich erstaunt, als sie Rosemarie fragen hörte, ob sie den Lichtwesen begegnet sei. Mareike bejahte diese Frage und dann erzählte ihr die alte Rosemarie die Geschichte von den Lichtwesen.

Sie erzählte ihr, dass Sonne Mond und Sterne eine einzige große Familie seien. Der Mond sei der Vater, die Sonne die Mutter und die Sterne deren Kinder. Soweit war Mareike nicht wesentlich überrascht von der Geschichte, denn bis dahin kannte sie diese bereits von der Großmutter. Doch was jetzt kam, das war neu.

Die Sternenkinder sind nicht alle gleich, wie das Mareike bisher angenommen hatte, oh nein, es gibt zwei Arten von Sternenkindern. Es gibt zum einen die braven, ruhigen Sternenkinder, die alle Menschen kennen. Das sind die Sterne mit den fünf Zacken, die Abend für Abend am Himmel stehen und in all ihrem Glanz erstrahlen. Sie strahlen in eher ernster Manier und kein Mensch würde bei ihrem Anblick in lautes Lachen ausbrechen. Sie vermitteln uns Menschen eher ein Gefühl der Ruhe und Beschaulichkeit, ja vielleicht sogar der Ehrfurcht.

Und dann gibt es noch die so genannten "Lichtmöpse". Das sind die anderen Sterne, die fast niemand kennt. Das sind eben die mit dem runden Gesicht, mit Augen, Nase und Ohren und mit den unzähligen Zacken. Das sind unruhige Geister, übermütig, zu jedem Schabernack aufgelegt, aber von Herzen gut. Sie sind zuständig für Menschen, die verzweifelt sind, kraftlos und ohne Hoffnung. Sie vermitteln Zuversicht und Freude, ja vielleicht sogar Glück. Während die fünfzackigen Sterne jeden Tag im Einsatz sind, treten die Lichtmöpse nur zu bestimmten Anlässen auf. Wenn ein Mensch, der reinen Herzens ist, sich in Not befindet und seine Stimme in Demut zu Gott richtet, dann entsendet dieser die Lichtmöpse zur Hilfe...

Mareike war wie verzaubert von dieser Geschichte und sie hörte gebannt der alten Rosemarie zu. Diese erzählte weiter, dass der Ursprung der Lichtmöpse in der Heiligen Nacht zu finden sei. Damals, als der Heiland geboren wurde, und ein einziger auserwählter Stern den Heiligen Drei Königen den Weg weisen durfte, hat sich folgendes zugetragen:

Natürlich hätte jedes Sternenkind gern diesen besonderen Dienst geleistet, aber der liebe Gott hatte sich nun einmal in seinen hochheiligen Kopf gesetzt, dass ein einziger, auserwählter Stern diese Aufgabe zu erfüllen habe. Und so kam, was kommen musste. Die Sterne, die genau wie wir Menschen auch gute und böse Gefühle in sich tragen, spalteten sich in jener Heiligen Nacht in zwei Lager.

Die einen neideten ihrem Sternengeschwister diese hochehrenhafte Mission und die anderen freuten sich mit ihm. Und so beschloss der oberste aller Lichtwesen, nämlich der Herrgott persönlich, dass fortan die Neider ihre fünf Zacken behalten sollen und dass ihre Aufgabe darin bestünde, jede Nacht allen Menschen den Weg zu weisen. Den freudigen Sternenkindern hingegen vervielfachte der Herrgott ihre Zacken und bedachte sie mit Sonderaufgaben....

In diesem Augenblick wusste Mareike, dass sie den Lichtmöpsen begegnet war und eine tiefe Dankbarkeit durchströmte sie. Sie sprach in ihrem Herzen ein stilles Gebet und dankte Gott für seine Hilfe. Die alte Rosemarie, die wieder in Mareikes Herzen las, strich ihr mit ihren Fingern übers Haar und Mareike war, als spüre sie eine ähnliche Wärme wie noch vor kurzer Zeit durch die Lichtwesen. Es war ihr klar, dass diese grundgütige Frau etwas Besonderes war und ganz spontan fiel sie ihr um den Hals, drückte sie ganz fest und gab ihr einen dicken Kuss.

Inzwischen hatte der Doktor alles hergerichtet und die notwendigen Dinge in die Wege geleitet. Mareike bedankte sich bei der Frau des Doktors und bei Rosemarie und dann fuhr sie zusammen mit dem Doktor und weiteren Helfern hinauf zum Hornbergerhof. Inzwischen hatte es aufgehört zu schneien und der Himmel war über und über mit Sternen bedeckt. Zum ersten Mal betrachtete Mareike die Sterne mit genauem Blick und ihr war, als ginge ein wenig Kälte von diesen aus. Wie anders hatte sie die Lichtmöpse in Erinnerung; lustig, fröhlich und voll Wärme.

Mareike hatte sich beim Doktor angeschmiegt. Sie hielt ihn ganz fest, dass er ihr nicht verloren gehe. Er war es, der dem Vater Hilfe bringen und seine Schmerzen nehmen würde. Schon bald erreichten sie den Hof. Die Mutter, die sie hatte kommen hören, kam ihnen entgegen gerannt. Sie und Mareike fielen sich in die Arme, sie erdrückten einander vor lauter Freude und sie weinten vor Glück. Der Doktor kümmerte sich um den Vater und nach einer geraumen Weile konnte man den Vater seit langer Zeit wieder einmal lächeln sehen.

Die Mutter lud den Doktor und seine Begleitung ein, noch etwas zu verweilen, aber diese lehnten dankend ab. Nach einem kräftigendem Schnaps und einem herzlichen "Vergelt´s Gott!" machten sich die Retter wieder auf den Weg ins Tal, denn schließlich wollten sie im Schoß der Familie Weihnachten feiern.

Als alle gegangen waren, hieß die Mutter Mareike den Weihnachtsbaum anzuzünden. Mareike war erstaunt, denn das war immer die Aufgabe der Mutter gewesen. Nicht einmal der Vater hätte sich das getraut. Die Mutter erklärte ihr Ansinnen damit, dass Mareike durch ihre einzigartige Tat dem Vater vielleicht das Leben gerettet hätte und ihr somit die Ehre gebühre den Christbaum zu entzünden.

Mareike tat, wie ihr geheißen und die drei Hornberger feierten das Weihnachtsfest auf eine Art, wie nie zuvor. Sie feierten es im Geiste jener Nacht, in der das Jesuskind und die Lichtmöpse geboren wurden. Von den Lichtmöpsen erzählte Mareike jedoch nichts. Wer außer ihr und der alten Rosemarie würde wohl eine solche Geschichte glauben...